七生莲

房伟 著

作家出版社
全国百佳出版社

图书在版编目（CIP）数据

七生莲 / 房伟著. -- 北京：作家出版社，2025. 6.
-- ISBN 978-7-5212-3508-1

Ⅰ. I247.7

中国国家版本馆 CIP 数据核字第 2025W767Y5 号

七生莲

作　　者：房　伟
责任编辑：向　萍
封面设计：李　超
出版发行：作家出版社有限公司
社　　址：北京农展馆南里 10 号　　　**邮　　编：**100125
电话传真：86-10-65067186（发行中心）
86-10-65004079（总编室）
E-mail:zuojia @ zuojia.net.cn
http://www.zuojiachubanshe.com
印　　刷：河北星强印刷有限公司
成品尺寸：145×220
字　　数：238 千
印　　张：16
版　　次：2025 年 6 月第 1 版
印　　次：2025 年 6 月第 1 次印刷
ISBN 978-7-5212-3508-1
定　　价：79.80 元

序

王　尧

在关注房伟近几年的小说创作之前，我对作为青年批评家的房伟印象深刻。房伟对王小波和其他当代作家的研究，充满真知灼见，是他们这一代批评家中的佼佼者。房伟曾经很长时间在山东的高校任教，引进到苏州大学后，我们成为一个教研室的同事。我逐渐了解到房伟在做文学批评的同时，一直创作小说、诗歌，十多年前就出版过长篇小说。房伟这几年写抗战历史题材的小说引发广泛关注，2017年获得江苏紫金山文学奖之优秀短篇小说奖。我的感觉是，“小说家”房伟，大有压过“批评家”房伟的趋势。

房伟既批评又创作，是我理想中的现代文人的最佳状态。我曾经多次谈到，我期待自己像现代史上许多文人那样，在大学里教书，写作，写论文，写小说，或写其他。房伟已经做到了这一点。房伟的写作状态远比我想象的要好，他从容不迫，热情而不失冷静。教学、研究的任务已经很重，但还不时发表小说新作。疲惫的我每次见到毫无倦容的房伟，都要感慨他浑身散发的“正能量”。

现在即将付梓的本书结集了房伟近几年来创作的以叙述抗战历史为主的短篇小说。在写作这些小说之前，房伟做了大量的史料准备，又以批评家的本能选择了叙述历史的方法和形式，展开自己关于历史的想象。这样一个收集资料、进入历史情境、再艺术创造的过程，有不少值得我们关注和讨论的话题。

抗战与历史，都是当下文艺重要的关注热点，也是创作突破的难点之一。说起“历史小说”，人们往往首先想到“长篇”历史小说。通常的印象是，“长篇”的时间跨度、空间容量，及厚重历史主题，更能表现我们对“史诗性”的想象。这也是中国小说叙事传统的一个特点。《史记》之所以被称为“无韵之离骚”，就是因为它不仅记录历史，而且有着文学化的构思剪裁、布局谋篇，有着文学化的人物塑造与故事编写。中国文学之中的历史，偏重其传奇性与故事性，历史观多为循环史观与帝王史观。比如，《三国演义》《隋唐演义》这类演义小说。这种“文史不分”的情况，在西方社会也存在，早期西方史学著作充满文学笔法，比如，希罗多德的《历史》有丰富的故事细节，恺撒的《高卢战记》可看为优美的散文随笔。中世纪史学，表现为上帝意志的“历史阐释学”，有神迹等神秘主义的东西。直到兰克、吉本、蒙森、卡尔等近代启蒙史学家出现后，具有科学理性意味的“真实性”，才逐渐成为历史第一要素，文学的成分、道德评判的成分，才逐渐退出历史叙述。

这也影响到西方文学对历史的表现。西方的现代历史小说，从号称“历史小说之父”的司各特的《艾凡赫》，一直到狄更斯、莎士比亚、托尔斯泰，当代的尤瑟纳尔、库切的作品，都充满了理性精神和哲学意味，在追求历史真实基础上，探求人与历史与社会的复杂关系。西方历史小说，更关注历史真实性，更追求历史理性精神。也就是从一个更高的理性精神层面，来看待历史轨迹，而不是依靠某种意识形态力量。比如，尤瑟纳尔的《哈德良回忆录》，以虚构的罗马皇帝哈德良的回忆录为线索，不仅为我们展现罗马时期栩栩如生的生活场景与历史风貌，而且表现了作家对于生死、历史与存在等很多严肃问题的思考。著名西方历史学家吉本就说过，历史是由血与火、人类的罪行与愚蠢组成的。这种对历史“性恶”论的观点与历史理性精神，是我们的历史文学匮乏的。我们的历史文学，除了传奇性演义特质之外，底色则有着浓厚虚无天命观与道德化价值判断立场。在此之上，则是强烈的意识形态化历史观念，历史成为意识形态图解工具。

在当代中国，历史小说多是长篇巨制，追求史诗性。这种史诗性，除了文学的野心，也有意识形态进化论的影响。新时期之后，新历史小说兴起，很大程度上形成了对宏大叙事的质疑，但又在游戏性、戏仿颠覆的叙事方式之下，造成了历史叙述的贫弱，追求“六经注我”的自我意愿，也对历史理性造成了负面消解。很多小说把历史解读为虚无史、欲望史。这样的新历史主义小说，失去最初给人的新鲜感之后，就因为历史理性的匮乏而陷入叙述困境。目前活跃于银幕的“抗战神剧”“历史神剧”，除了要追责到民间的历史传奇思维，也有新历史主义的负面效果。电影《白鹿原》就将一部探索中国百年历史的严肃小说化为田小娥的“骚情史”，这无疑是发人深省的。新世纪之后，史诗性的长篇历史小说再次兴起，以此表征现代民族国家的形成，但似乎又走到另一个极端。很多长篇历史小说，动辄四五十万字，大多是几大家族争斗，百年巨变沧桑，或王朝争霸，成就一代明君。这些长篇历史小说，徒有史诗体量，但并无史诗的精神容量与思想含量。它们既缺乏历史反思的深刻性，也缺乏历史理性精神。所谓宏大表象之下，这些作品大多还是较保守的历史观和文学观，有的甚至还在追求所谓“雄主帝王”史观，实在陈腐不堪。

好的历史小说，应是文学的感性体验与想象力，结合历史真实性与理性诉求的产物。几方面的因素都不可或缺。文学史上的优秀中短篇历史小说也不少，比如，诗人冯至的《伍子胥》、陈翔鹤的《陶渊明写挽歌》《广陵散》等，新时期以来抗战题材的中短篇小说，就有尤凤伟的《生命通道》、周梅森的《大捷》、阿成的《安重根击毙伊藤博文》等名作，但中短篇历史小说，尤其是短篇历史小说，难度却并不小。如果一味追求灵巧，就会成为不成体系的零散片段；如果只注重史诗性，则会让作品变得沉闷不堪，丧失鲜活的个人体验与强烈的故事代入感。要在精短篇幅之中，快速进入一个感性历史情境逻辑，将读者带入独特的历史氛围，又能在有限篇幅中破除局限，展现宽广的历史视域与历史反思，这的确不容易。同时，注重历史精神，也不能放弃历史小说的娱乐性，如何将历史故事讲述得动人心魄，在传递历史真实信息的同时，给人以智慧启发与故事性愉悦，也是房伟的这组历史小说努力的方向。这些小说非常注重逼真的历史现场感的还原，细节描写的镜头画面感很强。

房伟的这组历史小说，最长的两万多字，但写法结构还是短篇的规模与气质。他的做法是当一个“蜘蛛侠”，结成“历史之网”，利用特色各异的短篇小说集合体，造成一种长篇小说效应，但又能保存每个短篇的独立艺术和思想价值，从而捕获那个飘荡的“历史蝴蝶”的精魂。每一篇都试图找到一个新的表现视角，呈现出新艺术手法，颇具匠心。有的小说颇具悬疑侦探氛围；有的灵动自如，写世情写人物；有的利用美食、惊悚等类型文学手法；有的借助《聊斋》手段，以狐鬼写人性；有的则更像历史随笔散文，淡化情节，探讨哲理；甚至有的小说，还借助符号学理论，以理论入小说，追求理论与文学文本的融合。短篇小说素有“社会生活的横截面”之说，更擅长通过细节勾勒、片段呈现与留白艺术，表现个人化叙事与日常书写，即便写历史，由于篇幅限制与题材拘囿，往往也是草蛇灰线，点线结合，“留白”大于具体“历史写实”。这样的写法，固然灵动，富有象征隐喻性，但又让人感觉不够厚重。房伟的这个系列抗战小说，可看作是历史短篇小说的“组合拳”，将短篇小说善于写“点”的特长发挥出来，以点带点，以点而细织成“网面”，以具体历史场景“横截面”，造成对抗战历史“全景式”重新理解。虽然这些小说篇幅都不大，但从叙述空间讲，涉及日本北海道、屋久岛，越南的河内，中国的则有南京、北京、上海、苏州、扬州、济南、沂蒙山、微山湖根据地、山东莒县、香港、台湾等。

在叙述时间上，房伟的小说有对抗战各个时期的展现，早至1928年的济南五三惨案（作为1931年“九一八”抗战的前奏），晚至日本战败投降的故事，同时，也涉及当下现实时空对抗战的理解。从人物来讲，它包括了很多不同层面的人物，中国方面有军队高层军官，如起义将领、叛逃的师参谋长、潜伏的日伪官员，日军方面则涉及副领事、师团长、大佐等高级军政人员。但这些小说更多刻画了很多非常有特点的小人物，比如，军统底层人员，投毒杀敌的中国厨师，八路军战士，根据地民兵连长，自发抗战的普通村民，内心痛苦的汉奸，自杀的日军中尉，伪军小军官，日本军医，日军逃兵，等。作家试图进入这些不同历史人物的复杂心灵，不是简单“道德判断”和“意识形态规训”，也不夸大“历史的同情”，给予他们过多历史特权，而是将他们放置在具体历史情境之中，以严肃的历史理性精神，考察他们和大历史之间“晦暗难明”

的关系。

这些历史小说，就是大大小小的“历史心灵”编织出来的历史，效果在于跳出国仇家恨的道德叙事局限，从历史精神高度审视这段民族国家的历史。比如，小说《手肴》再现了南京屠城的惨剧。被日军强暴的女学生和当汉奸的表哥，形成了紧张对峙关系。小说从女学生的视角，再现了表哥令人难以理解的生存意志。小说没有美化表哥的软弱妥协，圆滑世故，也没有遮蔽他残存的善良与保存同胞的善举。丑陋的战争将美丽的女学生化成斩断敌人手掌做炖菜的女杀手。人性是复杂的，面对屠杀，女学生和表哥做出了不同人生选择。小说将道德审判和人性审判的双重权力，都交给了读者。小说对于江南地区面对日军侵袭的反映，令我们想起加拿大抗战史专家卜正民。他的著作《秩序的沦陷》就从很多史实细节为我们勾勒了众多历史小人物。无论抗日志士，汉奸，还是所谓“合作者”(cooperator)，考察那段血与火的历史，既要坚持人性的宽容视野，又要予以冷峻的历史批判。

我注意到，这组小说还注重历史与现在的“互文性”关系。《鬼子妮》《还乡》《白光》《五三》等小说，都从历史与当下的联系性入手写作。《鬼子妮》虚写日军逃兵在中国的生活，实写“文革”对人性的摧残;《还乡》以女记者对抗战期间发生的悬案的访查为线索，再现了历史的多维度可能性;《白光》以抗战军队的鬼魂再现，写出了日常生活的沉闷无聊；《五三》以失业在家的老记者，查访爷爷对历史大事件的参与入手，写出了人生对意义寻找的重要性。小说《五三》，写到了一只飘飞于历史迷雾的蝴蝶。这组小说也出现了很多有关“雾”的描述。比如，《还乡》中的雾气缭绕的神秘大山，《杀胡》中的山瘴弥漫的小村。这雾气是历史迷雾，有无限的神秘气息，既充满魅力，又有几分狰狞，它隐藏着无数血泪，无数爱恨情仇，也隐藏着无数可能性，偶然性，人性隐秘的挣扎与晦涩的哲思。“蝴蝶”就是穿越历史迷雾的心灵力量。

卢卡奇谈到小说与史诗的复杂关系时认为，史诗和小说这两种客体形式，并不是按照创作态度，而是按照它们在创作时发现的历史哲学事实区分开来的。小说的时代，生活的“外延整体”不再显而易见，感性的生活“内在性”已经变成了难题，但这个时代仍然有对于“总体”的信仰。这种“总体性”，是作家面对个人化的生存现实，面对人与自然分离的人造世界，所执着进行的一种整体建构性的“赋形”努力。伴随着中国全面的现代转型，中国历史小说必须反思其“史诗性”品质，是用一种意识形态正确的话语给予规训，还是从个人化的视角，理性地看待中国的民族国家发育过程的种种光怪陆离与酷烈创痛，并寻找出一种总体性的心灵主体状态。这也许是摆在很多中国小说家面前的迫切任务。

在这个意义上，我对房伟的小说创作怀有更高的期待。

王尧，苏州大学教授，博士生导师，苏州大学学术委员会主任，教育部特聘长江学者。

Contents 目录

中国野人

北海道是日本北面的苦寒之地，最早定居着原住民阿伊努人。北海道作为开化晚的“虾夷地区”，明治维新后，才渐渐走上文明之路。从北海道出发，坐船三天，才能到达中国青岛港，从青岛坐汽车，一天行程，才能到山东高密县。昭和十九年（1944）后，很多中国人被掳到日本北海道煤矿做苦工，有一个高密男人，不堪忍受矿业所的虐待，逃脱出来，独自在雪原生活了十三年。他被人称作“中国野人”。

一

很多年后，垂垂老矣的野人，思绪还经常回到那片人迹罕至的雪原。群山峻岭之间，雪落的声音，静到极处，仿佛暗夜花开，幽兰芳香，不疾不徐，但没日没夜地落，也会逼得人发疯。雪一开始像小玻璃屑，硬硬的，一粒粒地敲在人脸上发痛，慢慢地就变成指头肚大小的雪块，最后就变成鹅掌形的雪片。北海道的寒冬特别长，为了躲雪，野人没日没夜地蹲坐在洞里昏睡，醒了就吃点准备好的土豆和野菜。让眼睛习惯黑暗，其实比习惯光明更容易，这会带来稳定持久的麻痹感。野人体会到盲人幽闭的处境。

长长的冬眠期，黑暗的洞穴，野人坐着，洞不敢挖得太深，地下水会悄悄地从身体下面渗出。洞穴要在雪季来临之前打好，不能太低洼，雪水会倒灌入洞，也不能在山的高处，那里风太大，只能在半山腰背风的地方，还要考虑躲避日本人，要在洞口做植被伪装。洞口不必太大，也不必太深，但一定要宽敞，像大肚子泥瓮。挖好了洞，野人就将全部家当搬进去。两只铝壶，两只半截铁锨，铁罐子里装着土豆、萝卜干、海带、干鱼和煮熟的野菜，一把柴刀用来防身。一小瓶咸盐和花生油，则是他的宝贝，只有非常饥饿的时候，才拿出来舔舔，安慰一下舌头和牙齿。一张破帆布裹住身体，破旧的美军大衣贴身穿着，零零碎碎的破塑料袋子和半张破狗皮则铺在身下隔离寒气。洞内空气污浊，要保持洞口通风。最麻烦的是大小便，由于摄入很少，野人没有多少排泄物。他在洞后端挖了一个深坑，如排泄了，就用碎塑料包着埋在坑里。

开始有些恐慌，慢慢地，野人进入冥想状态。他在黑暗中侧坐，身体各部分渐渐僵硬，和泥土一个温度了，生殖器也在寒冷的打击下，蜷成冷硬的东西，缩在两腿之间。眼睛沉入黑暗，像溺水的人慢慢潜入深水，带有某种神秘宗教仪式气息。暗黑的洞里，野人感到他像蚕蛹，一只赤裸的，蜷缩在永恒异国时间的幼虫。他在冬眠，不知何时醒来，或变成蝴蝶，飞回到中国高密那个叫团泊村的地方。他应是白色的，不是中国人的黄皮肤，而是蚕蛹苍白柔弱的样子，他的灵魂就飘浮在黑暗中，像牛乳沉入煤油。一片茫然虚无后，身体官能变得沉重，先是腿、胳膊，然后因饥饿瘪下的肚子，也停止了轰鸣蠕动，最后才是舌头。舌头安睡在嘴里，犹如躺在家里的土炕上，保存着身体唯有的温度。此时听觉却格外灵敏。如果静静地听，人迹罕至的生命禁区，依然有无数丰富的表情。常见的是风声，发出“呜呜”的响声，时高时低，时粗时细，有时又会突如其来地发出“噗噗”的转音，该是遇到山口的阻碍，仿佛人哭泣时被突然揪住喉咙。还有地冻裂的“咔咔”声，松柏裂开的“啪啪”响动，时断时续，似旷野深处的枪声，从很深的地方钻出，荡出无数回音，又在冰冷的空气里慢慢飘远。

他总在梦中来到大海边，束手无策。同伴未被日本人捕去的时候，他们曾一起围着大海哭泣。他们冒着生命危险扎成小筏，漂流了三天三夜，却被洋流暖风刮回岸边。他们痛恨那些冷峻的海。它把北海道变成无法脱离的鸟笼，他们虽然逃脱了矿业所，却怎么也逃不出日本，更回不到家乡。北海道的日本海波涛汹涌，寒风凛冽，掩盖了野人歇斯底里的哭号，也扼住了野人破碎的心。

寒冷的冬季，只有昏睡才能将消耗降到最低，让人忘记刺入骨髓的寒冷。整日昏睡也不行，野人睡上几个时辰，就用指头掐胳膊，强迫自己清醒。但有时候，还是睡死过去，或再也睡不着，在黑暗中睁大双眼，无论眼睛如何努力，洞口尽头还是无边黑暗，剩下的只有说给自己听的，也只有自己能听懂的喃喃低语。野人的梦中也会出现一只熊。它冷冷地注视着野人，巨掌的利爪在冬阳里闪着寒光，刺痛野人的眼，流泪不止。野人能感受到腥臭的、令人窒息的气息。野人数次在雪原见过熊，甚至和熊面对面地近距离接触过。他当时正在溪边捉鱼，熊饥肠辘辘，他也是。熊看他的眼神，充满了狐疑。也许熊对眼前这个长发垂肩、目光呆滞的动物尚不能准确判断。野人和熊对峙着。他不顾一切地怒吼，这可能激怒熊。但他豁出去了，他不想这样生不如死地活着。出人意料，熊转头跑开了。他至今不能忘记那次和熊的对视。灵魂都要被熊捉住了，但他硬挺着不动，有种手指泡在烈酒里的感觉。

二

76号，还偷懒！打死你！

野人时常在狠毒的呵斥声中惊醒，醒来发现，那不过是幻听。梦中他也常回到漆黑幽深的矿井。那时他还不是野人，而是一个号头为76号的中国劳工。更远的记忆，来自民国三十三年（1944）秋的那个下午。平原的秋收即将到来，初秋有些凉了，野人喜欢在村口田垄护秋，金黄的麦浪，在微风吹拂下微微颤动，蓝天下全是麦香的气息。世道不太平，日子总要过下去，只要活着，本分劳作，生活也有希望。年初，他娶了玉珍过门，如今妻子的肚子仿佛颗粒饱满的庄稼，也已隆起。野人急切地盼望孩子的来临。后来野人无数次回忆起那个下午，也觉出很多不同寻常之处。野人出了家门，身上穿着妻子刚做好的棉袄，邻居姜仁宝请他吃饭，答谢他帮助料理丧事。村口有座青石桥，他左脚踏上桥头，石板有些滑腻，夕阳软软地趴在肩膀上，轻轻地呵着暖气，不知为何，他没来由地感到惶恐。往日熟悉的村子，一下子变得陌生，石桥仿佛慢慢融化了，他一阵阵眩晕，脚下也虚浮，目光越过村口低矮的黄土墙，枝丫丛生的老槐树，远处是缓缓流淌的临沭河，几只黑颊花喜鹊惨叫着四散，在灰黄的天幕成为逃离的子弹。太阳冷冷地挂在鲁西平原的天空，呆滞得似毫无生气的死胎。

这时候，几个黄黄的人影从不远处飞奔而来，发出含混不清的斥骂声。野人突然想到，也许那就是地狱爬出的魔影。从那一刻开始，十多年的苦难之门就被悄悄地拉开了。正是那个下午，他被几个黄皮子伪军抓住，先押到村公所，后被装上汽车拉到县城，从县城又到了青岛，他和700个同样茫然无措的中国农民一起，被推搡到“普鲁特”商船。他狠狠地回头看了几眼祖国，心想这也许是最后告别了。

他待在明治矿业所大半年，被折磨得生不如死，从一个高大壮实的汉子，变成瘦骨嶙峋的病夫。春节的寒夜，几十个中国矿工抱头痛哭。矿井里也是无边的黑暗，只有幽深之处传来的“叮叮当当”的敲打声，才能证明人还活着。病会死，饿会死，塌方会死，野人更怕被日本人殴打。有个狠心的日本人，居然将他的同伴活活打死，丢在深坑里。野人在矿井静静地哭泣，却找不到尸骨来祭奠。可惜了一个好男人，竟做了日本的孤魂野鬼。他决心冒死逃出去。终于，他和同乡从厕所粪道里逃出，却迷失在北海道的雪原。后来，同乡都被日本人抓回去了，只剩下他在苦苦支撑，誓死不放弃。冷、饿，野人都咬着牙挺下来，但病来了，却难以承受。发高烧让人浑身酥软，头昏脑涨，心跳加快，拉肚子更可怕，好几天直不起腰。胃痛、眼睛疼，都是常见的。膝关节冻伤也触目惊心。每年春天，野人爬出雪洞，要花很长时间，重新学习走路。他像学步的孩子，初生的牛犊，跌倒了，爬起来，再跌倒，又手脚并用，每到这个时候，他的眼泪总洒满了土地。

活着，可以依靠的是食物。野人想到这两个字，胃里就会泛酸水。他在梦中总是记起故乡豆腐的味道，松松软软的，有种特别的豆腥味，如果稳住心神，仔细地嗅嗅，豆味又是香甜的。在矿业所，他们吃的是橡子面窝头，硬硬的，像石头鸡蛋，口感很差，还有木屑等东西掺杂在里面，吃多了，排便就困难，像屙刺球般死去活来。就这样的东西也不能吃饱，野人被饥饿缠绕着，梦中媳妇给他烙葱油饼，香喷喷的炒鸡蛋，还有热气腾腾的饺子。野人常在半夜饿醒，悄悄地哭，哭饿了，再接着睡觉，涎水流满嘴角。野人偷监工们的泔水吃。有一次，他偷泔水，被绰号大鼻子的日本监工发现，打断了两根肋骨。在幽深的矿井，野人仿佛钻进地狱的十九层，每当雷鸣般闷重的声响传来，野人知道，又发生塌方事故了。日本监工不管中国人生死。他和几个工友利用休息时间挖出工友的尸骨，可怜这些工友，早上饿着肚子上工，到死都不能做饱死鬼。在雪原他学会了找吃的，山蘑菇、黑瞎子果、沙棘、野栗子，甚至苦菜、马齿苋、野苋菜、青苔，都被他找来充饥。还有更多叫不上名字的植物，如他自己命名的野韭菜和野山白菜，味道还行。就怕吃到有毒的东西，那时候只能听天由命了。他从未奢求在雪原搞建设，尽管他曾留心，是否能种植土豆，但雪原太冷，除了高寒植物，任何生物都难以存活。除非到山下，气候稍微暖和的地方，才能种植收获。他试着养鱼，圈养野山羊，也都失败了。

茫茫雪季，野人失去了时间。他真正感到了恐慌，不像春夏季节，他有太阳为伴侣，根据太阳升起的方向和青苔的走势，他能判断大致方位，及一天天时间的轮回。漫长的北海道冬季，他的身边只有雪，连野物也因严寒近乎绝迹。寂静的雪原仿佛创世之初的鸿蒙大陆。时间在野人身边一点点消失，躲在洞里，他分不清日夜，也分不清一天和一个星期。他曾在洞外白皮松树上，做了时间刻度，每过一天，就用砍刀在上面留下一个痕迹。为抗拒洞外零下四十度的寒冷，他只能躲在洞里，暂时忘记时间。当再次春暖花开的时候，他才能出洞，重新找回时间。做水漏根本不可能，即使在洞内，尿液也很快变冰碴。但他还是试图保持清醒，估摸着一天过去，就在雪洞插上一根小木棍，等小棍插满了，冬天也就要过去了。

三

春天总会来。十三个日本北海道的春天，就是十三个孤独的庆典。鲜红的太阳，最初从雪原钻出，照亮大地，仿佛草莓浮出了牛奶。万物复苏，小河解冻，树木发芽，鸟兽也离开洞穴。雨也赶来参加来之不易的盛会，五月开始，雨断断续续地催促草芽露出茸茸的小脑袋，不知名的各色小花也开始次第绽放。野人出洞后，不断找机会出山，跑很远的路，来到日本农人播种的麦田。

看到农田，野人不自觉地操起心，仿佛回到中国高密，在自家田头春耕。他兴奋地盘算着麦子的密度，灌浆饱满与否，可能的产量。他贪婪地趴在地头，闻着土地油润的香气，仿佛饮了醇酒。家乡的春天比北海道来得早，想必这时候，媳妇玉珍已和父母安排好了施肥和除草。鲁西的春风，也比北海道温暖。野人站在丛林高处遥望远方，仿佛目光飞过雪原，越过日本海，飘过高密县城，又漫过村口青石小桥，“唰啦”一下穿过低矮的土墙，来到自家院子。月光下，玉珍干了一天活儿，乏乏地躺在躺椅上，额头微微冒汗，身边是焦黄喷香的玉米面煎饼，儿子胖乎乎的小脸，也贴在玉珍胸前……

这份快乐无人知晓，野人对日本人抱有警惕。他信不过这些异国人。那些抓捕他的凶恶士兵，逼他做苦力的监工，都是日本人。早些年，就是因为向一个渔民要求借船出海，他们暴露行踪，同伴被捉走，剩下他一个人。日本农人在山边耕地旁多建有一些小窝棚，干活儿时休息用，那里常放置食物和衣服、生活用品等。野人靠偷偷地拿些东西过活儿。五月，北海道一年一度的春祭开始了。热闹的人们穿上各种节日盛装，有的扮作鬼神的样子，祭奠先祖，祈求太阳对一年农作物的照顾。人们欢笑着，脸上洋溢着兴奋、松弛的表情。

野人在远处丛林，悄悄地观察。作为曾经的庄稼把式，他有些羡慕，也有些愤恨感伤。凭什么他们这么开心，他只能躲在山里当野人？他简直想冲过去，对他们痛骂一番。但看着看着，也生出了同情。山民的日子也不好过，北海道是苦寒之地，庄稼收成低，遇上干旱或雪暴，可能颗粒无收。他亲眼看到，一个穷苦的日本村妇，跪在绝产的庄稼前使劲地磕头，鲜血染红了冰冷坚硬的土地。野人晚上摸到窝棚，拿上些东西，也要留下一些，从不都拿走，而且，绝不从一个窝棚拿两次。他也想，要不要走出荒野，出来见见日本人。村里的男人一天天多了，是不是战争结束了？日本胜利还是失败了？他看着不像胜利，劳作的人们都面色阴郁，但他也拿不准是否失败了。他还要观察等待。要是他走出荒山，这些日本人会不会接纳他，让他在北海道也当个农民，安安生生地过完下半辈子？想到这里，野人的心便突突直跳，他马上因为这些想法而感到脸上发烧。他被日本人害得背井离乡，在这里人不人鬼不鬼，他和日本有说不完的仇，怎么还能有这样厚脸皮的想法？这对不住爹娘和妻子玉珍。

那夜，春雨又来了，野人花了好长时间，才摸到一处窝棚。小雨密麻麻的，不冷，但挠得人发痒，野人潜伏在窝棚外面，天地间静得沉甸甸的，野草的清香，虫子的鸣叫，钻入野人的鼻孔、耳朵，让他微微有些醉了。不知何时，小雨也停了，月亮挂在窝棚一角，小小的窝棚，在氤氲的水汽之间，仿佛飘浮的宫殿，闪烁着奇异的光，靛青、酱紫、粉红，似故乡节庆的焰火，将刚复苏的雪原照亮成神秘的光芒之地。野人摸了过去，想轻轻地叩门，突然又收住手，自己也觉得可笑。难道这是乡邻朋友串门？门是虚掩的，野人推开，正好看到床上好似有人，他猛地警醒，匆忙退出来。等了一会儿，他折返回去，才发现床上是被子，他松了口气，开始寻找，找到一只铁锅，一桶煮好的土豆。他还在门背后发现了一件女式大衣。不知为何，他把日本女人用过的衣服披在身上，一股温暖的女体乳香气扎了进去，他激灵地打了个寒战，用嘴咬了咬衣领，有股咸咸汗渍的味道。突然，门“吱呀”一声响了，一个矮个子黄面皮的日本女人，傻傻地呆立在野人面前。野人也发愣，他已几年没和人类打交道了，更不要说日本女人。他刚要开口，对她说，不要害怕，但许久不说话，舌头僵硬无比，竟“咿呀呀”地表达不出来，日本女人却惨叫着昏死过去。女人躺在地上，露出一段白皙的脖颈，野人有些燥热，月光斜斜地照在窝棚门沿的一面镜子上，月光和镜子之中，他才发现，那是一个真正的“怪物”。脸颊深陷，颧骨高耸，脸上沟壑纵横，也看不出肤色，长长的头发乱草般堆在头顶，一直卷曲到脖子，遮住了那双野兽般的眼睛！

他已经是野人了，不是中国人，也不是日本人。野人的脸发烫，急忙退出窝棚。他飞速奔跑，好像要把什么东西甩在身后，又好似去追赶什么。他深一脚，浅一脚，“嗬嗬嗷嗷”地叫喊着，数次跌倒在小河里、田垄间，他不管不顾，甚至也不怕被人发现，他的眼泪在月光下绽裂，犹如飞舞的盐。

不知跑了多久，野人又回到那片熟悉的森林，他叫了无数声，终于艰难地唱出了几句戏文。这怪异无比的唱腔，含混不清，时而低沉，时而尖厉，不像中文，更不像日语，只有野人知道，那是家乡高密一带流行的茂腔，他唱的正是苍凉无比的《寻儿记》：

烽火连天杀声喊，金兵逞凶犯中原，朝臣无能民遭难，弃家逃走恨绵绵……

野人唱着，将长头发扎成了两个发辫，不仔细看，很像女人的发式。

四

野人能恢复到正常，多亏了惠比寿屋的渡边老板和侍女美惠小姐。他重见天日后，被安排在札幌的旅馆等待归国。华侨热心帮助他，很多日本人也来和他亲近，但他不习惯。从住了多年的洞穴再次来到异国人间，他像初生婴儿，不会说话，怕人，怕光，怕陌生事物。野人还记得第一次见到渡边时的场景。几名华侨扶着他走入了这间旅馆，一个瘦小温和的日本男人，低着头来见他，一见面，就深深地鞠躬，用生硬的中文说：刘君，你受苦了。

野人吓了一跳，慌忙从他身边躲开。日本男人依然保持鞠躬姿势，仿佛在乞求原谅。旁边有华侨连忙解释，渡边的亲人有好几个死在了战争中。他也痛恨战争。野人这才缓过神，扶起渡边。他虽没说什么话，但紧紧地握着这个日本男人的手。渡边抬起头，眼里饱含着歉意的泪水和真挚的同情。

野人恨日本人。那些狠毒的家伙，把他掳到北海道，让他变成穴居野人。他们打他，骂他，在深深的矿井，饿死他的同伴，肆意地杀死中国人。然而，眼前这个谦逊有礼的男人，野人怎么也难以将他和那些屠夫联系起来。

野人散步的时候，又遇到了一个日本男人。他激动地跑过来，要和野人握手，野人却警惕地将他的手甩开。他认得那些行军姿态。那个男人甩着手走路，明显是日本陆军多年养成的队列习惯。日本人也会讲一点结结巴巴的汉语，野人才知道，他在战争中服务于第十二军五十九师团，1945年夏秋，他执行任务，协助当地汉奸在高密一带抓走了很多中国人。野人不认识他，但看到他就很愤怒。他知道日本兵是来赔罪的，他应该大度宽容，但这么多年的苦，一句“对不起”就可以了了吗？

让野人态度更复杂的是美惠小姐。她是一位圆脸的日本姑娘，说话细声细气，脾气好，对野人格外照顾。她的手艺很好，会做美味可口的饭菜。野人了解到，她出身贫寒，有六个兄弟姐妹，父母无法抚养，她只能来旅馆当侍女，没有费用，只是管吃住而已。美惠给野人拿来很多彩色画报，也尽力帮他找中国资料，野人贪婪地看着这些东西。野人害怕黄色，每次看到，都会大喊大叫，情绪崩溃，因为这让他想起日本军装，美惠就把所有黄色物品，如床垫，都换成天蓝或橙色。野人常年在雪原生活，有严重冻伤，膝盖痛得站不起来，只能整日坐着，脚上的冻疮直流脓水。美惠从不嫌弃，她总是用温热的汤水，为他小心清洗，每天为他轻揉膝盖，并扶着他，鼓励他练习走路。野人身材高大，行动艰难，走路时，全身重量都压在美惠身上，每次野人走几步路，美惠就大汗淋漓，却从不喊累。她笑眯眯地用刚学会的中国话，对野人说：刘君，很好。继续前进，一切都会好起来的！

野人依然惧怕黑夜。他要求开灯睡觉，但每次都睡不久，刚打个盹就会惊醒，他甚至不习惯那层薄薄的榻榻米。那种细致的平坦让他紧张，他习惯了雪洞那冰冷潮湿的地面。他的头一挨到枕头，就针扎般地弹起，他只能缩在屋子一角，才能找到安全感。札幌的夜晚很安静，刚过了旧历中国年，清寒的二月，还冷得刺骨，不时有小雪花飘落。惠比寿屋外，联结着长长的彩灯，让那片白色世界闪烁着美好的光明。街上的人大多已归家，还有些醉汉在口齿不清地唱歌。野人竖起耳朵倾听，冷风吹落了门前冷杉和白皮松的冰挂，先是“啪”的一声，然后无声无息地坠落，那是落在松软的雪里了。坚硬脆弱的冰挂，落在雪的怀抱，就像孩子找到母亲。还有些“唰啦、唰啦”的声音，伴随着欢快笑声，像他走在家乡茂密的麦田，麦子打在腿上发出的声响。那是孩子们在无人的街面玩滑雪板，滑动雪面的声音。再远处，还有“轰隆隆”的车轮声，好似隐隐的雷。美惠告诉他，那是为札幌的雪祭节准备雪雕的车辆，在雪祭前两个月，成百辆推车、卡车和吊车就开始日夜不停地前往附近山区搬运冰雪。运雪的队伍会在雪地绵延达数公里。

细碎的木屐声传来，野人听到门框处传来低低的敲门声，他知道那是美惠。但他不想回应，只是蜷缩在屋角，抽泣着。美惠有些焦急，低低说着日语，又快又急。野人也不应，美惠的声音更小了，但还是断断续续，像劝慰，又像是感叹。

不一会儿，门被打开，伸进来个托盘，野人看到一壶酒，被热水烫着，冒着热气，还有几个小菜和一盘热气腾腾的水饺。野人的眼睛温热了。他贪婪地喝着酒，吃着饺子，美惠的身影还映在窗纸上，久久没有离去。

过了几天，日本政府的人来到旅馆，要求见野人。他们衣冠楚楚，语言含糊，连连说“不好意思”，并递上一个信封，里面有厚厚的日币，说是“一点小意思”。野人没有接受，他要一个说法，为十几年的苦，而不是钱。

我在那里。你们要承认，要道歉。野人抓着榻榻米的席边，手的青筋都绽了出来。

政府的人头上冒汗，讷讷地拿回了信封。野人也给了他一个信封，里面也有不少日币。他说，那是在山外小棚发现的，不忍拿走，要把它全部捐出去，给需要帮助的人。

政府的人飞也似的逃走了。野人感到了胜利。不少朋友则感到惋惜。他们认为，那些钱并不少，如果有了这些钱，再让日本政府承认居留权，野人可以舒服地开个小店，在日本过上不错的生活。

我要回家，我不想在日本。野人坚定地说，他的心里闪过北海道那纷纷扬扬的大雪，但家乡的影像更加清晰了。那些在日本的日子，死去的工友总会在梦中来到他的身边，他们衣衫褴褛，穿着矿业所的号服，默默地望着他，脸上淌着血和眼泪，他们的身后，是呼啸而来的风雪……

五

躲在洞里的日子，野人无比地想念人类。尽管人类有时不可信任，他痛恨凶残的日本人，中国的黄皮子伪军也大多是坏人。但人总有好的，而且人有语言，有活气，有形状。没有人，那种孤独无依的绝望，简直比死还要难受。野人给仅有的用具起了外号。他不敢用家人的名字命名器物，那让他过于伤感。他把大肚子铁壶叫“胖洪”，它让野人想起家乡的本家兄弟。他会点拳术，喜欢喝酒，笑呵呵的。另一把缺少提梁的壶，野人叫它“增福”，那是煤矿的小兄弟，憨厚老实，被日本监工打断了双手。瘦瘦的铁锨，则是麻秆侄儿与麻秆侄媳妇，这俩人是一对瘦长人，在一起总惹人发笑。那把柴刀磨得锋利，被称为“将军”。野人觉得它应该性如烈火。它是野人的大杀器，靠着它，他数次和野物搏斗。林子里的野物，也成了他“敬而远之”的朋友。机警的松鼠，乖巧的雪兔，暴戾的野猪，天真的小雀，还有高傲的熊。野人远远地看着它们，和它们说话，或听它们说着野兽的语言。他还特别依恋这苦寒之地咬牙生长的树们。冷杉样子漂亮，白皮松普通，但有意外的清香，还有数不清的柏树、油松和连翘、金老梅等灌木。他痛恨自己，一个中国男人，怎么喜欢日本的东西。他曾一边吃着山韭菜，一边摇头说：可惜，你是日本的。时间长了，他又觉得可笑，日本的树和花草，又没招惹他，还陪他做伴，让他活下来，他有什么理由恨它们？

当野人在雪地里发现一只冻死的黑颈角百灵，孤苦无依的情绪瞬间爆发了。那只可怜的小鸟，灰黑的羽毛还保存着些许亮色，身体已僵硬如石块，那半睁半闭的小眼，表明它离开世界时，是多么留恋与无奈。野人捧着小鸟儿，没有发现食物的激动。小鸟死了，还有他在哀悼，如果明天他也冻毙荒野，只会便宜野兽，连收尸打灵幡的都没有。他还不如一只鸟儿。他不再是丈夫、儿子和父亲，也不再有知心朋友，他不过是一个孤立无援地死在异国雪原的野人。那天晚上，野人的梦里，每一个枝头都站着无数角百灵，这些鸟儿都在喊着“苦”或“冤”，那些幽怨的声音，回荡在空旷的雪野，令人心悸。

那年冬季，野人在洞里连续昏睡了数十天，醒来后，吃了点海带与冻鱼。风雪声还在呼啸，天空被弥漫的雪雾遮蔽，看不到太阳，只有青白朦胧的光，阴惨惨地瘆人。野人突然听到窸窸窣窣的声音，他猛地抬头，发现有"东西"顶开了洞口。这时节熊也在冬眠，就是说，如果是熊来到这里，极有可能是被意外事件打扰，或洞穴被破坏。野人抓紧"将军"，手心全是湿滑的汗水，生死攸关，全看在此一搏。

然而，"那东西"顶开洞口，径自伸进来，却不是熊，而是一截水鞋！原来是人，且是日本人！他清晰地听到了日语的询问声。

事情更严重了。如果是熊，可能被镰刀吓走，如果是日本人，则意味着他被发现了。也许，今天就是逃亡的终点。他将再次被日本人抓回去，在黑黑的煤矿被折磨致死。野人不会允许这样的事情发生，如果这只脚再向前伸，他会毫不犹豫地砍下去。但他相信神灵会帮助他渡过难关。十几年中，他多次大难不死，这让他相信，冥冥之中，是有神灵的。他们知道他的冤屈，让他活下去，好活到见证这段苦难结束的那一天。他和熊对视过，却安然逃脱。他想上吊，绳子却断开了。他几次逃离日本人的追捕，也曾吃了毒蘑菇，浑身浮肿。他被鹅毛大雪埋在雪洞里差点闷死。他还曾造过小船，试图横渡北海道去朝鲜，差点被淹死在海里，但还是奇迹般地生还了。他一定能活下去。一个人死，很容易，但活下去，不容易。无论中国人，还是日本人，都要活下去，哪怕在难以存活的地方。有人说好死不如赖活着，但他活着不是为这些。他要活到回家的那一天。他绝不会下山投降，那不如死在雪原。假如他死在日本，也要成为一个无法被人忘却的事实。

汗水浸透了野人的大衣，"将军"在他的手上，发出低低呻吟，闪烁着幽蓝光芒。它在叹息，还是在诅咒？野人不能再辨别，外面生冷的空气猛地灌进来，夹杂着冰寒的雪碴，留给野人的时间不多了。

那只日本人的脚，正在逼近他……

六

昭和三十三年（1958）春，即中国旧历戊戌年，野人被一名日本猎人发现，后被送往石狩郡。野人震惊了日本。很多旅日华侨和日本人同情野人，积极帮助他。但日本岸信介政府拒绝承认野人二战被掳劳工的身份，甚至一度想以“非法入境”的罪名，对野人进行盘查。经过一番波折，野人乘坐“白山丸”号回到了中国。

天津码头，野人看到了敲锣打鼓的人群，迎风招展的红旗，听到了激动人心的革命歌曲。这一切对他来说，是如此陌生。野人辛苦持家的妻子玉珍，饱含热泪地躲在人群外，领着壮实懂事的儿子，看着领导人与野人见面的仪式。在他穴居日本的十三年，家变了，中国变了，日本变了，世界也变了。恰是这一年，中国人民志愿军全部撤出朝鲜，金门爆发八二三炮战，赫鲁晓夫接任苏联总理……

这一切都和野人没什么关系。野人短暂地在天津住了几天，一切都是新鲜的，沸腾的。领导安排野人去参观。以前，除了县城，野人从没去过中国的大城市。他发现很多地方都竖起高高的炉子，冒着黑黑的浓烟，一群群中国人蚂蚁般地忙碌，将铁器塞入那些火热的炉子，野人甚至发现铁锅和门鼻也被丢进炉子，还有很多人在炉子旁打着快板书，鼓动着人群热火朝天的干劲。野人迷惑，领导告诉他，这是大炼钢铁运动，祖国要争取在几年内超过美国和苏联。野人兴奋得热泪盈眶。天津最繁华的街道，野人看到人们拿着扫帚和各式工具，声嘶力竭地驱赶成群的麻雀。惊恐万分的麻雀，从一个枝头被赶到另一个枝头，在野人的眼里，密密麻麻的麻雀，惨叫着起起落落，渐渐变成了一个个吓人的黑点，伴随着兴奋的嘶喊，好似地狱夏季提前来临。这让习惯了孤独寂静的野人手足无措。不知为何，那些麻雀总让他想到雪原冻死的黑颈角百灵。领导安慰他，说这是社会主义“除四害”运动。麻雀是公害，除掉麻雀，就像打败日本帝国主义，让祖国更加繁荣富强。

野人听不懂，但也觉得有道理。祖国把他从日本救出来，让他和亲人团聚，祖国大力发动的事，肯定没错。十三年实在变化太多，他要慢慢适应。又过了几天，野人终于回到了高密，回到了小村。依然是人山人海，很多外村被遣返的劳工都跑过来看他。他居住的老屋门口，贴着大红对联“宁愿苦居山洞，不做敌人奴隶”，他的眼泪流了出来。母亲因思念他，早已故去。她再也不能在破败的老屋门口，等待儿子归来了。家乡很多童年伙伴，都已认不出他了。村里的小孩子跟在他后面，好奇地盯着他的一举一动。野人羞涩而温暖，但继续在可以保持沉默的时候沉默着。他终于吃到了家乡的饺子，听到了过年的鞭炮声。一群后辈恭恭敬敬地给他磕头，祝他长命百岁。野人不再是野人了，成了一个正常的中国人。他高大的身形依然挺立，但也已越来越佝偻苍老。没人在意，这个自日本归来的野人，喜欢在雪天，独自行走在村外的荒野，他缓慢地走着，不跑，他仿佛慢慢地踱去了一个世纪。

他还收藏着那些雪洞的物件，有时也拿出来，让它们透透气。煦暖的阳光下，他坐在自家小院里，一遍遍地抚摸着这些老朋友。胖洪、增福、麻秆夫妻，还有将军，它们也老了，但精气神还好，也都暖洋洋的。北海道的风雪，似乎没在它们身上留下什么痕迹。可是，每逢山东高密的这个小村庄披上雪花，他会忧郁烦躁。他躲在厨房，看着飘扬的雪花，若有所思，仿佛铅灰色的天空抛洒下的不是雪，而是成千上万锃亮的小刀。他开始想念日本。冰窟窿里的小鲫鱼、海边的海带、海胆，煮熟的洋芋，还有野韭菜、野白菜、口蘑，都仿佛在梦中钻出来，散发出诱人的味道。还有可爱善良的美惠，她在日本还好吗？回国前夕，美惠还专门给照顾他的华侨写信，交代野人的日常起居：生鱼等食物，刘君是不吃的。夜间刘君九点睡觉，早上七点半起床。刘君晚上睡不安稳，需要清酒助眠……为了让野人也看懂信，美惠特意向人请教了中文，用汉语写成了这封信。看着歪歪扭扭的汉字，野人感动莫名。细心的美惠竟忘记了，他在中国喝不到清酒，他也根本不懂多少字——无论中文，还是日文。

他想到最多的，还是雪。十三年，那些日本北海道下过的雪，真是太多了，多到野人自己也不知道那是多少。那些雪如果还活着，一定也已老态龙钟了。回到中国后，他也见到过很多雪，但大的小的雪，都不是日本雪花的后代。可惜，人生总有尽头，隔了大海，看不到年年的日本雪花。在他的梦里，那些雪花总在山东高密的上空不断集结，而他的身上，收集了雪所有的寒冷，大雪的白色，渐渐渗进他的内心，成为一团纯色的银。

后来，有人说，他的归来是中国革命伟大的外交胜利，见证了日本帝国主义对中国劳动人民的迫害，也显示了社会主义祖国的强大凝聚力。他表示拥护感谢。再后来，又有人说，应该让日本政府赔偿。他本不想提这些，但日本政府一次次拒绝承认他的存在，这让他怒不可遏。他要为死去的劳工讨还公道。他和日本政府打了几十年的官司，直到 2000 年，日本地方法院才判决日本应给予野人赔偿。就在那年秋天，野人离开了人世。据说他去世前，曾看过一本雪的画册，喃喃地说，听到了熊的吼叫。这让人不解，高密一带没有熊。

野人的故事还在家乡传诵，但年轻人知道的越来越少了。有本书中记载，20 世纪 60 年代初，在北京城，最高领袖接见了归来的野人。寒冷的雪原，你如何活了下来？领袖关切地问。野人露出了肿大的关节，缓缓地诉说着。领袖一言不发，面色凝重。

我是存在的。我在日本度过了十三年。野人坚定地说，我活了下来，这就是真相。

幽灵军

一

昭和十二年（1937）冬，东京雪花飞舞，遥远的中国首都南京格外肃杀冷清。日本陆军大本营发布“大陆命第 8 号敕令”，五十九岁的大将松井石根与五十岁的朝香宫久彦亲王，带领上海派遣军，从上海进发，攻打南京城。中国国民党军事委员会委员长，五十岁的蒋介石宣布抵抗，四十七岁的唐生智抵抗数日后溃败，十几万军士和无数百姓死难。那一年之后，又过了十二年，新中国成立，这年距离日本投降也已过去了四年，其间又是万千日本人或中国人死去，光荣或沉默，耻辱或愤怒，死于战争。

第九师团森联队的长谷川信彦中尉，二十五岁，是国内征召的第三批预备役军人，他急匆匆地从上海下船，日夜兼程赶到南京，战斗已结束了。他穿着崭新的军装，带着一群同样懵懂的新兵，走过刚被清理出来的南京城中华门，目光所及，除了用于填埋的沙袋，遍地瓦砾，散落的枪支弹药，服装鞋袜和杂物，就是尸首，无数尸首，无数停留在死亡瞬间的尸首。有的狰狞可怖，有的凄惨无比，有的甚至被摆成淫荡猥亵的姿态，生殖器官插着各种东西，仿佛阿鼻地狱里的奇花异草，象征着通往死域的诱惑。

初冬黄昏，空旷无人的街道，长谷川耳边，只听到士兵军靴发出“扑哧扑哧”有规律的声响，及枪刺偶尔相碰的杂音。没有战斗，只有死一般的寂寞。一名海军陆战队士兵，背着一条人腿，哼着小曲，走过他们身边。腿的鲜血已凝固，看上面的军用绑腿，应是中国士兵的肢体，而绑腿上赫然绑着不少黄金，想来他被抓获，陆战队士兵嫌麻烦，干脆砍下腿带走。大家都不寒而栗。长谷川忍住空气中越来越浓重的尸臭，转过一条更窄的废路，焦急地看着远方，并猜想踏过中国人的血泊，是否很快能到达师团参谋部驻地。

被征召后，他期待枪林弹雨，在敌人帝都城门下，宣誓大和的荣耀，告慰在天上保佑他的先祖。长谷川出身萨摩下等足轻武士家庭。他不苟言笑，有些阴郁，对下属也不算苛刻。出征前，父亲不甘心地告诉他，室町时代，长谷川家族的先祖，曾做过足利将军的侍大将，后来才慢慢败落，到了信彦父亲这一辈，由于武士制度废除，只能做普通公务员。但武士之血还流淌在家族的血脉里。长谷川满怀希望来到南京。然而，激烈的战斗已过去了，他只能期待新的目标。

长谷川的脑海闪过很多往事，艰苦枯燥的军校生活，寒酸清苦的家庭，还有满脸崇拜的弟弟俊彦和小妹百合子。这样的氛围，想起这些事不合时宜。他必须集中精力，穿过街道，去部队长那里领取新任务。攻城部队疲劳不堪，该是他们大显身手的时候了。要么搜索中国残败兵，要么追击逃亡溧阳山区的敌 93 军残部。他马上就会给这些嘴边挂着绒毛的新兵，展示真正勇士的风采。但是，尽管昭五军装很合体，军刀紧握在手中，腰间的南部手枪也擦拭得油光可鉴，但这一切之上还有挥之不去的想法沉重地压着他。长谷川无法弄清这种想法，只觉得含含糊糊，好像宿命的东西，几乎使他觉得，这是一次有去无回的行程。

血泊随处可见，像雨天过后到处都是的水洼。尸首还像路标一样指示方向，可地图标识的地点还未找到。长谷川有些沮丧，他回头看兵士，他们依然一丝不苟地行进着，没有任何喧哗。天色渐暗，尸首也模糊不清，只剩下一堆堆轮廓。远处的废墟没有光亮，只在部队驻地才发现火光和各种人造光明。一片光亮仍然照耀战争废墟。它们神秘，辉煌，像是掩盖着他从未体验的生活。黯黑天幕，像阴影般倒垂倾斜下来，那些阴影铺天盖地，邪恶而浓重，似乎要将这支小小的队伍吞噬到肚子里。长谷川和士兵们不自觉地加快了步伐。街道旁一家酒坊传来声响，像是瓶子碎掉的声音。士兵们做出警戒射击姿态，包围了那家店铺。

在此之前，长谷川从未想过，死人的气味是甜的。长谷川带头闯进去，不一会儿，从里面揪出一个醉醺醺、胖大狰狞的和尚。他没有武器，长谷川闻到他身上浓郁的酒香。和尚对处境毫不在乎，依然猛灌酒，嘴里还用日语不停赞美中国美酒。这个醉和尚是第九师团随军僧，法名唤作“虚云”。

“和尚不去超度阵亡勇士，在这里做什么？”长谷川冷冷地说。

“黄酒，米酒，江浙一带最好，苏杭的三白酒和桃花酒，也是酒的极品，不过甜味稍微重了。”虚云和尚不答，却只自顾自地说着。

长谷川向那家“太白酒坊”四下看看，发现几具中国人的尸体横卧在那里，不禁有些嫌恶。那些甜甜的气息，裹着血腥味，腥甜得怪异，倒似沾满了白糖的苦胆，串了味道，却还嚣张地吓人。这些杀人和尚，与其说安慰将士，不如说是没廉耻的杀星，据说他们杀死不少放下武器的战俘。没有目标的人生，可耻而失败。长谷川想着，再也不愿同和尚讲话，只是示意他带路，去参谋部见部队长。

二

“你要寻找一个目标。”森四郎部队长面无表情地看着长谷川。

长谷川挺直腰杆，聆听训示。派遣军司令部，发现一支中国川军，自皖南郎溪县开至南京东郊麒麟门定林村，未被歼灭或俘虏，也未放下武器进入红十字会和国际难民委员会划出的难民区，而是消失得无影无踪。松井石根大将、冢田攻中将都认为此事蹊跷。

参谋部认为，中国部队可能进入青龙山区。第九师团曾抽调两个联队在江宁湖熟、禄口至宁芜公路布下封锁线，又在汤山至土桥、安川镇至双桥实行封锁。青龙山恰被围在两道封锁线内，东南面是汤山，南面是安川镇，按理说，不会出现整团士兵潜逃的情况。

逃走了？长谷川有些发蒙，目光盯着军用地图，在红蓝铅笔密密麻麻的标注下，无数陌生的中国地名，像炸裂的蚂蚁窝，幻化为神秘疆域，无数中国和帝国的军人奋力厮杀，那些失去生命的士兵幽灵，将永远地被困在时间内部，与之相关的绝望号叫与卑污血泪，粗暴地穿过桥梁、涵洞、水流、村庄，伴随着幽灵的死亡重演，被不断地濡染在回放的死亡瞬间，倒伏的尸体像青草般肥美……

“部队疲乏，需要休整，我们联队负责搜索失踪川军。”部队长下命令道。

长谷川浑浑噩噩地走出参谋部，心中颇为失落。这种搜索大多没有效果。长谷川猜想，川军部队多半整建制作鸟兽散了，他们不过是找“鸟兽”踪迹，予以证实罢了。这在中国军队并不鲜见，远不如在城内与残败兵交战更刺激。

虚云也被打发到了长谷川的中队，说是随军抚慰将士。长谷川对虚云非常鄙视，但碍于上峰命令，也只能带着虚云赶赴安川镇。小镇孤零零地站在青龙山山脚下，是典型的江南风貌。青石板小桥，潺潺流水，翠绿竹林，还有黑白相间、明瓦秀美的民居。长谷川将士兵们安置在镇上地主的宅子，等待进一步命令。兵士们有些紧张，但丝毫不影响他们在训练间歇，寻找“征服”的愉快。他们偷鸡，摘园中的青菜，有的将百姓家的佛像拿去，有的以木棍捕获了些牛。两个上等兵，捉到一头骡子，捧腹大笑，两个人一齐骑上去。骡子被压得悲鸣着死去，肉则被炖熟了。他们还成群结队地跑到百姓家，强奸从六十岁到十岁的所有女性。妇女们逃走了，欲火中烧的士兵，连清秀的男童都不放过。

长谷川极力约束，先是打肿几名士兵的脸颊，后直接处死了一名伍长。士兵们怨声载道，长谷川却不以为意，只是刻苦训练，晚上按《叶隐》里武士的规矩，在房间静默玄想，反思己过。虚云也加入抢劫财物的行列，但只偷酒喝，每次都酩酊大醉，却不伤人。

安川镇东边，有个云寂寺。每天早上，长谷川伴随着悠扬的钟声起床。但随着士兵们的恶行昭著，寺院的钟声也越来越沉重不安了。阴冷天气加重的时候，命令终于来了。长谷川对参谋部的迟缓大为不满。那些川军恐怕找不到踪迹了。他们沿着安川镇到青龙山腹地细致搜索。长谷川精神抖擞，士兵们呈散兵线散开，刺刀不断在草丛和灌木植物上划过，“唰唰”作响。长谷川想象着，会有一群中国士兵冲出来，向他们射击，然后仓皇逃窜，接着就被士兵们击毙。“箭矢透过甲衣，有如晨风吹过花瓣”。也许，他会遭遇反击，那便是惨烈的肉搏，他的血，会勾引敌人的血，涂满强者飘扬的旗帜。

然而，除了被军队惊吓而出的一头百姓家养的猪，并没有一个川军的影子。这让长谷川沮丧。士兵们也暗暗嘲笑他的无能。他心烦意乱。川军士兵可能已溃散了，在这样在山里漫无目的地找，肯定找不到，他们很可能隐藏在附近居民家中。长谷川派出一支又一支搜索队。他期盼着川军的消息，甚至有些甜蜜的紧张。每天早上，他站在宽阔的大宅前，翘首企盼溃军的消息。宅门口，除了站岗的兵士，只有一对青色石狮，同样沉默无语，赤红色柏木大门厚重沉闷，冬阳冷艳，灰灰的薄雾弥漫，寒风吹过门缝，发出“呜呜”的低吟，犹如地狱冤魂的哭泣。长谷川知道，这些没自尊的士兵，不会认真搜索什么川军，他们多半在蹂躏当地居民，勒索财物，强奸妇女，干尽坏事。这就是战争！长谷川强迫着告诉自己。他讨厌罪行，但崇拜伟大的战争，但谁又能区分战争与罪行呢？

长谷川看着宅门口，代表升官发财吉祥之意的“吊斗”下，那长长的、孤独的影子。他感到浓浓的失败。这沮丧不是风一样的气息，而是一点点地从心里长出来，在肉体的夹缝集合，攀缘血管而上，在脸上缓慢地挥发，显现出蓝幽幽妖异的影。长谷川挺直身体，影子却佝偻下来，似乎在卑微地叹息。异国帝都的郊区，一个无所事事的军人，可耻而失败。

长谷川感到了堕落。

三

“感时花溅泪，恨别鸟惊心。”

虚云喃喃自语。他常对自己说话，好似身体还住着一个虚云和尚。中尉将这当作发疯的表现，对他更厌恶了。只有虚云明白，疯的不是虚云，而是中尉，还有那些肆无忌惮的军士。他们都被恶魔诱惑了，早晚会在下世变猪或狗，承受轮回之苦。喃喃自语，其实是很好的自我反省。它制造声音，排解寂寞，让孤独的人找到心灵对手，进行反复驳诘，从而选择正确道路。他的心里就安住着一个地狱使者，也叫虚云。那个虚云不喜欢酒，却宽容他靠中国的酒武装自己，在刀山剑丛中吟哦诗句，在尸体中寻觅樱花。

这是伟大的人生目标吧——最起码，在尸山血海的魔都，他只能如此。一个曾经伟大的国家的国都被侵占，人民在被屠杀。不知为何，虚云想到了安史之乱的杜甫。虚云向往伟大的唐国，而当下的中国却如此虚弱。“感时花溅泪，恨别鸟惊心。”怎样的情感力量，能让诗人在丧乱之间，创造出如此的诗句？虚云到处找酒喝，喝醉了，就徜徉在古朴的中国小镇，曼声诵读杜诗或《妙法莲华经》，倒也悠然自得。

清晨，虚云从宿醉醒来，曹长来叫他，说中尉让他过去。虚云有些纳闷。中尉自恃出身武士阶层，冷傲沉默，热衷战争荣誉。他蔑视虚云，这一点大家都能看出来。他甚至从没有正眼看过虚云。但在虚云看来，中尉是胆小鬼。他们第一次见面，是在一家酒坊，当时他正在一个躺满中国人尸体的酒缸旁，自顾自地舀出一大碗米酒，喝得酣畅淋漓，酒碗边还沾有鲜血。血浸在酒中，又染红了嘴唇，甜得发腥。虚云看到，冬日黄昏的残阳斜斜地钉在中尉脸上，他嘴唇发白，鬓角冒汗，握着军刀的手指捏得“咯咯”作响。他怕了。虚云暗自嘲笑。和中尉相处的日子，虚云常想起那个时刻。一个将《叶隐》和天皇敕令挂在嘴边，严肃正经的中尉大人，居然也怕血？

这也许就是荒唐的战争吧。虚云摇头，把乱七八糟的念头驱赶出去。他来到中尉居住的北屋。中尉见到他，并不说话，只是指向了地上放着的担架。虚云揭开担架上蒙着的白布，赫然露出一个日本士兵苍白年轻的面庞。这个兵虚云认得，叫羽田真男，二十一岁，山形县鹤岗人，前两天还和虚云调笑，调皮地敲虚云烙着香疤的脑袋，如今却变成了没有生气的物件。

“是溃散的川军吗？”虚云静静地问。

中尉将羽田的领口扯了扯，露出骇人的伤口，已没了血色，肉皮翻卷着。

中尉冷冷地说："没有川军。羽田是被一名愤怒的中国教书先生杀死的。当时他正在强暴教师十四岁的女儿。教师用镰刀割开了他的动脉。"

虚云默默诵念起佛号。

"可耻！"中尉说，"杀死平民和无辜者，不是日本武士所为。"

虚云忍不住反诘："连我这个和尚都知道，现在是公元1937年，也是昭和十二年。中尉大人不像现代人，倒像古代日本武士。"

"不是武士，也不能随便干坏事，败坏军队荣誉。"中尉说。

随便杀人和杀死敌人有什么区别？不过是"大人们"一念之间吧。虚云的心中，另一个虚云的影子愤怒起来。他可是亲眼见过，在南京的一个深长峡谷，就因为大人们的命令，"大日本武士"杀死上万手无寸铁的俘虏。峡谷堆满了人，被浇上汽油后焚烧，肉体的灰冲天而起，汽油的味道，夹杂千万声垂死的号叫与呻吟，遮蔽了寒冰琥珀般的太阳。

"把羽田火化了吧，请法师超度。"中尉缓缓地说，"希望他的灵魂回到鹤岗。"

中尉又说："至于中国教师，枪毙了吧，算是给羽田陪葬。"

士兵们的情绪平静了些。几个兵抬着羽田，跟随虚云来到村口的竹林。竹林有些凋敝，根部还泛着绿意，一条不知名的小河穿过村口，欢快地流淌着时间。河上的青石小桥，还残留着羽田年轻的笑声。虚云依稀记得，恰是昨夜，他和羽田在小石桥聊天。南中国的冬夜寒冷潮湿，但星空格外高远。每个星星都似跳舞的子弹，被快乐擦亮，在天上疯着，叫着，让人思念远方的亲人。羽田戏谑地敲着他的光头，脚在石板的青苔上轻轻划动。那些滑腻、柔软的青苔，染绿了羽田的军靴。如今，那些青苔划痕还在，而那个有着孩子般明朗笑容的家伙，却变成了奸淫掳掠的恶魔，被中国教师割断了喉咙。

虚云指挥士兵，将羽田架在了临时搭就的焚化床上。很快，他看到一个头顶生出恶魔角的年轻身影，伴着潇洒的口哨声，在遥远的天幕飞行，远去。不知何时，中尉也走过来，仰着脖子，和虚云一起看飞腾的尸灰，火红的焰火，默然。

"这里有了……"一个叫鸟取的上等兵气喘吁吁地跑过来，向中尉报告。他紧握着步枪，紧张万分。中尉和虚云都抬头看他。

“有了什么？”中尉强抑制住情绪问。

鸟取上等兵没有回话，而是摊开手，拿出十几颗中国中正枪子弹，黄澄澄的。

中尉抓过子弹，表情狐疑。虚云看到，子弹全都是木头造的！

四

鸟取在一户姓林的竹匠家发现了子弹。长谷川带人过去，这家人已不知所终，只有满院子散落的竹器，破碎凌乱的家具，在提醒人们，他们逃走得如何匆忙。长谷川在里屋的箱笼，看到带血的中国士兵军服，及两箱木头子弹。显然，这是军校演习时的教练弹，但用这样的子弹抵抗皇军，有什么用呢？

恍惚中，长谷川仿佛看到狡猾的林竹匠，搀扶着受伤的中国士兵，扛着武器，冷冷地注视着他这个“日本鬼子”。星光灿烂，家狗躁动，枪支的黄油气息弥漫在院子里，掩盖了竹器清新的香气。他们恋恋不舍地回顾狼藉的院子，然后挥了挥拳头，消失在寒夜呜咽的风声中……

“这支川军真实存在。”鸟取上等兵嗫嚅着。他对几个士兵解释说，他们以为所谓川军早作鸟兽散了，不存在整建制川军，他们被派到这里，只是运气差罢了。谁料到，鸟取他们几个来院子搜索，却遇到冷枪袭击，尽管没造成伤亡，他们还是飞快地跑回来报告长官。

长谷川冷冷地听着，“皇军”只打算在静谧祥和的小镇寻欢作乐，他们暗地埋怨他这个军事主官，不能争取洗劫城市的机会。他真不明白，他们都受过很好的军事教育，怎么到中国就如此堕落？但想到有支部队在暗暗潜伏，长谷川不寒而栗。如果川军选在黑夜，偷袭纪律松弛又无多少实战经验的皇军，他们很有可能全军覆没。

长谷川下达了一系列命令，搜索行动变得更细致有力，军事警戒也严密地展开。长谷川还向上级汇报情况，请求支援。但是，经过一段时间无效搜索，从派遣军参谋本部到联队，对这件事都松懈了，回复也含含糊糊，只让长谷川中队继续搜索，并以战事紧张为理由，拒绝了增兵的建议。

这些残败兵似乎蒸发了。倒是镇上居民的家里，找到很多木头子弹和川军散落的被服、武器。很多居民被抓去拷打，他们异口同声地咬定，这些东西，都是溃散士兵遗落的，他们只是把东西捡回家。他们被打得死去活来，很多人成了残废。川军依然没有着落。小镇大逃亡开始了，先前很多住户对军队入驻，还持有观望态度，但如今这些暴行已让他们难以忍受。他们在黑夜悄悄离开家乡，逃入郁郁葱葱的青山。

安川镇几乎变成死地，除了士兵，难再看见活着的东西，连看家护院的土狗，都被御寒的士兵宰杀了。只有镇子不远处的云寂寺，和尚们还在坚守岗位。美丽的小镇，失去了江南婉约秀美的风情。潮湿的寒夜，是死一般的寂静，只有呜咽的寒风，遍地飘散的垃圾和遗弃物。远处的山林游荡着不知名的火光，是鬼火，或川军窥探的眼。士兵们无精打采，他们失去了新鲜的征服感，开始想家，甚至疑神疑鬼。

长谷川的情绪低沉下去，向青龙山盲目搜索很危险，他却顾不上许多了。虚云和尚并不看好这次行动。他劝说长谷川放弃追剿川军。

"那只是残败兵。"虚云说，"川军部队不存在了。"

长谷川冷冷地说："和尚不念经，不超度，吟诗，喝酒，杀人，就算一向宗的法师，也说不过去吧。"

虚云嘻嘻地笑着，毫不在意，接着说："山里情况复杂，我们不了解地形，也没有当地向导。士兵们进山，不适应气候，极可能得瘟疫。人数太少，会遇到中国人伏击，如果真有川军或其他部队，我们这支没打过仗的皇军，真要玉碎啦。"

"如果没有川军，我们会成为其他部队的笑料。"虚云补充说，"我们应要求调回南京，协助守城，或加入下一次战役作战序列。"

长谷川闭目深思。虚云说得有道理。但他不能忍受，他的军队，在这支虚无缥缈的军队面前仓皇撤退，还要找这么多好看漂亮的理由。

"留在这里，我们都会死。"虚云突然收起玩世不恭的做派，眼神带着惊恐。他喃喃地说，"昨晚，我梦见佛祖眼中流出血泪。这是不祥征兆。"

长谷川对虚云的危言耸听，不置可否。谁不会死呢？创造历史的时刻，如果只是旁观，佛祖是否也会觉得寂寞？

长谷川带领士兵，在清冷的早晨，第二次搜索青龙山。晨雾刚退却，士兵们排成散兵线，彼此距离不远，从山口一片树林开始搜查。长谷川冲在最前面，他的视线总在茫茫的远方。那茂密的森林里，毛茸茸的尘埃四散在丝丝缕缕的光线中，被反复切割，折射着各种色彩，仿佛被肢解的魔方。麻雀，鹧鸪，渡鸦，还有不知什么鸟儿的鸣叫，有的凄厉婉转，有的暗哑阴险，都从未知角落钻出，扰得人心惊。长谷川回头，只在灌木丛间，看到时隐时现的士兵们绿色的钢盔。他们不时低声呼应着。森林的气息潮湿阴冷，仿佛牛舌苔般腻滑苍白。长谷川扭动酸痛的脖子，不禁有些眩晕，心跳得也狂乱。他似乎闻到了死亡苦杏仁般的味道。

"砰砰……"枪声突兀响起，还夹杂着兵士的呼喊。

长谷川猛地一望，是右翼，似乎已接敌。他敏捷地转身，冲了过去……

五

那是一具垂死的肉身，不过十七八岁。年轻的面庞，因为疲劳饥饿泛着青黄。破损的步枪，散落在身边，足上是草鞋，脚趾已溃烂，军服也破烂不堪，但还能看出中国军装的样子。帽子也没有，一缕缕头发粘在头皮上，汗味和血腥味，招来黑压压的蚂蚁，爬满耳朵。耳朵的主人，却无力驱赶执着的昆虫。它们悄悄爬入温暖的耳道，一点点蚕食着年轻的身体。

中国兵眼神涣散，嘴角抽搐，已到了弥留之际。

长谷川指着垂死者，不禁有些得意。长时间搜索，终于有了结果。只要找到一个，就能找到第二个、第三个，或整建制躲在某地的中国军队。参谋部再也没有理由置之不理。

最关键的，是让中国士兵活下去，或者，在死之前，吐露有价值的信息。

长谷川用毛巾擦干净他的脸颊，用生硬的汉语询问他，试图让他喝下点水。

士兵迷离的眼神终于看清了长谷川，先是针刺般紧缩，而后渐渐平静祥和。长谷川有些焦急，询问他军队下落，并承诺让他活下去。但不知是听不清，还是不屑回答，中国兵张张嘴，最后在面部定格了一个笑容。长谷川读懂了，这是一种蔑视，彻骨的蔑视。

中国兵长长地舒了口气，闭上眼，终于放下了负担。长谷川恼怒异常，他怎么可以死！线索断了，再找这支部队，更困难了。然而，看着士兵平静的神态，他的心中又升起一份敬重。这是忠诚于责任的灵魂，为民族国家祭献生命。他命令将中国勇士的尸体抬走，交给虚云超度后安葬。

接下去几天，长谷川一无所获。凭借一个死人，无法说服参谋部。傍晚，饥肠辘辘的中队，疲惫不堪地回到安川镇，跟随队伍的，还有一个中国农夫。长谷川路经小山村，村里人大部分跑光了，只有老人还在坚守家园。唯一的冲突，是鸟取上等兵等几个军士，寻粮食时恰巧遇到中国老农，赶着一头强健的水牛向山林深处躲避。部队征用了水牛，很快在一个当过屠夫的士兵的收拾下，将水牛变成热气滚滚的牛肉汤。

绝望的老农，对着牛肉汤叩响头。鲜血顺着他布满皱纹的额流下。他大声呼喊，不知为可怜的牛哭泣还是为自己。士兵们吃着牛肉，嘻嘻哈哈地看着老农磕头，仿佛看到一出滑稽戏剧。长谷川禁止士兵伤害老农，只将他赶走罢了。倔强的老农，不依不饶地跟随部队。他让长谷川为难，给养并不宽裕，给农夫银钱，显然不可能，也就只能任由农夫跟随部队回到镇子。农夫在镇东头的小石桥大声哭号。他的哭声长长短短，曲折悠长，仔细听来，有些曲子的旋律。长谷川被扰乱得彻夜难眠。

第二天早上，士兵发现老农僵卧在小石桥边，圆睁双眼，嘴张得大大的，仿佛遇到什么惊恐的事，身体早已冰凉。还是虚云，笑嘻嘻地领着人们安葬了他。长谷川发现士兵们窃窃私语，神色惶恐。他仔细询问，才知道士兵在老农尸体旁，发现了不少木头子弹。

“死去的川军士兵，身上也有这种子弹。”一个士兵面带冷汗，沉声说。

长谷川检查了子弹，做工不太细致，柏木做的弹头，弹壳却还是黄铜，在手里掂掂，分量较轻。深夜，叹息和冷笑在万籁俱寂的时刻，反而更强烈了，揪着耳朵，钻进脑子，不让长谷川安眠。他翻身起来，只有风拂动风铃，再就是隔壁士兵的梦呓，远处沉沉浮浮着不知是野狗还是什么别的兽物的呜咽。最令他惊恐的是水滴的声音。他强迫士兵拧紧每一个水喉，但“滴滴答答”的声音还是杀出来，仿佛血泊中行军的脚步声，不紧不慢，却催着人的命，捻着人的泪，踩着人的魂，最后响成一片海水，涨潮，淹没了长谷川。

“没有什么幽灵部队，不过是幻觉。”虚云被召来安慰中尉。

中尉鬓角的汗水涔涔而下。虚云不再说话，只默诵经文：

> 眉间光明，照于东方，万八千土，皆如金色，从阿鼻狱，上至有顶，诸世界中，六道众生，生死所趣，善恶业缘，受报好丑，于此悉见……

中尉紧紧地抓住虚云的僧袍，犹如溺水的儿童抓住大人。狰狞的梦里，长谷川总能见到浑身湿漉漉的川军士兵。他的身上是露水，雨水，还有血水，滴滴答答地淌下来。士兵脸色青白，没有血色，瞳仁也是无色的。他站在熟睡的长谷川身边，伸着手，不怒不喜。死去的农夫，也抬着白发苍苍的头颅，颤抖地向长谷川伸着干裂的手掌。他们的手中，都有黄澄澄的木头子弹。还有数不清的幽灵，沉默缓慢地移动着……

六

爆竹声中，中国农历春节来了，转眼就是昭和十三年（1938）。虚云闲来无事，常去云寂寺找中国和尚谈心。显然，中国和尚对虚云这个日本同行是虚与应付，小心客套中夹杂着警惕。虚云不在乎，只喝得酩酊大醉，跑到云寂寺，将那口传说康熙年间铸造的黄铜钟敲得乱响。

寒气慢慢退了，这片流过太多鲜血的土地，开始恢复生气。士兵也慢慢明白，如果他们不想把繁荣的镇子变成鬼镇，如果他们还想在中尉的军刀下活命，就必须遵守军纪，放弃随心所欲的生活。居民返回家园，市场也慢慢繁荣了，参谋部却传来消息，让中队就地休整，由野战部队转为地方治安部队，服从政府安排。中尉郁郁寡欢。他把自己关在阴暗的大屋，一天天腐烂下去。他醉心于早晨锻炼剑道，然后就躲在房间，读稀奇古怪的书籍，默默地饮啜当地的黄酒，并在刀上刻画出各种美丽的花纹。

“东来千里客，乱定几年归。肠断江城雁，高高正北飞。”虚云吟唱着杜诗，觉得简直是在说自己的心情。像他这样的随军和尚，大多在野战部队，他可以要求调回第九师团，但虚云放弃了，他请求返回日本。短短半年，他抱着在地狱修行心志的想法，不知为何，有些动摇了，尽管他为“不动心”的功夫自豪。他曾在血流成河的屠杀现场谈笑自若。

他和中尉的关系大大改善。日渐颓废的中尉，开始向虚云要佛经和中国古人的诗集。虚云感到中尉不再绷着脸，对什么责任、目标之类的事热心，但他还是极力约束士兵，让他们尽快从征服者转变为统治者。好在，这些士兵经过木头子弹和川军士兵的事，已收敛很多，但更多的是泛滥的乡愁。他们也开始慢慢糜烂下去。有的士兵，和镇上维持会的中国人混得熟稔，时常在镇酒馆买醉，醉了唱家乡歌曲，泪流满面。脱去这身军装，他们不过是十八九岁的孩子。中国人对日本的敌意依然存在。传说，抵抗分子正招募当地人，企图实施破坏。当然，这只是停留在传闻阶段，虚云看到的是屠杀过后的遗忘。随着占领军纪律性加强，中国人似乎重新回到了生活轨道。

离别总有惆怅留恋。虚云竟爱上了南中国的春天。战后劫灰的春天，柳已发芽，镇外小河也透出暖意。竹子泛着绿意，不知名的小野花做着红色或蓝色的梦。小石桥的青苔也茂盛，滑腻得喜人。虚云拄着杖，走过石桥，前往云寂寺，迎着渐暖的风，僧袍里花香满袖。他小口抿着米酒，甜甜的气味，从嘴角溜出，飞舞，远去，调皮地浪荡到碧蓝的天际。

云寂寺最早建于南宋，多次毁于战火，现在是晚清重建的。院里种满桑树。虚云抬头，阳光正醇，蓝天高处有灰云雀飞过。啾啾的鸣叫声，从日渐肥厚的桑叶间坠落下来，漏下不少余音，滴落在虚云的脸颊上，带着苦辛味道，还有些许惊魂未定的委屈。桑叶摇晃，虚云在残缺的石碑前站住，轻轻抚摸岁月留下的伤痕，感受它低沉的诉说。时间会慢慢地改变事物本质。它可以将寺院的功德碑变为王朝的纪念，也可以将来自岛国的恶魔军队变为懒散庸俗的治安宪兵。他想起少年时跟随师傅去京都金阁寺，虽说它曾毁于大火，但这丝毫不损它在虚云心中的震撼。真正的永恒不是藏于永恒的虚妄，而是隐身于人们的心里，从幕府时代到昭和年间，缘起缘散，只要金阁寺三个字在，便是永恒吧。

虚云不禁想象回到日本的日子。他将坐船离开中国，回到京都，继续晨钟暮鼓的生活。杀戮和惨叫，如果不说出来，谁又能相信？经历了这一切，虚云也悄悄地有些同情中尉。没人理解中尉。士兵们只将他当成性情古怪的家伙。中尉其实是孤独的英雄，他的敌人，不是川军，也不是数不清的中国部队，而是世界的无意义。当家族荣誉、武士精神这类玩意儿，在这场不义贪婪的侵略面前，被涂抹了太多脂粉，中尉这样的“古代英雄”，只能将这种对世界的抵抗，孤独地进行到底。

有什么比这更可悲呢？

虚云叹了口气。纷乱的战时，谁会在意小小的中尉，小小的随军僧？正殿的中国和尚，刚上完早课，梵音犹在，回荡在宽阔的回廊里。中国和尚踱步出来，谨慎地向他打招呼。虚云微笑致意，他离正殿还有相当距离。早春的阳光，带着寒气，又夹杂暖意，映衬着五彩琉璃瓦不断变幻，殿门上方三重拱顶上的麒麟、貔貅，在阳光的浸润下，仿佛活过来，有着栩栩如生的表情。虚云惊讶地发现，平日熟悉的寺院，在神奇光线里，仿佛变成了陌生的奇迹。青砖的地面，夹杂蒿草的黑色高墙，古朴威严的殿堂，连带活动的和尚们，都仿佛沉入一片神奇火光，像沉在蔚蓝深海的史前遗迹，又仿佛地狱地藏菩萨说法的神光道场。熟悉的东西，都改变了它们的形貌和本质。很多身穿宋人服装的中国古人，在殿门口拜倒叩拜，虔诚无比。坚固的院墙和高大的桑树，一点点地熔化成尘埃。青砖碎了，重新铺满，又碎，又重新铺满。虚云踉跄几步，发现缕缕云气从地缝钻出，凝聚成形，将寺院装点成五彩云的世界，红的热情似火，绿的青葱秀美，黄的庄严宝相，蓝的纯净无比，紫的尊贵睥睨。不知什么奇怪生物，许是长翅膀的虎豹，或鸟爪人身的怪兽，载着长袖善舞的菩萨，在漫天花瓣中弹奏琵琶，吹着笛子，飞舞在祥云之上……

“啪啪……”几声枪响，惊醒了虚云。他望向远方，天还蓝着，雀还在鸣叫，云朵却不见了。中国和尚惊恐地看着他，嘴里呼喊着，他却无法听到。接着，虚云发现，胸口发痛，血涌了出来，那枪声一开始也并不很响亮，随后响起了阵阵回声。回声在围墙之间传播，传向远空，最后渐渐消失。虚云身体发冷，眼前慢慢黑暗，他觉得并没有倒下，而是慢慢地飘走了，身体轻盈无比，仿佛少年时在金阁寺看到的那片被风吹上天的落叶。他露出了真挚的笑容。

昭和十三年春，南中国吴地，第九师团森联队随军僧虚云，被枪杀于云寂寺。

七

这许是一个不错的归宿。

长谷川站在虚云的坟前，甚至有几分羡慕这个醉醺醺的和尚。虚云被抵抗分子杀死，被埋在云寂寺，也算是缘分吧。他可以在地狱继续修行。昭和十三年后的岁月，长谷川继续在安川镇过着无所事事的生活。他极少讨伐抵抗分子，抵抗分子也较少骚扰安川。虚云之死，据说是源于谣传，说日本和尚喜欢捉小孩吃掉。长谷川越发沉默寡言。漫漫长夜，他独自在沙盘前推演种种可能性，然后迷迷糊糊地累倒在行军床上。他甚至半真半假地学习虚云，品尝中国的黄酒。暖洋洋的感觉让他想起大阪和京都。后来，他连例行的早操也懒得举行，只让副手替代。他蜷缩在狭小的书房，喃喃自语，醉醺醺的。

终于有了川军的消息。中尉一直没放弃研究青龙山地形地貌。他终于发现了川军的下落。这一天已是昭和十六年（1941）春。帝国的军事形势每况愈下，长谷川并不关心。他只关心川军。他要找到他们，这也许才是伟大的目标。

长谷川发现，失败的阴影笼罩着自己，像某种不可知的命运，却无法抵抗。他注定无法走出江南小镇，注定要死在这里。他犹疑，太过关注内心，又不肯屈服于外界压力。他无法真正获得士兵的爱戴，也不能讨联队将军的欢心。作为武士，他无法实现真正的杀场决死；作为军官，他甚至沦为管理治安案件的警察。他永远无法像关东军天才参谋石原莞尔，成为改变历史的武士。他甚至没有真正的人生目标——或许，寻找诡异消失的川军部队算一个吧。虚云最大的成功，在于他是金刚般勇猛的禅师，在地狱也神态自若。

有尊严的失败，大于苟且的成功，这是《叶隐》的武士道精髓吧。

长谷川热爱孤独。孤独不仅是看着熟悉的事走远，且是看着陌生的人和事走来，是猝不及防，然后是害怕和逃避。最后，孤独会侵入身体，热闹已很难享受，似乎孤独才是实有。然而，孤独在时间的凝滞中最终也走向死亡。当死亡来临，孤独又成了对尊严最后的守卫。

长谷川终于领悟到，离开南京城，走向莫名的安川镇，他的时间就慢慢进入死亡状态，不再有未来。夜深人静时，长谷川瞪着大大的双眼，看到胸口流血的虚云，从窗外黑暗的天幕飘然而至。他站在中尉身边，喃喃地说着：

“松井大将的入城式将载入历史。它印证日本帝国的崛起。对战败者来说，那却是永远的屈辱。我们是不可饶恕的魔鬼，或许，还会变成小丑。

“我们都是历史的隐私。杀人的和尚，失去佛祖救人的目标，失去目标的军人，更可耻。

“谁也不会注意历史隐私。不会在意川军，或你我的生死。我们的善与恶，也不会改变历史。隐私不能拿出来给别人看。

“战争不过在你我的心中……”

长谷川发现距安川镇五里的方向，有个小山村麒麟营。山村附近，掩盖着一条长达数公里的溶洞群。长谷川几乎百分百地认为，失败的川军，肯定逃入了洞中。至于说，他们是集体死在那里，还是逃出后又参加抵抗，这需要实地勘探。他兴奋地将消息汇报给驻扎南京的第八师团最高长官小泽将军。然而，被治安战搞得焦头烂额的小泽将军，无暇顾及多年前失踪的川军。长谷川多年来执着寻找幽灵部队的故事，已沦为军中笑柄。

长谷川决心孤身打探溶洞。这也许是他最后的辉煌。他将工作交代给了副手，独自准备探险用的粮食、工具、武器。终于，在一个东风渐凉的深秋，他踏上了寻找之旅。他并不伤感，甚至在平静中有几分期待。

到了麒麟营村，又西行七八里，在一处山坳，长谷川拨开青草，露出幽深不见底的入口。传说，西汉末年，王莽篡位，派兵征讨光武帝刘秀。刘秀战败，曾率千余兵马躲进此洞穴。他摸索前行，打开煤矿用的头灯，也只能照到身边几步远。漆黑的溶洞，伸手不见五指，风阴冷刺骨，只有长谷川的呼吸声、脚步声、暗河的流水声，和不知名的声响，暗示溶洞中存在生命。这是一个喀斯特石灰岩溶洞，千沟万壑、怪石嶙峋，又有复杂的洞穴体系，仿佛蜘蛛网般的迷宫。长谷川不知走了多少时间，手套磨破了，汗水模糊了眼，身体疲惫不堪。他试图拿出水和干粮，却突然发现，前行过程中，储物袋不知被刮落在了何处。

要死了吗？长谷川微微慌乱，但很快坐下，慢慢恢复了尊严。武士道，乃求取死若归途之道，他好似听到地底深处传来中国远征军的军歌：

君不见，汉终军，弱冠系虏请长缨；君不见，班定远，绝域轻骑催战云！男儿应是重危行，岂让儒冠误此生？……

歌声一开始很微弱，像暗夜流萤，渐渐变得雄壮，似乎千百人合唱，好似黄河般咆哮汹涌。长谷川笑了，他终于找到消失的川军。他仿佛看到一群衣衫褴褛的中国士兵，迈着整齐骄傲的步伐。黑暗中的溶洞一点点亮了，在洁白的钟乳石之间，他看到虚云笑嘻嘻地端着酒瓶，也混迹其间，他甚至看到最前面一个国军士兵锐利的眼神、自信的笑容，还有那双布满伤痕的脚上的草鞋。他不是先前被埋葬的那个士兵吗？

昭和十六年秋，二十九岁的陆军中尉长谷川信彦，失踪于中国南京郊区的麒麟营一带。这引起短暂的恐慌，上级很快指定长谷川的副手接替了他的职务。没有人知道，最后的时刻，长谷川中尉在幽深的洞穴见到了什么。呼吸停止之前，他仿佛一直在做“怪梦”。他梦到日本战败，天皇宣布终战，老上级森将军剖腹自尽。父亲病死，母亲和弟弟饿死了。妹妹百合子迫于生活，嫁给了邻居清水丰，受尽虐待。他还梦到又过了几十年，他的骸骨被发现，送回了日本……

小太君

节日，最好的要数端午了。这一天，菖蒲和艾草一起散发出香气，很好闻。上自皇宫，下至平民，每家每户都竞相插着许多菖蒲和艾草。这番新奇有趣的情景，在其他节日又怎能看到呢？傍晚，杜鹃啼叫，更是风情十足。

——（日）清少纳言《枕草子》

那不过是昭和年间的旧事了。世上的事谁都说不准。昭和十九年（1944）端午，少年兵黑木星羽在中国鲁地济南，遇到了女孩金娣，金娣就这样记了他一辈子。日本到底是降了，后来，中日又友好了，百年血仇的冤家，也坐在一起，唱《北国之春》，看电视剧《血疑》。再后来，冤家又不好了，为了一座小岛，争论不休。然而，对行将就木的金娣老人来说，看了无数沧桑，一切都仿佛成了戏。戏里戏外，悲欢离合，终究不过会心一笑。端午来了又去，日本奈良的春日神山，金娣在梦中见过，很美，美得令人想流泪。济南凤蓉街的端午热闹了几百年，最终也到了曲终人散的时候。

一

昭和十九年端午节，鲁地的首府济南，驻守在这里的第十二军参谋本部的内山英太郎将军，照例给驻地部队放假。然而，太平洋失利的消息传来，济南的日本人满面愁容，连往常的花街游行也免了。前几年端午，大批日本人按家乡端午风俗，扮作鬼神，插上茱萸，来凤蓉街游乐一番，连带着战胜国的自豪与骄傲。街面满是兴高采烈的各色日本人，真让人怀疑是到了奈良或者神户。然而，那一年，街上却似乎多是中国人，日本侨民少了很多，好像日本人从未占领这个地方。金娣那时也是欢乐的中国人的一员。她那时还未到知愁知恨的年纪，父亲赵申谷开着一家济南府有名的天真照相馆，生活自然衣食无忧。金娣天真可爱得没心肺。米面价格不断上涨，水灾难民拥入城里，共产党又试图暗杀马良市长，但这乱世和金娣没什么关系。父亲和梨花公馆的速水大佐交好，日本人不会来惹麻烦。金娣的快乐只在端午。

七十年过去了，时间的流逝，不但没有模糊记忆，反而将记忆的镜子越擦越亮。金娣记得，那天傍晚开始，春风便醉了，蜷曲着手爪，软茸茸地伏在人们的脸上哈着气，有些暖暖的酒糟味，又带着丝丝清冷的余韵。从凤蓉街到老按察使司衙门，却天未黑就点上了灯，到处人头攒动，卖糖人和泥老虎的小贩欢快地叫卖着，草包包子、济宁馄饨、鲁南撒汤、滕州菜煎饼，都热气腾腾地诱人，最好的还是粽子，整齐地睡在摊上，各种食馅都有，被粽叶紧紧地裹着，闻一下，带着浓浓的香味儿。女孩子把石榴花别在头上，或把菖蒲和艾草插在腰上，手腕缠着五色线，也有的，用紫色纸将肥嫩水灵的菖蒲根裹住，用各色丝线密密地拴了，斜斜地挂在腰上，权充作香袋。金娣神情恍惚，她似乎发现了七十年前的那把青青的菖蒲，肥白颀长的叶片，抓着湿漉漉的夜露，亮晶晶的，仿佛青春岁月。香气是从菖蒲根上游出来的，攀爬在叶片，滋润的叶子舒展自如，如情人眼里的媚条儿，韧韧的，又英气逼人。

金娣随意地走着，却发现路口聚着一批少年，看打扮应是日本国内来参观的学生。他们穿黑呢制服、戴日式学生帽、穿黑皮鞋，手里打着太阳旗，正在听几名中国人讲解按察使司衙门的来历，尤其是后面的文庙，相传由清末袁世凯翻建，气势恢宏。金娣发现在人群一角，站着一位少年兵，十六七岁的样子，穿着浅黄色军装，却并不整齐，他被套在军服里，显出不合时宜的稚嫩。他厌倦地站在人群之外，似乎对热情的宣讲无动于衷。他脸色苍白，但身材颀长，面孔白皙清秀，在按察使司衙门门口，那已斑驳的石狮子前面，愣愣地站在人群之外，说不出地孤单寂寞。日本少年兵转过头，发现有个中国女孩注视着自己，便缓缓地点头微笑。金娣没来由地心头一热，脸没动，嘴角却咧开了，登时又羞红了脸，扭开了头去。父母经常教导她，平时在街上，一定要躲着日本人，尤其是士兵。虽然金娣家有些背景，但那些粗野的日本武士，在汉奸的引导下，专门在街道上截住女孩，运到鲁仁公馆、新华院这样的地方，先是诬为通共抗日分子，然后各种要挟恐吓，最后有的就被日本兵集体糟蹋后用辣椒水活活灌死。

后来，金娣追忆到，她当时并不害怕，或许只是不好意思。见到星羽的那天，她看到傍晚淡淡的光里有一只清秀的鸟儿，它飞走又飞回，不唱歌也不睡觉。它站在高高的老槐树的肩膀上，一动不动，眼里噙着星星。

金娣看了一会儿风景，觉得无聊，便独自走到凤蓉街一家小馆子，要了几个咸猪肉粽子，慢慢地吃起来。此时天下起斜斜细雨，金娣恋着热粽子又焦急回家，便摘了手腕的五色丝线，慌慌地吮了几口粽子又烫得吹起气，圆润洁净的脸鼓起了腮，萌萌地像水里落单的公主鱼。再抬头，一个瘦长的影子，径直过来，坐在金娣对面，却是刚才参观文庙的日本少年兵。

金娣紧张起来，少年却先笑了，说："不必担心，我只是在这里休息一下。"

少年的口气生硬，听出来汉语并不很好。

"你不和同伴们一起吗？"金娣的好奇心被勾了起来。

"这里的端午很好，"少年没有回答，却自顾自地说，"但我更想念奈良春日神社的端午节。"

金娣不知如何回答。她还没有单独应对一个日本人的经验。

"你懂日语吗？"日本少年继续问。

金娣点点头，又迟疑着用日语说："ほんの少し（一点点）。"她在正谊中学读书，学校早操前，大家都要在操场唱《君之代》，或聆听天皇御敕，日文老师每天都要教日语，背诵好了还有奖励。金娣很聪明，其他功课都名列前茅，但日语学得并不好。

少年听了，就没再坚持说日语，而是继续用汉语说："我的母亲有一半中国血统，所以我很小就学过汉语，只不过不太纯熟。但这一阵子我说了很多汉语。”

金娣对少年有了几分好奇，不禁问：“你来济南参观？”

少年说：“不，是宣抚。济南也是帝国治下的疆土，你看过岛崎曙海的《续·宣抚班战记》吗？如果用微风来比喻，那么，草木就是中国的民众。急风暴雨式的军队之后，宣抚班就会随后来到中国人的村落，和屋前的阳光一起。”

少年背诵着。金娣看到少年的腰挺直了，脸色严肃，眼里闪过高傲的光，也许那就是杀气。不知怎么，她的心突然坠入深谷一般，满满地全是黑暗的峭壁。她突然意识到，也许今天她太自由放肆，居然忘记对面坐着的，竟是日本陆军的一等兵，是一位英俊的“太君”。也许他有些“与众不同”，但这个日本，就是逼着她唱《君之代》，逼着她学日语的国家。这个国家正在统治自己的国家。

“害怕了？”少年又恢复了放松的状态，笑着眨眨眼，“我的，和你玩笑呢。”

金娣低下头，脸涨得通红，有股羞辱感从心里升腾起来，却又奇怪地夹杂着几丝甜蜜的恐惧。她突然发现，少年有一双细长的眼睛，笑的时候眯起来，但满满的都是光芒。少年拍拍手，似乎很满意谈话的效果。他夸张地抓了几下桌子，一跃而起，金娣似乎听到广场传来哨子集合的声音。少年兵兀地奔跑，又兀地转身。他叹息了一声，向金娣挥手告别。光亮一点点地暗淡下去，少年脸上稚嫩的绒毛，在灯火下闪了闪，人就消失不见了。

细雨沥沥，除了店铺的灯火，四周都变得黑黢黢的，湿漉漉的，只有人影浮动在街面上，仿佛溺水的游魂。金娣只是最后听到少年兵说了一句：“我叫黑木星羽，也许我们会再相见的。”

二

金娣如今老了。九十岁的老人，如同裂开的松树，沧桑静穆的尊严是他们的，也只是维持着罢了，经不起细细打量。只有浮浮沉沉的记忆真正属于他们，尽管有时模糊，有时清晰，但总有松香般淡淡的气息。记忆有时很神奇，离得近了，反而不那么可爱清楚。也许，回忆就是蹦出水面的金鲤，呼吸得越紧，消耗的水分越多，就越快走向灭亡，只有沉浮在时间的河流里，才保留得长远。

昭和十九年，也就是民国三十三年，这一年金娣难以忘记。金娣记得，那时的端午节最美，七岁以下的男孩戴符（麦秸做的项链），早上饮黄酒；女孩子要用露水洗脸，戴菖蒲，还要穿上母亲做的黄布鞋，鞋面用毛笔画上五种毒虫。从时间的河流回溯过去，金娣清晰地看到，少女金娣那天真的很快乐。但天真总会过去，现实的残酷让人终生难忘，正如她和黑木星羽之间的故事。

金娣的重孙女雪慧，却并不知晓老祖母的忧虑。她也在花一样的年龄，正如当年的金娣。她们早就不再用露水洗脸啦，也不会穿戴什么菖蒲和黄布鞋。如今的凤蓉街前，是一条现代化的步行街，贵和、索菲特等大楼盘都在那里，端午正值 6 月，天气不热不凉，商家都在打折销售，街面上热闹非凡。凤蓉街也早已变成一条更拥挤繁华的古街，古董字画店、戏院和鲁菜风味的饭馆，鳞次栉比，倒也古怪有趣。街口立了几尊陶泥塑像，模仿的都是民国风物。男性形象多着长袍马褂，女学生则多穿布衫短裙、圆头的布鞋，惹得很多游人去和它们合影，把陶人的肩膀都蹭得亮晶晶的。雪慧本来约着同学逛街，但母亲安排她趁天气好，推着老祖母去凤蓉街转转。雪慧纵有千般不乐意，也只能噘起嘴，闷闷不乐地出门。好在外面毕竟热闹，小女孩心性活泼，老祖母讲个笑话，也哈哈地笑，忧愁烦闷都抛到了九霄云外。

“看啦，日本人！”雪慧高兴地喊着，只见一个日本旅游团在导游的带领下，正在参观凤蓉街。他们都穿得整洁，手里规规矩矩地拿着小旗，正认真地听导游讲解。导游也是个清爽的女孩子，日语讲得婉转动听，日本游客不住点头，连旁边的中国行人都停下来看看。

“検察の役所に。”金娣的嘴里突然蹦出几个日本单词，雪慧吃了一惊，说：“您会日语？”满头银发的金娣得意地点头。她当然知道，这是按察使司衙门的意思，那时她的日语真的只是“一点点”，但这些日语也归功于“小太君”，金娣眯起眼，天空晴朗着，白云如飞，不见杂质，有着近乎透明的蓝，仿佛那是堵看不见的时光之墙，她的目光穿越过去，又回到了那个战争的年代……

端午过后，时局越来越乱，日本人的日子不好过，但每天的检查却越来越多了，学监要检查学习日语的情况，每天出门，还要经常受到盘查。金娣的家住在老商埠一带，算是富人区，但出入总要经过日本警备司令部门口，所以也常受到审查。有一次，金娣起床晚了，急着去学校，忘记带良民证，差点被路卡的宪兵带走，金娣吓得简直要哭了。两个不怀好意的日本宪兵看着她，目露凶光，其中一个用生硬的中国话说：“姑娘，屁来摸摸。”金娣吓得浑身发抖，却不能移动分毫。她从来没遇到过这样的事。

一个明快的声音在她耳边响起：“喂，你太粗心大意了吧？”金娣抬头，发现有个少年日本宪兵正在对自己笑，露出白亮亮的健康的牙齿。她喜出望外地指着他说：“你是黑木太君！请救救我！”

果真是那个少年日本兵黑木星羽。他戏谑地对金娣说：“我不是太君，只有陆军大尉以上的军衔，才能被称为太君，称呼都被谄媚的人叫坏了。”

他又回头，笑嘻嘻地对宪兵说：“吉田君、佐佐木君，不要在小姐面前太粗俗，她是我的朋友，肯定忘带良民证啦。她总是那么粗心大意。你们看，她不过是个小女孩，不会是坏人的，拜托通融一下，改天我请去鑫丰园啦。”

两个宪兵悻悻地看着金娣，心有不甘地走了。黑木星羽扶住有些瘫软的金娣，学校是去不成了，就送她回家，并在路上将五色丝线还了她。上次她在小饭馆遇到黑木，将手腕的丝线忘在那里。

“你怎么找到的？”金娣有些奇怪。黑木星羽明明先她一步离开饭馆。

“当时我正负责安排日支友好学生访问团的警戒，临时有事，但的确想见到你，忙完事情，就返回头找你，但只看到了丝线。”星羽笑着解释。

金娣心里有些异样，嘴里却说：“我有什么好见的，不过是普通女孩。”

黑木却转移了话题，装作严肃的样子："喂，都不知道你的名字呢？这不公平，一会儿送你回家，会被当作坏人啦。"

金娣也笑了，也假装嗔怒："我叫金娣，不叫'喂'，拜托黑木太君不要喊错。"

后来，金娣才知道，黑木星羽本是奈良调过来的交换生，也就是奈良的日本少年来济南上学，而济南的中国孩子到奈良受培养。他在班上表现不好，被贬为警备司令部宣抚班的少年护兵，身份当然还是"军嘱托"，不过因年龄小，不能上前线，就帮着散发传单，普及日语，组织对外宣传。那天凑巧，路卡值班的士兵生病了，星羽顶他的班，救下了金娣。喜欢一个人是很麻烦、很累的事儿，有时候甚至会变得危险。但人们心里总是有些爱危险吧。但喜欢的事终究会过去，就像恨一样。此后数十年的人生岁月，金娣无数次地问过自己，为什么会喜欢黑木星羽，这个敌国的少年兵士，难道因为那把端午的五色丝线？爱，无缘无故地来，却又不闻不觉，想要珍惜留住的时候，却又无声无息地走，无记无识。

三

改造凤蓉街的消息，金娣是在广播里听到的。人年龄太大，眼神不济，看什么都模模糊糊，耳朵也差了很多，所以消息也听得模模糊糊，大意是政府还在讨论，据说连紫竹巷、剪子路、甜水街，也都要改造。但很多市民和专家学者表现出群情激昂的意思，就好似十年前政府拆掉德国人百年前建的老火车站，这种车站据说现在在德国也已失传，当时也是"群情激昂"了很久，但最终还是不免被拆掉，建起了高档小区。

为了拆迁，很多地方闹得不可开交，急功近利是自然的，金娣却也看得开明，人总是要死的，也没有"永远不死"的建筑。山水江河的自然造化，也许是永恒的，但那些著名的历史建筑，没了当时人们的精气神，不过是些没了灵魂的尸首标本罢了。人们恐惧死亡和时间的流逝，所以就在建筑中安慰自己对于永恒的贪婪。

“老奶奶，也要拆咱们家呢！”雪慧对金娣的态度有些不满，鼓着腮大声说。

这倒是让金娣吃了一惊。赵家的照相馆在新中国成立后就变成了公私合营的单位，后来又成了国有企业，再后来又被承包给了一个广东商人，和赵家更没了关系，只是赵家老宅就在紫竹巷，五间瓦房，两进院子，还带一个小花园，也算有百年历史。老伴去世后，儿子和女儿都已各自成家，开枝散叶，但重孙女雪慧还和她住在一起，一是方便照顾，二是雪慧在实验中学上学，住在这里方便。

“拆了这里，我也活不成了。”金娣的态度突然有些悲观，把雪慧吓了一跳，赶紧安慰老人：“您放心，拆不到的，只是讨论啦。要真的拆，我就去抗议。”

雪慧说到这里，却嘻嘻笑了，也觉得这样的表态好玩。拆这老房子，她自然愤怒，她的童年，就是在满院子石榴树和月季花丛中度过的，亭廊旁的绿秋千，也无数次被她轻轻抚摸，抓弄，如今上面还有她刚学会写字时留下的歪歪斜斜的字迹。这怎能说拆就拆？但是，让她一个高中生去政府门口抗议，她却觉得麻烦，多半发发牢骚罢了。但她完全不知道，这栋绿意葱茏，却稍显颓败的老房子，却埋藏着老祖母很多从不为人知的秘密……

黑木星羽自从认识金娣后，常去她家里做客。黑木常拿来自己做的羊羹，和金娣一起吃，也带回金娣家的甏肉饭和绿豆糕。黑木也喜欢吃济南有名的“心里美”萝卜和甜沫。他们也经常说到日本和中国，尽管俩人小心翼翼地回避这个话题，但金娣一直记得黑木谈到“宣抚”问题时高高在上的优越感，有时不免冒出几句讽刺的话，黑木也是少年意气，俩人有过争执，也不欢而散。金娣凭着本能讨厌日本兵，就说“日中亲善”吧，可日本人处处欺负中国人，警备司令部有时还会挂起反抗日本的中国人的头颅。金娣几次想下决心和黑木断绝关系，但不知为何，就是狠不下心来，直到黑木来到正谊中学做“宣讲”，事情才有了根本的转变。

那是秋天的事，学校早早就下了通知，说是驻扎在济南的华北派遣军第十二军的第十六宣抚班，要来正谊中学做“宣讲”活动，要求同学们一定参加，不能请假。对于这种奴化宣传，金娣很反感，但又不能不去，就早早地在学校礼堂的后排占据了座位，她的打算是，既然一定要听那些假话，就带本书去，多半是巴金的《家》，也好消磨时间。

下午，演讲时间到了，校长介绍过后，先上台的是一个矮壮的部员，日本宣抚官江口介中佐，他戴着“大日本军宣抚官”的袖章，袖章白地红字，神态严肃，但他的日语速度快，尽管正谊中学一直都在加强日语，但金娣的水平也就是粗通，内容又肉麻乏味，不一会儿，金娣就打起了瞌睡。

掌声响起，江口下台后，一个年轻的日本少年兵上了台。竟然是黑木星羽，金娣先是吃了一惊，然后是恼怒和羞愤，难道他有意来学校里向自己讲这些骗人的废话？

但黑木就是一个奇怪的家伙，他的眼神是那么清澈，尽管军装在身，但并不显得嚣张，套在他的瘦削的身体上反而很妥帖，倒像是校服般合身得体。

“今天我站在这里，是为祈求和平而来。请中国的朋友了解我的苦心。”黑木上台讲了一句，声音就颤抖起来。接下来，他竟然哽咽了。台下窃窃私语，宣抚官把他拉了下来，严厉地斥责了他。接着，又有一个日本少年登台，黑木则颓然地退下，独自躲到学校花圃后面抽烟。金娣也默默地退出会场，找到星羽，半开玩笑地说：“黑木太君，宣抚真不错啦，可惜你的微风，并没有吹起来呀。”

谁料，星羽并没有回应，而是情绪低沉，眼圈泛红，抱着头不语。金娣不了解情况，也就沉默了。许久，星羽才突然抬起头，盯着金娣：“我喜欢你。”

这算是表白？金娣吓了一跳，有些气恼地说：“星羽，你发什么神经啦。”

“不是的，”星羽突然抓住了金娣的手，真挚地看着她说：“这些话我憋在心里许久了，我好怕，今后再也没有机会说出心里话。”

“星羽，你怎么了？”金娣有些好奇。

星羽断断续续地讲了很多金娣不知道的故事。他出身奈良的一个小糕点商人家庭，父母还同时经营一家花店。可就是因为战争，他被派到了遥远的北中国。他原本是交流生，如果成绩好，可以直接被保送到台湾的帝国军校，但就因为同情中国人，他被宣教官严厉呵斥，并被开除，从一个有大好前途的学生，变成了少年护兵。

“你看不起中国人吗？”金娣小心翼翼地问，这也是她憋在心里许久的话。

“我怎么会呢？”星羽深情地说，“中国太大，太美了，光是这齐鲁，就有很多有意思的地方。我去过汶上，看到过蚩尤的坟墓、曲阜的孔庙和邹城的孟庙，人们都淳朴高贵，还有海边的烟台，相传，几千年前就有东夷人在打鱼，渡过海就是日本。有人说，日本神武天皇，就是秦朝的徐福。但我的故乡也不差，奈良的春日神山，也同样美得惊心动魄，我要把这些美的东西留住……”

金娣认识的黑木星羽比较羞涩，虽然喜欢讲点怪话，但她从不知道，他这么能讲话。星羽告诉她，如果战争结束，他想成为画家，或摄影家。她想抽出被握紧的手，但不知为何，却总也动弹不得。金娣从来没有和一个男人发生强烈的感情，更没想过，是一个日本人。

“战争没有出路。”星羽激动起来，流下了眼泪，他的话又急又快，“说不定哪天，我也会被送上前线。就在前些日子，盟军轰炸了奈良，听参谋本部的同乡说，我家居住的地方，已是一片火海，现在父母也不知道是否活着……”

金娣也情不自禁地搂住了星羽。她暗暗地想，如果真有和平，那该多好，日本人和中国人，谁都不要欺负谁，大家和和气气，什么事情都商量，像友爱的邻居，那有多好。

那天，金娣和星羽抱在一起，不停地讲话，直到月上中天。他们满心欢喜，听着对方怦怦的心跳声，好像两颗年轻的心也要长在一起，像彼此交叉的合欢树。金娣亲手将那把端午的五色丝线重新编织，做了一道红绳，系在了星羽的脖子上。数十年后，年迈的金娣还记得星羽在月下曾教给她一首子规的俳句，说的是俳人酒叶公济（月人）和星野麦人（麦人）的故事。月人和麦人相知，月人因病去世，麦人对月歌哭怀念，感人至深。

“月人已逝去，麦人觉春寒。”这样的句子，大概就是永世不能忘记的感情吧。

四

要说雪慧对紫竹巷的老宅，完全没有好奇心，这也不对。在雪慧很小时，就听别人讲，赵家老宅埋藏着宝藏，她也曾凭着小女孩的热情和勇敢，在小院子和老奶奶的卧室里，寻找了很久，但并没有什么宝藏，只有几枚霉变发绿的“光绪通宝”。金娣老奶奶信佛，内宅的影墙又厚又长，被掏出洞，砌上了一个敬供观音的佛龛。老奶奶常在那里念经。雪慧在老宅蹑手蹑脚地寻宝，常能听到老奶奶敲木鱼的声音，“咚咚”“咚咚”，回荡在空荡荡的房子，还真是有些清冷。

后来，她上了初中，渐渐懂事了，看了鲁迅先生的小说《白光》，不禁对年少时的行为好笑，自己简直就是那个落榜后梦想发财的老酸儒。听父亲说，在老奶奶那辈，家底还殷实，要不然也不会有那么好的院子。刚解放时，上级要收走这房子，把他们这些“腐朽的资产阶级”赶出去，但因为赵申谷是捐助革命的士绅，也支持过新政府，这才作罢。后来，“文化大革命”来了，一群造反的红卫兵小将，不知从哪里听说老宅有宝藏，赵申谷是汉奸，就来赵家挖东西。金娣老奶奶拼死阻拦，还险些被小将们的铜头皮带活活抽死。而先祖赵申谷老人，羞愤之下竟悬梁自尽了。小将们看死了人，才一哄而散。

好好的“宝宅”就变了“鬼宅”。有人传言，常常在打雷下雨的天气，看到有日本兵从赵宅的枯井里钻出来，或从影壁墙上飘下，在雨夜练习拼刺。据说，日本战败，很多济南的日本人剖腹自杀，他们的中阴身游魂进不了地府，就飘荡在济南的各式宅子里。也有人说，那不是日本兵，而是含冤自杀的赵老爷，有人亲眼看到，一个长袍马褂的民国老头，吐着舌头，手里拿着上吊的绳子，在回廊之下独自徘徊，哭哭啼啼，想必是诉说冤屈，或是找替身。雪慧的母亲和雪慧，都曾被这传说吓到过，但金娣老奶奶却以她的镇定从容，让这些谣言不攻自破。她曾很大气地抚摸着雪慧的头说：“小妮，不要听旁人胡吣，咱们这老宅是风水宝地，多少钱也不换，他们想要用这些阴谋诡计逼咱们搬走呢，要这老宅——

除非我死了！”

家人们也就不再惶惶然，这些年下来，也没什么怪事发生。近几年，济南“深夜故事”网站的好事者，居然在网上评选了“济南十大鬼宅”，赵家老宅赫然在列，偶然会有鬼头鬼脑、精灵古怪的男女来她家“探险”，真让人哭笑不得。

“老奶奶，你晒晒太阳，我去去就回。”雪慧看到了满眼都是好吃好玩的，心早就飞走了，她将金娣老奶奶的轮椅停放在了一个阳光很好的街角，迫不及待地跑去买鱼丸吃了。而金娣就在这端午熙熙攘攘的街头，在这和煦的阳光里，昏昏然地陷入沉睡。老年人的觉多，她多想永远地回到昭和二十年的夏天。恍惚间，似乎她真的做到了……

就在那个夏天，日本战败，她和黑木星羽也克服重重困难，决定厮守终生。她偷出家里的钱，又变卖了首饰，并搞到了两张票。有了这两张票，他们就可以先坐火车去青岛，然后想办法从青岛港直接坐船回日本。金娣要和黑木在一起的时候，还不到二十岁，这正是爱得兵荒马乱、天崩地裂的年龄。而赶在这个“兵荒马乱”的时代，这份爱情也就显得尤为与众不同。她并没有考虑到，在日本最后战败的日子，港口也是一片混乱，一个没有身份证明的中国女孩，一个擅自脱离军籍的日本少年兵，如果没有类似战后国民政府设立的“日俘侨管理处”这样的机构统一安排，根本不可能回到日本——即使有可能，也只是黑木星羽一个人，金娣则绝无可能。但相爱的少年男女啊，他们的勇敢和懵懂，都超乎想象。

金娣永远不会忘记，那天的夜晚是属于声音的。胜利的口号响彻云霄，月亮像燃烧呐喊的军旗，就在天上疯着，星星也一群群的，刺得人眼疼，到处都是鞭炮声和欢呼声，嘈杂的人声扰得人想笑，锣声和鼓声粗着嗓子唱歌，歌声都凌乱了，走了音却似乎更完美，还夹杂着喜极而泣的叫嚷，有的人家还将脸盆和暖瓶摔碎在地上，碎了一地的声音，居然也带着喜气，好像这个以泉水和垂柳著称的安静城市，完全变成了声音的天堂。那些声音从四面八方杀过来，此起彼伏，时聚时散，相互唱和，涌动成一条令人陶醉又令人心碎的大河。

赵家人都上街参加欢乐游行了，只有金娣还在后院的小花园门口等着。星羽答应她，要在今夜带她一起走。她已经将随身衣物整理好了，就偷偷放在石榴树下。可她等呀等呀，月亮的清辉照亮了天空，远处的声音喧闹着，似乎只有这个小小的院子是全世界最安静的地方。时间越来越长，金娣越来越急，终于看到一个人影跌跌撞撞地走到院门口，她急着迎上去，果然是黑木星羽，但他的军装上沾满血迹，看到金娣，仿佛虚脱般瘫软在地上。

金娣的心沉下去，她从没有见过这么多血。她扶起星羽，才发觉子弹穿透了星羽右胸，那些血一股股地冒出来，像夏天雨后的小草。金娣不知所措，只能按住星羽的伤口。但没有用，血还是争先恐后地叫着，逃离而出。金娣放声大哭，在这个万人幸福的夜晚，她却迎来了人生最大的悲伤。

警备司令部里聆听到天皇终战玉音，大家都乱成一团。星羽趁机跑出来，他怀抱着包裹和车票，一路跌跌撞撞，心中没有悲哀，却只有淡淡的喜悦，甚至还有一丝解脱的味道。战争结束了。他要和金娣回日本去。他要当画家，金娣做护士。他们的人生还很漫长，还有大把的好日子。然而，星羽昏头昏脑地跑出来，却忘了今晚是中国人纪念胜利的时刻，他被愤怒的中国人围住，打得半死，并被抢走了东西，如果不是看他年纪小，肯定是要活活打死的。星羽没有反抗，他只是想抢回那两张票，就被一名持枪的治安军打伤了。

他只想活着，活到和金娣在一起的岁月，但这些都成了泡影。

金娣这才想起，要给星羽包扎，送他去医院，但被星羽制止了。他的血都要流干了，来不及了。再说，在中国人狂欢庆祝胜利的时刻，哪家中国医院会治疗一个日本少年兵呢?

金娣绝望了。她只能紧紧抱着星羽，任眼泪珍珠般洒满星羽的脸。

“金娣，你的样子我永远看不够。我不许你哭，也不许你发怒。”星羽轻轻地说。

金娣的手一紧，她听到自己的心在鸣叫！它简直要颤抖着，跳着走出胸膛，如同一只胖胖的、幸福的金表。

“傻瓜，我会老，会丑的。”金娣握着星羽的手，那止不住的血又热又滑。

“我死了，你就会永远记住我现在的样子。你说过，你也会照相的，就让我留在你的记忆里，好不好？”星羽握住金娣的手，声音一点点弱下去，却满是期盼……

血只在血中，正如火只在火里。多年以后，面对着如今繁华依旧却已物是人非的凤蓉街，当年迈的金娣想起那一幕，恨不得流光自己的血，换回星羽的生命。然而，每当她做如是想念，就会看到时间的子弹穿越历史厚厚的布幕追过来，击中心脏。布幕太厚，太重，味道太难闻，子弹咬穿了，也已经精疲力竭，伤痕累累，到了心脏，却更像死亡深情的一吻。这个万人幸福的夜晚，金娣却永远失去了最爱。

是呀，七十年前的那个夏夜，金娣又看见了，一只清秀的鸟儿，它飞走又飞回，不唱歌也不睡觉。它站在高高的老槐树的肩膀上，一动不动，眼里噙着星星。

五

“老奶奶，东西掉啦。はい、どうぞ（请您收好）。”

昏睡中的金娣抬起眼皮，发现对面日本旅游团的一名日本少年，不知何时竟然走到了自己身边，并捡起了轮椅前的一张照片，想来是金娣昏睡间，掉到地上的。她向少年点头致意，少年则礼貌地鞠躬，然后飞快地走掉了。

然而，看着少年的背影，不知为何，金娣觉得如此熟悉，也令她心潮澎湃，以至于有些不知所措。阳光白亮亮的，端午的凤蓉街依旧热闹非凡，街面的灰色侧墙，有些用白粉写出的“拆”字，而街口的明湖书社，正唱着大鼓柳子戏，不知曲子名，只听见一个年迈苍老的妇人的声音，刚健清越，直直地从那些喧闹中杀了出来，传入金娣的耳朵：

“三九大老，紫绶貂冠，得意哉，黄粱公案。二八佳人，翠眉蝉鬓，销魂也，白骨生涯……”

金娣突然想起，日本少年的脖子上，有一条细细的红痕，如不认真看，仿佛是些五色丝线，好似山林中的星颊鸟般优雅美丽。金娣暗暗认为，那便是星羽君的转世，那红痕定是丝线，也是前世砍下头颅时的痕迹。星羽君真是从没老过，他还像七十年前那样容光焕发，清澈神秀。没有人知道，黑木星羽其实就埋在赵家老宅的石榴树下，而他的头颅，则被砌在影墙的佛龛里。金娣每夜都能见到星羽的鬼魂，漫步在空荡荡的房间。他默默陪了她七十年，无论喜怒哀乐，宠辱悲欢，他只躲在金娣的身边深情地注视着她。七十年的戏演下来，金娣也累了，如今，紫竹巷要拆，风蓉街要散，人生也要谢幕了，星羽来接她了，他们将一起在梦中的星夜里，漫步于春日奈良的吉野山，漫天的樱花和梨花，飞舞如雪虫，落满衣衫……

雪慧只顾着看风景，回来时发现老奶奶又安详地睡着了。她幸福地笑着，嘴角翘起，手中捏着一张暗黄发旧的照片，上面有一个美丽的中国女孩和一个面色苍白的日本少年兵，照片背面，沾着些陈年血迹，还有一行稚嫩的、已模糊的中文：

“月人已逝去，麦人觉春寒。我叫黑木星羽，也许我们会再相见的。”

副领事

1934年6月9日上午9时半，日本驻南京总领事馆通知南京政府副领事“失踪”。日本称此次事件系拳匪事件，乃杉山书记被杀以来最重大之事件，要求南京当局施以严重措置，并绝对采取强硬态度。日方调派第三舰队二十七队驱逐舰“苇”号、巡洋舰“对马”号等开赴南京下关。行政院长汪精卫急电坐镇庐山指挥“剿共”的蒋介石。蒋电令：“南京全城戒严七十二小时，三天之内务必寻获副领事，违令者杀！”……

一

此去再无归期。

侦探曾泰在日记里写着。

闷热的黄昏，南京城已点点灯火。细小的蚊虫扑面而来，要刺穿紧张惊惧的皮肤，将尖细的喊叫植入鲜红的血肉。“钟山龙蟠，石城虎踞。”从山上望南京城，远处黑黢黢的，不知是山的褶皱，还是莫名的暗影。副领事眼中，黑暗和紫金山的氤氲水汽一起杀出来，在眼角碎成了叹息和低吟。

为什么回去？必须消失。副领事劝说自己。遗忘只是瞬间的，帝国将铭记他的名字，也许会像昭和六年（1931）满洲事变前的中村大尉。

但铭记又有什么意义？明年，亲人们或许只能在神社寻找他的名字。副领事几乎无法想象爱妻丽子绝望的眼神，三个孩子也会为父亲痛哭流涕，但那时他已看不到了。

他感到了饥饿。细小的虫子，正吞噬着他的脂肪、精血和活力，让他在山风中摇摆。再远处，灯火连成串，又织成网，愈加模糊了，在更远处天地交接的地方，成为一片遥远的曲线。很多声响喧闹着，也如海浪般缓缓地远去。副领事不知道，南京城正因他的不辞而别，陷入彻夜不眠不休的寻找。他只是预感，那每一盏美丽的灯火，也许都是一个温暖的、中国人的生命。这些生命，会因他的消失而死于战争。

不必再走下去，再走也没有路。不知何时，小雨悄然而至，静静地洗劫着槭树、蓝绿相间的小花、野草和光滑的岩石。两只发情的灰喜鹊，在欲望中欢快又痛苦地折磨着彼此。副领事实在不明白，叫声如此悲苦的鸟，为什么中国人叫它们“喜鹊”。

6 月 8 日，平常的春日，中午，副领事跟随车队送走有田吉公使。公使大有深意地同他握手，眼镜后闪烁着奇特的光芒。副领事打了个寒战。他昏昏沉沉地踱着步子，藏青色西装紧巴巴地裹在身上，仿佛魔咒一般。他缓缓离开人群，独自漫步街头，沉思，向街口的少年烟贩买了包三炮台。他抽了根烟，仿佛决定了什么似的，找了辆黄包车，来到中华门。他想让车夫把他拉出城，车夫以路途远、要回家为由拒绝了。

先生，您没事吧。车夫关切地询问。那是个年轻的车夫，健壮的脖子，汗津津的，在下午软茸茸的阳光中闪着别样色泽。他摇摇头，独自向城外走去。他羡慕车夫说起家的时候，眼中闪烁的幸福。

副领事早就想过死。那是在家乡奈良，春天来到的时候，父亲领着他去吉野山的深处狩猎。山顶沉淀的积雪，亮皑皑的，闪得人眼疼，樱花有些已早早开放，漫天都是飘舞的粉色花瓣，好似雪的精魂活了过来。父亲沉默着，黑黝黝的猎枪，如从冬眠中醒来的蛇，警惕地望着远方。快看！年幼的副领事颤抖着说，那时父亲还年轻，敏锐地挡在副领事身前，向远处一个白点开了枪。枪声并不响亮，土枪的声音是闷哑的，像被揪住喉咙的人发出的呐喊。呛人的白烟散去，副领事不顾父亲劝告，雀跃着来到远处。他看到白雪下伏着只冻毙的野豹。土枪打在它身上，破坏了完好的毛皮。父亲惋惜着，副领事却不关心这些事。他伸手摸了摸野豹僵硬冰冷的尸体。那是生命溜走后的遗迹。这具身体的主人，曾无比地敏捷英勇，但现在只是张被破坏的毛皮，还有些不值钱的碎肉。副领事感到悲哀，对生命的悲哀。当时年幼的副领事，并不能完全理解生死意义。他只是一遍遍地抚摸那具尸体，内心涌动着莫名的悲哀与兴奋的古怪情绪。如果生无可恋，不如拼却一死更有意义，否则悄无声息地把自己交给不相关的人，终究是可耻的。

短暂的打猎经历毕竟太过遥远，虽然中日关系紧张，但这并不影响副领事在南京阴阳营小别墅的优渥生活。他喝雨前的龙井，闲暇时钻研中国鼎器金文，收藏明清古玩，研究中国书法和汉诗。战争似乎离副领事十万八千里，但只是一眨眼，这十万八千里，就变成了近在咫尺的威胁。

饥饿感越来越强烈。奇形怪状的远山无关紧要，它只催人昏昏欲睡。饥饿把他带到山上，他开始睡觉。一觉醒来，他爬起身，又上了路。最后他在紫金山山脚停下，先用砖石搭建了坟穴般的小洞，睡到半夜，又蹿出来，攀爬到一棵古槐上，蜷缩着进入了短暂梦乡。

二

寻找目标非常困难。曾泰接着在日记里写下。

忙碌了半天，并没有结果。曾泰带领的南京警察厅九局第六行动小组疲惫且沮丧。警察厅散发了副领事的照片，一个温和忧郁、瘦削矮小的日本人。日本传言甚多，外相广田弘毅公开发布战争威胁。日本报纸《每日新闻》讲，副领事在领事馆被两名“中国巨汉”（可能是宪兵）挟持而走，生死不知。这简直是一派胡言。日本领事馆戒备森严，寻常人根本不能靠近。如果不能在七十二小时内找到副领事，南京城会陷入战火，中国也许会如萨拉热窝，成为被点燃导火索的“火药桶”。

曾泰奉命询问副领事的夫人丽子女士。副领事住在鼓楼区南阴阳营62号，那是处宽敞透亮的日式大宅。明代鹰扬营卫曾驻于此，名“鹰扬营"，后讹传为"阴阳营"。

丽子是娴静婉约的主妇，丈夫的失踪，让她六神无主。她焦急地在客厅接待了曾泰一行。曾泰问："副领事有什么仇人或债务纠葛吗？"丽子迷惑地摇头。

"情感上的事，有吗？"曾泰欠着身子，凑近丽子。

丽子厌恶地躲在一边，对中国侦探的无礼，她很反感，但也明白，这基本属于正常询问的范畴。丈夫是木讷的人，没什么生活情趣，不打牌，不召妓，除了工作，就是躲在家里，看中国古书，把玩中国古董。作为日本外交官员，他对政治并不关心，为此他多次被公使训斥，非常压抑。他甚至想辞去副领事职务，专心到学校做教员。他沉浸在自己营造的清冷氛围。关于这些矛盾，丽子不方便告诉中国侦探。

"我能看看副领事的私人物品吗？"曾泰询问。

"副领事为国家公务人员，事关日本帝国核心机密，外人无权搜看。"丽子尚未开口，一名陪同的日本领事馆的官员，粗暴地打断了曾泰。

曾泰叹了口气，他明知是这样的结果。离别的时候，他看到紫檀木桌上摆着副领事一家人的合影，美满的样子，只有副领事蹙着眉头。镜框旁有几行中文小诗，看上去墨色新亮，像刚写上去的。

"诗是副领事写的吗？"曾泰似是无意地问丽子。

"拙夫热爱中国古诗与书法，"丽子忧郁地说，"他时常在家里乱写东西。这首是不是最近写的，就不知道了。"

曾泰离开阴阳营副领事的住宅，并没回家，而是去警察厅，做了简单汇报。陈厅长彻夜布置搜查，等待各路消息。十几名嫌疑人被送过来，都被证实不是副领事。外交部亚洲司司长沈觐鼎、情报司司长李迪俊、警备司令谷正伦、行政院秘书长褚民谊等高级官员，也都在警察厅办公室焦急地等待消息。警备司令部在南京各报纸刊登大幅广告，悬赏寻人，宣布"将副领事直接寻获，赏洋一万元，能知踪迹，赏洋五千元"。首都警察厅连日在南京市人口稠密地区及外国人常来的地方仔细搜索，也没有结果。

"曾探长，怎么办？"陈厅长的眼里布满血丝，燃着香烟的手指微微颤抖。

“副领事此去，不像私人恩怨，恐再无归期。”曾泰想了想，还是坚定地说。

不用曾泰说，参与搜寻的中国警探，内心都影影绰绰地有个可怕答案。利用失踪人员做文章，是日本挑起事端的一贯做法。不过这一次，由于失踪者外交官的身份，格外敏感重要。如果真是日本政府授意的，事态就更严重了，肯定无法挽回。那也意味着，即使找到副领事，也只是一具冰冷的尸体。

陈厅长颓然地倒在沙发里，说：“看来必须加强对荒野和河边、井口等地的勘探。日本人死了，我的官也就做到头了，恐怕还有性命之忧。”

陈厅长流露出软弱气息，曾泰也很悲苦。这个日本人，似乎正决定这群侦探的命运，也决定着诸多官员的乌纱帽，甚至影响中日关系和战争与否。这太沉重了，似乎不是一个小小的二级警探可以拿捏的东西。

“任何事都有偶然性。”曾泰清了清嗓子说。他的话让厅长好像在即将溺毙时，抓住了一根救命稻草。厅长坐直了身体，眼睛发亮地鼓励曾说下去。

“我是说偶然性。也许副领事的举动，不过是个人行为，比如厌世。这种行为恰好被日本政府利用了。”曾说着。

“你有什么依据？”宪兵司令部的长官问曾泰。

“副领事热爱中国文化，政治倾向上讲，属于日本温和派。面对尖锐对立的民族矛盾，任何温和派，都会苦闷。副领事又是内心沉默的人，更容易想不开。”曾泰分析道。

“这只是个人推测罢了。”有人提出疑义。

曾不置可否。说实话，他也明白，无论哪种可能，他们必须在副领事变成尸体前找到他，事情才有转机。

曾泰简单地吃了饭，带着一队人出了警察厅。说是戒严，却没有戒严的样子，警察厅人手不够，也不想太过扰动地方，耽误各类生意。东山路依旧繁荣热闹，店家打折减价的招牌，鲜艳地在热风中招摇着，电车打得铃声飞响，街角茶室传来女子的浪笑，评弹软糯糯的唱腔也压不住“噼噼啪啪”打麻将的声音。西装革履的男子，身穿旗袍的年轻女郎，行色匆匆，一群臭烘烘的乞丐，也摆着不怨天、不尤人的神气，安然地在太阳下捏玩着虱子。和安闲的人们一比，满街窜的警察、宪兵、便衣探子，倒好似扰了人家好梦的败家子，气急败坏地吵嚷，不招人待见。南京还在惯性安逸中滑行着，丝毫没有意识到战争威胁将至。

街面没来由的热风，割过耳鬓，刮得脸生疼，曾泰感到有股烦躁绝望的气息，从皂色的长衫嚣张地长出来，要扼住他干涩的喉咙。他大口地喘息，伫立在街口，干呕不已。后面跟随的警探们也是惶惶不可终日。一个卖三炮台香烟的少年烟贩走过来。黑瘦，矮小，营养不良的黄狭脸庞，仿佛偷吃人心的野狐，兀地让人厌烦。少年烟贩低着头摆弄烟，又猛地抬头，斜眼看着他，目光满是嘲讽。

曾泰满是委屈，手紧紧地捏成拳头。这些草民只知道看警探的笑话，单晓得警探平时打过他，赶过他，骂过他，却不知现在他们在救他的命，救南京的命！曾泰还未讲话，身边一个随从怒斥道："小喇子，作死犯嫌？"

少年没有惊慌，只是抠出坨鼻屎，抹在街角的青石板，笑着说："警探大人们辛苦，不过你们弄得这么瘴乌，没得什么用咧！日本鬼找不到的。"

随从作势要打。曾泰却拉住了，沉声问："你却说说看？"

少年仰起脸，并不畏惧，定定地说："日本鬼要投胎，肯定是找南京他最喜欢的地方。人要死，不能回家乡，就要选有家乡样子的地方。"

曾泰好似被当头打了一棒，又急急地问："你怎么清楚日本人的想法？"

少年显出悲哀的样子。他摸了摸脏兮兮的鼻子，说："我是宿迁人，在南京没得饭吃，也想过死。我要到山上，我的家乡也有山。我站在那里，就看到了家。"

三

他继续走着。中山陵这一带，他经常来，但从没像今天这样陌生。副领事醒来时，饥饿感更强烈了。他不是武士，也从没想过当武士。他只想当悠闲自在的外交官，在舒服的日子中结束平静安稳的人生。但乱世之中，这许是奢望吧。

6月的南京较闷热，但晚间的山依然有寒气。早上在饥饿中醒来，他抹去脸上的露水，感到寒气一点点地钻入骨头缝隙，全身的肌肉和骨骼，都变得僵硬迟缓。肚腹内轰响如雷鸣，两天没有进食，副领事头晕目眩。睡梦中，他想起了羊羹，美丽的日本点心，丽子最擅长做的食物。夏目漱石称赞羊羹："即使并不想吃，光是那表面的光滑、致密且呈半透明受光的模样，怎么看都称得上是美术品。尤其是泛蓝的熬炼方式，犹如玉和寿山石的混种。盛在青瓷皿中的蓝色羊羹，宛如方从青瓷皿中出生般光滑匀润。"现在即使没有羊羹，有碗面也很不错。比如，苏式浇面、镇江锅盖面，热气腾腾，很适合驱赶寒气。副领事为死亡来临之际还想着吃东西感到羞愧，但还是拿不定主意什么时候死。

也许，可以再挨些时间吧。

副领事突然想看紫金山的日出。西装已被树枝刮破，头发也凌乱蓬松，副领事面色灰黄、衰败，简直像破产的落魄商贩，或精神失常的病人。他跌跌撞撞地走到山顶，路上没什么人，也没人注意他。他蹲在一块铁黑色岩石上，燃起香烟，烟头微弱的火光，抵御了肉身的潮冷。侧柏和古槐都精神着，散发出特有的清新气息，榆叶梅和红李的色彩鲜艳，被露水沾上后，更加娇艳可人。他撸了两片叶子，抹了抹嘴唇。远方，山峦之间，青蒙之处，太阳仿佛刚破壳的雏鸡，轻轻地叩开混沌禁锢，小心翼翼地，一点点地露出红润色泽。温暖一层层地涌过来，暖洋洋的，让人感到血肉和呼吸的美好。副领事眯着眼，眼角有些湿润。

多想留住这美好日出啊。当光明再次衰退，黑暗来临，他必须结束生命。这也是没有办法。他不能想象，南京成为一片火海的样子。这样美丽的景色，在人间消失，无论如何是不能原谅的罪孽。但这一天迟早会到来。世上从没什么永恒之物。如春日神社，也不过十数年便推倒重建；夫妻恩爱，到头不过飞鸟各投林；宏图霸业，也不过人生一场醉梦。生于乱世，既然无法阻止悲剧，就悄然领死，以殉情志，倒也是不错的选择。他只是没准备好罢了。

副领事顺着山间辅道走下去，尽量避免和人接触。他走到后山，拿出妻子的照片，自己写的小汉诗，还有用中文篆刻的几方鸡血石图章。这都是他珍爱的东西。汉诗是五言绝句，用行楷写就，仿唐人风格：

人生飞紫鸿
寒露坠金网
悲风恋江南
万里恸扶桑

副领事用手绢把这些东西包好，系在一株日本小檗刺枝上。手绢在风中轻轻颤抖，枝条也随之摇曳，副领事的心一下子被揪起来。他双手合十，默默祈祷了一番。

做完这些，心情突然轻松了，好像做出重大决定后，无关紧要的小事就不再拘谨了。饥饿的虫子，不再喧闹叫嚷，一个个安安静静地，附在肠胃褶皱壁里睡觉，倒似一块块美味的羊羹，有些充饥的意思了。副领事迈开步，一点点地挪下青石台阶。不知不觉，他从紫金山向西，过了梅花山，走到明孝陵附近。不远处有间“顺兴面店”开着门，像刚开张。副领事走过去，在竹椅上坐下，一对看似夫妇的中年男女，过来招呼他。他点了碗苏式卤面，狼吞虎咽地吃着，不够，又要了一碗，吃净，方才舔舔碗边，擦着嘴罢了。

先生，两角钱好得啦。白净的妇人对他说。

副领事连忙摸衣服口袋，却摸了个空，什么也没有。他的神色有些尴尬。妇人的丈夫，瞧着有些事，也走过来询问。副领事支支吾吾，只说是忘记带钱了。看到副领事狼狈的样子，妇人颇有些关心，问道：“是不是家里出了事？还是遇到了坏人？”

副领事低下头，只搓着衣角。

男人忙说：“算了吧，两碗面而已，没几个钱，先生想必遇到了难处。”

副领事甚感激，他摸摸身上，却摸到西装内侧的一颗扣子。那是颗金扣子，是丽子缝在他身上以防急用的，没想到，今天却派上用场。

妇人和她的丈夫坚决推辞。副领事诚恳地将扣子放在桌上。他用略有悲伤，但古怪的语气说：“我是有罪的人。这点小心意，权当作纪念，或表达歉意吧。”

副领事也不管这对夫妇如何，起身径自走向远方。

妇人追问：“先生，你是要去哪里？”

去哪里？副领事有些茫然，也许是归乡之地吧。

四

到哪座山去寻？曾泰看着高低不平的群山，不禁有些绝望。

金陵多“秀山”。除钟山之外，牛首、幕府、青龙、汤山、灵岩、鸡笼等，多聚散于市内外，仅这近郊，太平门旁为富贵山，进城是小九华山、北极阁，城西有马鞍山，城南有聚宝山，城北附近还有狮子山。曾泰向陈厅长汇报了想法，颇得到上级认可。据线人来报，副领事除了喜欢中国古玩书法，闲暇时间最爱独自登山，甚至以“南京第一日本登山客”自诩。他还对同事说，死于水不如葬于山。死于水为鱼虾所食，多污浊不堪，而葬于山则可化为草木灰、红泥与石粉，当与世界永恒。

对副领事的疯话，曾泰非常重视。他分析副领事会选择上山，至于哪座山，则不好说。陈厅长也只能死马当作活马医，眼看最后期限就要到了，再找不到副领事，大不了就罢官顶罪。陈厅长把最后的人手分配到南京附近各山区，连他自己也亲自上阵搜寻。

还有二十个小时。曾泰已近两天没好好睡觉，坐下就睁不开眼，但还咬牙坚持着。一群警探的妻子，都焦急地等在警察厅门房，看望着各自奔忙的丈夫。她们眼神中的焦虑和悲凄显而易见。她们的丈夫正在干着一项悲壮事业。她们被沉重的责任感压得凝重了。

曾泰看到妻也混在人群，提着食盒，茫然地在返回警察厅的探员中寻找什么。曾泰挥了挥手，心中涌动着温热的情感。妻奔过来，打开食盒，拿出还有热气的食物，是曾泰平时最爱的鸭油酥烧饼、烤老虎爪子、鸭血粉丝汤，还有一笼金记牛肉锅贴。曾抓起来向嘴里填。妻望着他憔悴的脸，张了张嘴，终究没讲话。不一会儿，曾泰吃完，对妻点点头，用袖子抹了下嘴，头也不回地走了。远远地，他听到妻的啜泣声，低低的，但又似乎有悠长的慨叹，交融着大厅其他嘈杂的交谈声，叮嘱声，呼唤声，汇成一条碎心的声响之河。

曾泰不敢再回头。这些努力不仅为自己，为警察厅，为南京，也为那些默默哭泣的妻子。街面上的热风一吹，他的头脑有些清醒，他让手下人等等，独自坐在刚刷了白粉的马路单行线外的青石条上，抽烟，沉思。手下人不敢打扰，就静静地等。曾泰掏出大褂里的一张纸，那是他偷偷记住的副领事家里相框旁的一首小诗。看墨迹，肯定是几天前刚写的，凭着侦探的敏感，他硬背下了，出了副领事的家门，就马上写在纸上。那是首中文小诗，仿唐五言绝句。很多日本官员和军队首领，都喜欢读写汉诗。也许能从这小诗中看出些许端倪。小诗写道："人生飞紫鸿 / 寒露坠金网 / 悲风恋江南 / 万里恸扶桑"。诗还不错，但看得出诗人心境不佳，中国的诗有"藏头"习惯，难道这首诗还包含着什么秘密？

五

副领事想念起了家乡的樱花。相比金陵古城，奈良的吉野山也极秀美，又以樱花闻名，被称为"吉野千本樱"，有日本第一之誉。6月初，樱花有些败了，还撑得住"将死的凄美"。吉野山樱花是"次第开放"的，按"山麓千棵""山腰千棵""山上千棵""山里千棵"的顺序，现在恐怕已到山里了。

南京也从日本引进了樱花，但看着总不如家乡的樱花健旺繁盛。副领事从山间信步而去，再次深入紫金山深处，樱花飘零，副领事踩在落下的粉色花瓣上，脚下是松软的春泥。过了孝陵卫，向左转，就到了紫霞洞，旁边有座禅院，唤作"紫霞禅院"，相传明初疯僧周颠就在此修行。他的心情平静下来。

副领事走到紫霞洞，那里将是他最后归宿之地。天色渐暗，他躲在紫霞洞旁，慢慢挖出一条窄窄的土坑。土坑的用处很多，现在就埋葬他将死未死的残躯。头上浸出很多汗水，副领事抹了两把汗，仔细地将石子和枯树枝挑出，努力把坑弄得平整些。他缓缓躺下去，阳光也稀薄了，仿佛从醇厚的绍兴黄酒，变成了淡淡的日本清酒。坑壁有些渗水，躺下去总感觉黏黏的，发潮，骨头都要被泡酥软了。

春泥的气息倒不难闻，醇醇的，有股酒糟味。但天气完全黑下来，躺在这条土坑里却是可怕的。头顶只有巴掌大的天空，星星次第亮了，也微弱黯淡，仿佛受刑者濒死前看到的亡魂引路之火，只有冥河摆渡者卡隆，才会爱上这样的光亮。副领事死去的决心，逐渐模糊了，妻儿的模样不断在巴掌大的天空浮现，他们身后，是不断涌现出来的帝国陆军士兵的身影。他们迈着整齐步伐，低声唱着《君之代》，走进充满血泊的南京古城。他们烧毁中华门，杀死无数妇孺，帝国士兵还残忍地将他们的尸体摆放成各种怪异的姿势……

再次醒来，已是半夜了。副领事决心在土坑中将自己饿毙，这样就可以与紫金山化为一体，倒不失"南京的日本登山家"的名头。饥饿已投降了，虽然今天只进食一次，但此时饥饿不再化身虫子，向他的肚子和大脑抗议。它也已决心和主人一起殉葬。

紫霞洞静谧极了，只有不知名虫子的低吟和鸟叫，奏响着夜的奏鸣曲。突然，他仿佛听到了奇异声响，好像是野猫、野狗，或者是豹子，"咕噜""咕噜"着，似乎有着低低的威胁和怒意。他想坐起身，但全身酸软，力气全无，蒙眬中，他看到只黑亮的兽物，悄无声息地来到了他的身边。副领事屏住呼吸，不敢动弹分毫。

它是野豹？难道少年时那只野豹，来找他复仇了？副领事极力告诉自己，这不过是过于真实的梦境，但豹子太真实了。它俯下身，凑到他的脸上，他甚至看到它狠毒明亮的眼，闻到它口中邪恶的腥臭气息。它的皮毛茂盛滑顺，高贵不俗，散发着地狱来客般的震慑感。

结束了吗？不知为何，他反而轻松了，甚至嘴边带了点微笑。这也是解脱。活着丧身野豹之口，是古代印度佛陀"割肉饲鹰"才有的大勇气。如果说遭遇野兽，至少也减少对中国的责任。希望惨烈的死法，不会给中国带来麻烦。如果是这样，那他的死也值得了。

但野物只是逡巡，嗅个不停，却并不张嘴啃咬。副领事等了一会儿，迟迟不见动静，反而有些害怕。他紧紧地闭上双眼，等待最后的审判。他昏睡过去，醒来，野物没走。又昏睡过去，再醒来，野物还在身边游弋，好似一个戏弄猎物的残忍杀手。

他禁不住喊出声：“畜生，你到底要怎样？”

野物晃着脑袋，想了想，冷笑着，说：“你是懦夫。逃避是没有用的。”

副领事惊呆了，野物的言语激怒了他，他大声吼道：“你要不就吃了我，要不就滚蛋，让我清静地去死！”

野物不以为意，它用锋利的爪子轻轻地撩起副领事的衣服，露出半截雪白的肚子。它用爪子比画着，又说：“只要在这里划开，可以在十几分钟内告别世界。但你别想这么轻松地走。你该切腹，服毒，或投江，这才是猛士所为！”

“我不是猛士。”副领事要崩溃了，脸上开始流下蚯蚓般的泪水。他哽咽着说：“但活着有什么希望？战争迟早要来，我们都无路可逃。”

野物“嗜嗜”地笑着，好似某种夜行恶鸟的叫声。它的目光突然有些柔软，充满了诱惑，它又说：“你也可以不死，或者至少杀死别人。”

副领事对野物厌恶至极。他扭过头去。野物也不再讲话，而是动手剥光他的衣服。它甚至用目光测量起他的身高，好像在选择下口的最佳位置。

副领事有些慌乱。他不能这样耻辱地死去。然而，身体却依然不能移动分毫，他清晰地感觉到那锋利如军刀般的爪子，猥亵地伸入了他的内衣裤……

清晨的阳光照射到副领事的脸上，一只小蜈蚣在他的身体上爬了过去。副领事昏昏沉沉地听到了好听的中国男子的声音。他睁开眼，是一个穿皂青大褂、头戴礼帽的中国男子。他和蔼地将副领事拉出土坑，帮他拍打身上的脏土。副领事清楚地看到，男子的手上，拎着把科尔特型号的中国警察用枪。

先生，您是日本领事馆的副领事吗？男子和气地笑着，枪口下垂，手指却绷得紧紧的。

副领事叹了口气。他已经永远失去了自杀的机会。

六

以"诡死"撬动东亚局势，无论自戕者为个人缘故，还是国家利益计，陷邻国于战火，成全铁血帝国之贪婪，荣耀邪？悲哀乎？堂堂中华大国，竟只能步步退守，动辄因个人事务，备受要挟，如此可以久长乎？

曾泰最后在日记中写道。

离日方最后期限差两个小时，首都警察厅第九局探长曾泰，终于找到了日本领事馆的副领事。更重要的是，副领事还活着。尽管他精神委顿，有气无力，但并没有什么大的损伤。他还活着，南京就还活着。也许，中国和日本就有可能继续活下去。

曾泰将自来水笔插回上衣，收好本子，命令随从带着副领事下山，而他却在艰难地写完最后一个字后，趴在紫霞禅院门口的长竹凳上，沉沉地睡去。跟随的警探们没有打扰他。他的确心力交瘁，需要休息。他们一部分人和警备司令部的宪兵接上头，全副武装地将副领事送到首都警察厅，那里有一场盛大的记者招待会等待副领事。与会的还有日本总领事馆有田吉公使等一系列日本官员，以及国内外大批记者。

曾泰被国民政府记大功一次，奖励大洋三千元，晋升南京孝陵卫区警察九分局科长，名噪一时，被誉为南京"四大侦探"之一。很多人询问曾泰，怎样勘破内里玄机。曾泰讲他是在副领事的诗中得到启发。想必副领事决心赴死，内心颇为矛盾，故留诗给人，以示线索。中国有藏头诗习惯，但大多是诗歌每行第一个字，或最后一个字，串联起来读，才有深意。因为猜到副领事想去山上寻死，曾泰就在诗中首先寻找第一行第四个字"紫"，第二行第四个字"金"，第三行的最后一个字"南"，第四行最后一个字"桑"（可谐音理解为丧），串联起来就是"紫金南丧"。曾泰据地理推测，副领事必是在紫金山南部紫霞禅院某处自尽。他率队经过中山陵下孝陵卫，口渴喝茶，又恰好遇到"顺兴面店"的中年夫妇。

他们向他提供线索说，有不明身份的人，早晨吃了面，没有钱，给了一个金扣子。

曾泰拿到金扣子，确认后面有“三井”字样。曾泰曾详细调阅副领事的资料，知道他在进入领事馆前，曾长期担任三井集团下属石川岛播磨重工业公司中方顾问，金扣子极有可能来自副领事。曾泰一方面令人火速联系副领事的妻子，一面继续搜索，后来又遇到孝陵管理处的工人张某等的举证，最后在紫霞洞，成功找到了副领事。

传说曾泰探长找到副领事，曾和他有过短暂交谈。曾询问失踪原因，副领事闭口不言，副领事的妻子丽子女士赶到，夫妻抱头痛哭，并向佛祖祷告平安。曾再追问，副领事则毅然言道：“中国对得住某，某亦对得住中国。”曾探长握住副领事的手，感谢他。他还活着，南京就还活着。也许，中国和日本就都有可能继续活下去。

当然这些故事，只是街谈巷议。招待会当天，副领事的出现让日方大大地丢脸，倒是不争的事实。南京城轰动了，为此还举行游行欢庆仪式。国民政府渡过难关，考虑日方面子，有意偃旗息鼓。《南京晚报》记者，以《副领事藏紫霞古洞、有田吉黔驴技穷》为题，披露事件真相。国民党中央政府闻之严令禁止首都各新闻报界再登此事，违者必究。可仍有几家小报时不时披露“内部消息”，但真假难辨。南京恢复了安静祥和，莺歌燕舞。

次年，副领事以渎职罪被押送归国，处死于日本东京。

几年后，昭和十二年（1937），即中华民国二十六年，日方再以失踪士兵为由，炮轰宛平城，中日战争拉开序幕。冬季，大寒，日军攻陷南京，紫金山中国守军教导总队英勇抵抗，全部殉国，加之无辜群众，数万死体，尸蔽丘垄，骨曝山麓，紫金已成修罗场。后有人收尸于紫金山南灵谷寺前，立“无主孤魂碑”。传言，每当夜深人静，都有成千上万鬼魂在哭泣……

曾探长亦殁于南京破城的乱局。

地狱变

须菩提，若善男子、善女人，以三千大千世界碎为微尘，于意云何？

——《金刚经》

昭和十六年（1941）冬，兵库县但马区的水源清，梦中“第一次”见到中国鲁地的临沂。古书记载，临沂又称琅琊郡、沂州府，以临近沂河得名，周朝时聚集着莒、艾、郯、杞、根牟等数十古国。水源清的梦里，出现了很多连绵不绝的山，高大而山岭众多的为蒙山，水秀多雾的为沂山，矮小却圆顶的为尼山，山上走下很多峨冠博带的中国古人。他们神态端庄肃穆，走入高高的石头城，用青铜器皿喝酒，伴着高蹈的古乐起舞，却一言不发……

悄然醒来，汗水已浸湿了水源清的军夹衬。他翻身爬起，立刻头晕目眩，口焦舌燥，扁水壶、军刀碰到舱底铁架，发出“哗啦”的响声。水源清擦擦汗，其他军官大多还在沉睡，也有的擦拭武器，或无聊地睁大眼，望着舱顶。他摸摸裤裆，滑腻腻，湿漉漉的，这才明白，二十四岁生日，竟在梦遗中这样到来了。战事起，水源清就在名古屋第三师团留守辎重部工作，任务繁重，但不用离开本土，相比玉碎异国的同袍，他是幸运的。然而，幸运即将终结。10月底，军部调令来了，他从神户港出发，被调往驻守山东的仁部队，也就是十二军土桥洋次中将手下任专职参谋，理由是缺乏有文化的专业人才，官升一级，水源清已是中尉了。

但水源清并不太在意。他沉默寡言，工作倒也勤勉，但说不上出色。他不吃酒，不找军妓，也不知结好同僚，经常考虑稀奇古怪的东西。如果不是战事吃紧，他这样的人，不可能得到晋升。作为陆军士官学校毕业生，他成绩优秀，一度传言要被保送帝国陆军大学，但水源清放弃了。他喜欢读书，读过大量有关中国的书籍，对山东尤其感兴趣。他也喜欢佛经，大家私下都喊他“水源清和尚”。但他不喜欢和尚，尤其是随军和尚。他们在狰狞的杀场，已化身披着袈裟的魔。相传，平安时代的国师良秀作《地狱变》，以惨烈苦痛为摹本方成，水源清接触过来自中国的伤兵，他将中国战事比喻成“地狱”。去中国的水源清，抱定了当良秀的念头。

伤兵当时在陆军医院休养。水源清去医院找朋友，在走廊遇到了他。那是一个冬天的下午，阳光柔和地洒进窗户，医院人声嘈杂，忙碌而有序，一名年轻温柔的护士正在给病人试水银计，几个轻伤的士兵正在长椅围坐着，有的吟诵芭蕉的俳句，有的吹口琴，还有的在玩着花札纸牌。有一个伤兵，独自拄着拐杖，痴痴地看着窗外，神态却透着诡异。他的左腿被截掉了，用长大衣虚掩着，但水源清还是闻到了腐臭的味道。他好奇地走过去问，窗外有什么？伤兵深深地吸了口气，贪婪地说，冬天，空气好香呀。他的脸黑黢黢的，胡楂粗硬，异常憔悴。水源清更好奇了，伤兵却自顾自地说，中国的香气。临沂的香气。说着，他咧开嘴，露出焦黄的牙。水源清问，你是从中国退伍回来的吗？可以给我多讲讲吗？伤兵却不理他，只喃喃地走向医院走廊深处。医院嘈杂的声音似乎远离这个世界。水源清看着伤兵一点点地隐身在走廊的暗影里，仿佛被不知名的东西吞噬。水源清一生都不能忘记，伤兵从他身边走过，露出绿油油的、垂死野狼的眼光。他说，那是地狱的香气。

后来，水源清听说，伤兵来自谷寿夫中将的第六师团。他去过南京，杀死了很多中国人。后来又在山东临沂丢了腿，伤口却总不愈合，被折磨得死去活来。

水源清从烟台港上岸，又坐上军部的卡车，经过两天跋涉，才到达山东省府济南。他见到土桥将军，度过了短暂的参谋生涯。这是座长满柳树和泉水涌动的小城，人们的生活节奏很慢，大多生活在盒子式四合院，慢吞吞地走路、吃饭，甚至笑容和愤怒都是慢吞吞的，只有商埠矗立着的银行、酒店等机构，能看到现代文明的样子。

夏天，这里到处是用各种东西装满泉水回家煮茶的中国人。浅浅的街边小河里，闲人们将高马扎凳放在水中，摇着蒲扇乘凉，渐渐睡去时，天边已钻出了星。每天水源清去军部报到，在文件、训令和沙盘中消磨时间。下班出去吃鲁菜，喝山东茶，也喝花酒。如果再随和一些，总有些乖巧的中国人过来巴结，多半是维持会、治安军这类辅助组织的人。他们总能让高贵的大日本军人找到层出不穷的乐趣。

水源清厌恶暧昧腐败的东西。他常去经三纬三路的鲁仁公馆。那里是驻鲁特务机关，负责侦察和审讯反日活动。有段时间，因为一个计划书，水源清几乎每天都去那里公干。那里阴森可怖，每天都会死人，充满号叫、呻吟、血和人体排泄物。水源清亲眼看到被辣椒水活活灌死的抗日分子。他们指甲脱落，粪便和辣椒水，顺着裤管缓缓流出。眼睛里也是水，不过是血红色的，看着像泪。很多人把这里当成地狱。

水源清忍不住向土桥将军要求去前线。

将军是个儒雅的军人，面容清癯，会写古体汉诗。他听到水源清的请求，没有立即答复，而是沉吟了一会儿，谨慎地说，水源中尉，你没有经历战争？水源清点头，说，在这样一个时代，只有亲历了血与火，才算是见过壮丽与惨痛的人生吧。将军转过身，水源清看到他的肩头抖动了几下，不知是嘲讽还是赞许。许久，将军叹了口气说，秋天到了，临沂城那边马上要换防，你去辅助池田光秀中佐做治安扫荡工作吧。

水源清带着欣然的解脱，回参谋室交接工作。同事们很好奇，都有点幸灾乐祸，几个刚从士官学校毕业的毛头小子，倒是敬佩他，嚷着要和他同去，都被他轻蔑地拒绝了。水源清甚至有点奇怪的想法，如果能在轰轰烈烈的战斗中死去，让尸骨在异国土壤永远沉睡，也许是浪漫的事吧。

两年后，当水源清无数次与死神擦肩而过，他并不后悔当初的决定。他还记得去临沂司令部报到的情形。鲁地初秋已很凉了，天空湛蓝，树叶绿了又黄，水源清站在司令部旁，两个士兵面无表情地挺立着。司令部旁种着四季桂，金黄金黄的，有些衰败了，但还满满地弥漫着诱人香气。水源清眯起眼，天色倏然暗了，昏暗的阳光下，一朵桂花瓣闪了几下，仿佛叹息，划了个漂亮舞步，倒在清冷的地面。又落了一朵，再一朵……速度快了点，有点急不可耐赴死的声响。一时间，水源清看得有些痴了。

阁下不是来看落花的吧。一个身穿军装的中国男子，微笑着过来搭话。他身材颀长，穿着治安军军官的制服，有一双细细的却含蓄生动的眼。水源清闻到他身上，有股淡淡的烟草气息。他的手指也是细长的，正顽皮地搓着牛皮的手枪套。

这是蒋巽第一次和水源清见面。蒋巽原是临沂地主的儿子。父亲是残酷精明的守财奴，曾祖和曾叔祖，都在清代做过吏部侍郎这类显宦。匪患横行的土地上，他家始终保持不倒，刘黑七、赵嬷嬷等巨匪，都拿父亲没有办法。后来八路军来了，乾坤逆转，佃户们造反，控诉父亲的残忍统治，分了他们家的田地，焚烧庄园，父亲死于批斗。蒋巽是家中独子，他逃出来，加入了治安军。

帝国驻扎在泰安、临沂的都是治安部队，是乙种，甚至丙种师团配置，人员素质差。池田光秀中佐带着一个联队日本士兵，1000 多人的中国治安军部队，镇守着临沂城和十几个据点。他对水源清并不热情，也没有厌恶，只是将他分配在第三大队做了一名军官，上级是土冢大尉，与他合作的，正是中国治安军第一大队的副队长蒋巽。

很快，水源清见到了死亡，大量的死亡。这是那些喝花酒，吃鲁菜，找花姑娘的同事们无法想象的。然而，水源清异常勇敢，他常带队冲锋在最前列，他知道这不符合步兵操典，也不符合身份，但军方似乎乐见其成，一个高级军官冲在队伍最前列，无论死去或活下来，都是好的榜样。冲锋的路很长，时间好像慢了，子弹漫天地游过空气，带着呼啸的黄铜弹壳的气息。有的擦过脸颊，火辣辣的。但水源清来不及想，他埋头冲过去，眼前只是自己在深秋寒风中呼出的白气。白气很多，层出不穷，水源清的心跳很快。他敏捷地跃过战壕，跃过无数铁丝网、庄稼、断肢，迅捷有力地躲闪着、摆步、突进，敌人在他眼前，先是一个个白点，后面就变成了一团团脸，他撞到几个，又被几个撞到，但他不理会，依然奔跑，好像婚礼开始前迟到的新郎。没人能阻挡他的步伐。终于，他穿透敌人的散兵线，累得几乎站不直身，却毫发无伤。

疯子，土冢跟在他身后，脸色苍白地说，他跑得几乎虚脱，一停下来，就大口地呕吐。他咒骂着，疯子，你是好运气的疯子。土冢不喜欢水源清，仿佛抢去了他军中勇士的风头。水源清疯狂的冲击，更符合年轻士兵的胃口，而土冢只在杀人上显示残忍，似乎残忍能让他获得力量，但只是让人讨厌。他曾强奸过一些中国女孩，割开她们的肚子，将鸽子大小的子宫套在她们头上，让她们暴晒在太阳下。时间一长，女孩或因失血过多而死，或被收紧的子宫活活勒死。他管这叫“从哪里来到哪里去”。土冢个子矮壮，性格凶暴，是个北海道札幌的粗蛮小子。他从低级士兵做起，没上过军校，军衔已是极限了。他讨厌水源清这样的士官生，但对中国人蒋巽则有好感，经常应蒋的要求释放一些中国人，以示仁慈宽大。

不久，水源清遇到了危险，蒋巽救了他一命。

那是围剿抗日分子会道门“离卦教”的一次战斗。水源清和蒋巽的部队将数千离卦教徒围堵在青虎山后的马猴窝山坳。部队很沉稳，围住的教徒只有很少枪支，大部分装配大刀长矛。水源清一遍遍地下达命令，却突然见到对方骚动起来，一群头裹红布、腰扎蓝结的中国男人，漫山遍野，悍不畏死地冲过来，很快，就像被砍去头颅的麦子，纷纷在大正机枪的扫射下，倒伏下去。然而，又有一批麦子冲上来，再倒伏下去，再换另一批。

开始，水源清还有些胜利喜悦，但渐渐麻木，甚至感到深深的悲哀，这些人为什么不怕死？他们难道不知道，大刀长矛根本无法冲进机枪火力网吗？批量的杀戮前，水源清仿佛看到成千上万的灵魂，从死去的躯壳，脱胎而去，而那些中阴身们聚集在阴沉的天空，不忍离去。

一个离卦教徒将满罐汽油浇在头顶，另一个人点燃他。这个火人挥舞长矛冲过来，长矛缨穗也沾满火星与烧焦皮肉的味道，仿佛神话中八百万天神的火焰神。周围的旷野，回响着教徒们悲壮的誓言，隐隐听着是："依正弟子，改邪归正，归顺于礼，传授心法，轻传匪言，泄漏至理，阴诛阳灭，将此身化为脓血，入水水中死，入火火中亡，强人分尸，天地厌之……"

一时间，士兵都愣住了，火人居然冲进来，先是刺穿一名士兵的胸膛。火人举着士兵，好似举着猎物，士兵在矛头发出喑哑的呼喊，用手死死地攥住矛杆，但仍不能阻止青绿色的肠子从不断搅动的矛头漏出来，发出灼热的腥臭。火人扭头，再次冲向水源清，水源清的大脑一片空白。这时，蒋巽不顾一切地撞向火人，将他撞倒在地，后面跟上来的士兵，用刺刀将他钉在了地上。火人哀号了几声，终于不再动弹。

水源清看到蒋巽白皙的脸上，残留着烟火的痕迹，不知为何，他的心中涌动起了异样情感。蒋巽笑了，周围的人也笑了，大家都为劫后余生而高兴，很快，又争先恐后地呕吐起来。火人冒出的气息，有股烤焦了的猪肉的味道，蒋巽的耳朵根，还留着火人的半截手指，想必是用力过猛扯断的。水源清小心地将手指扯下来，并擦干净了蒋巽的耳垂。蒋颤抖了几下，不知惊吓还是什么。他的脸红了。大家又狂笑起来——再也没有比在拼死一搏丧命的敌人尸体前豪笑，更能显示帝国士兵的勇武了。

水源清和蒋巽成了朋友。太平洋战争爆发后，日本的战线越来越长，被抽调走的部队越来越多，临沂城只剩下了半个联队不到800人，还有治安军一个团。尽管战事还算平稳，由于岗村大将的战略，公路、铁路、碉堡、县城，似乎初步连成了线，共军的部队被压缩到了不大的空间，游击战那种来去如风的风格，受到了很大限制，但八路在蒙山等大山中的据点也很巩固，由于地形险要，如果没有很好的配合，扫荡的成果也很有限。

扫荡越来越频繁，在这片充满敌意的国土上，水源清知道，真正把日本人当朋友的不多，大多数中国人都狡猾怯弱，当然，他们也有勇敢果决之士。杀戮的震慑是必要的，但水源清更喜欢勇士之间的斗争，对强奸妇女、杀死老人和孩子不感兴趣。但也谈不上反感，这是一个民族对另一个民族的征服。他对土冢的态度也是这样。他厌倦土冢的嗜杀，但一方面，他又暗暗地喜欢这种刺激。他不是喜欢里面的情色意味，而是因为有机会正面地观看异国文化的爱恨情仇。这些人类的激烈情感，总是能引发他长久的骄傲与感动。他试图劝说土家改变想法，但那是徒劳的。谁能改变别人？他小时候就是执拗的孩子。父母让他学医，继承父亲的诊所，但他偏偏选择从军。父亲曾参加过日俄战争，算是军医退伍，他沉痛地描述战争的残酷，并规劝儿子不要因为迷恋虚假的荣誉和理想主义而丢掉性命。作为医生，父亲痛恨乃木希典大将死板疯狂的作战意志。但水源清无动于衷，他并不热衷于天皇的使命，他只是并不在乎性命，不在乎别人的，也不在乎自己的。每次冲锋，他总是怀着游戏又悲壮的矛盾心理，投入到战斗，却被别人称为勇敢，其实不过是漠视生命罢了。他对所有事情都抱有厌倦而敷衍的态度。

每次出任务，他都争取与蒋巽一起。蒋巽的队伍，纪律比较好，训练得体，有一定战斗力。蒋巽是一丝不苟的军官，他总是不折不扣地执行日本人的意见，哪怕命令是错误的。他不像很多治安军、保安大队的中国人，军事素养差，战斗意志更差。每次都是一哄而上，一哄而散。光秀也特别看重蒋巽。水源清喜欢蒋巽身上的烟草味。蒋巽的烟草，都是当地烟叶制作的，他很少抽日本产的大陆、满洲国、共荣等香烟。每次见到蒋巽，水源清总是不自觉地亲热地搂住他，闻闻他脖颈的气息。蒋巽虽是军人，但极羞怯，长相俊美，皮肤白皙。他只与水源清交好。俩人的话都不多，但作战勇敢，受到士兵尊敬。蒋巽对篆刻也在行，他收集了很多石料，并刻了图章送给水源清。水源清无事的时候，向蒋巽学习，亲自刻下日语“悲欣交集生死无常”图章，作为藏书印记。

部队例行冬季扫荡开始了。士兵们兴高采烈地冲进村子，老百姓疯狂地乱跑，漫无目的，很多人反向回跑，撞上了土家的部队，无一例外地被杀掉。队伍开始乱来，士兵们跑进村民的家，抓走牛和猪，然后翻箱倒柜找粮食和值钱的东西。几名士兵把未来得及逃走的妇女，扒得赤条条的，用农户家的铁钩，钩住乳房和下颚，拴在军马尾巴上，女人发出惊人的惨叫，却依然被拖着四处奔跑，最后，她们的阴部被插上竹竿，钉死在地上。村口的道路，到处都是被杀死的八路和百姓。也有些零星伏击，但效果甚微。几名兵士将一群孩子赶进牛棚，试图烧死他们。水源清制止了愚蠢的行为。八路的大部队向后山撤去，水源清带着队伍继续追击，在进山口又遭到打击，死了几名士兵。水源清下令用掷弹筒还击。硝烟弥漫中，水源清在山石后面，发现了几具尸体和一名受伤的孕妇。她手里还紧紧握着一把勃朗宁手枪。

士兵们踢倒她，夺下枪。水源清这才发现，那是一个穿着红色毛衣的中国妇女，外面罩着八路的军装，脚上蹬着双时髦的翻毛皮靴。看样子，像是八路大官的太太。那女人受了很重的伤，但还是抬起头，恶狠狠地盯着他。水源清目光一震，忙转过头去。恰在这时，女人的裤子流出了很多血，女人旁若无人地褪去外裤，只见婴儿已滑出产道。女人用牙咬断脐带，孩子发出了稚嫩啼哭。黄昏的战场，硝烟和尸臭弥漫，那哭声仿佛如此遥远，又如此亲近。女人把脸贴在婴儿满是血污的鼻子上，满意地笑了。

周围的人都愣住了，竟没人去抓捕女人，还是女人主动伸出手，脸上却挂着冷峻和蔑视。兵士默默地将女人绑了，横放在军马上。婴儿没有办法，只能放在军马屁股后面的草料袋子里。婴儿被草料扎得号哭，刚才杀戮和胜利的喜悦似乎一下子被冲得无影无踪。所有人都低着头，士气低落，在孩子的哭声中撤出已化为地狱的村庄。才走了半里，婴儿的嗓子已哭哑，但还在不屈不挠地嚷着，土冢怒气冲冲地跑过来，要摔死孩子。水源清制止了他，把孩子抱过来，交给后队跟过来的蒋巽。

那是个女婴。蒋巽小心翼翼地擦干孩子身上的血污，并找了点马奶喂给孩子。孩子贪婪地吸吮着，马奶太少，女婴一直哭，直至全身抽搐。到县城驻军之地，士兵们非常疲倦，土冢将女人解下，丢进监狱。第二天，水源清和土冢、蒋巽等几个人审讯了女人，但毫无结果，他们不知道她的身份。她态度坚决，只求一死。蒋巽把孩子抱来，想软化她。女人见到女儿，目光柔和了很多。这时，女人做了令大家震惊的事。她左手抱着孩子，却将右手伸到嘴里，静静地咬下，鲜血流出，染红了手掌，她将手凑到孩子嘴边。懵懂的孩子慌乱地含住了母亲的手，仿佛噙住了柔软的乳头。女人叹息着，喃喃地说，女儿，你出生没喝娘的一口奶，就要和母亲一起离开人世。现在你就喝娘的一口血吧。

周围的人沉默了，气氛压抑。几个年轻兵士，眼圈红红的，都别过头去。蒋巽央求女人将孩子给他收养，被女人怒斥了。她抱着孩子，被押到刑场，一起被宪兵杀死了。土冢疯狂地用刺刀将这对母女捅死，围观群众无不痛哭流涕，就连帝国士兵也暗自佩服女人的勇烈。土冢杀人后，在司令部喝得大醉，连续鞭打了几名士兵才号叫着睡去。

水源清和蒋巽没有去最后的刑场，而是去了温泉。临沂莒南县的汤头村，有个很大的温泉池，据说传自汉代。光秀仿照名古屋浴场的样式，建了座美丽的日式浴场，让军人们休憩。可恶的是，狡猾的共军，竟在此偷偷埋炸药，死伤了很多军人。光秀大发雷霆，整顿很久，杀了很多中国管理员，才再次开门营业。不知何时，天空席卷着呜咽的风，有点小雪花，纷纷扬扬地落在温泉里，又倏地融化了。

水源清和蒋巽默默地脱了衣服，在温泉浸泡着。俩人还未能从悲伤的氛围中解脱。

蒋君，你和八路有仇，土冢杀死了很多你的国人。你怎么看？水源清直直地看着蒋巽。

蒋巽的脸上显出痛苦神色。水源清看出他内心很挣扎。他继续轻蔑地说，不要和我说大东亚共荣之类的话。我知道，你不信。

蒋巽终于抬起头，一字一顿地说，土冢很勇敢，但也很愚蠢，杀戮太多，毫无意义，只能聚集更多仇恨。

但你是中国人，蒋君。水源清继续逼问，自己都觉得有些残忍。

是的。蒋巽眼中显现出迷茫的神色，他喃喃地说，我再努力，也成不了日本人。杀人，总是不好的。我只想活下去，做个普通人。

水源清闭上眼，不再逼迫蒋巽。他默默地说，战起如蝗，尸山血海，再难见无辜之人。说到底，我们都是魔鬼，不过是在乱世挣扎罢了。

水源清猛然抓住蒋巽的胳膊，把他拉到身边，他把腿伸进蒋巽的裆部，来回地摩擦着。蒋巽的皮肤很滑腻，像女孩子似的。水源清浑身燥热，他搂住蒋巽，轻柔地吻着他的嘴。蒋巽挣扎，水花被拍得四溅，温泉更加暖洋洋了，水源清使劲地摁住他，将他的身体扳过去，伏在了他的臀后。蒋巽试图翻过身，但随即被水源清压制住，便叹息着趴在温泉边，颤抖着，很快发出呻吟的声音。蒋巽泪流满面。水汽氤氲而来，弥漫了初冬的夜空，朦胧得连星星也隐藏不见了。

水源清闻到了不知何处而来的香气，陶醉了。

水源清陷入了古怪的情感，他无时无刻不想着与蒋巽厮守。蒋巽开始平静而冷淡，甚至有些委屈。但很快，他也适应了和水源清的亲密关系。他为水源清洗内衣裤，也心安理得地享受水源清为他买的最好的烟草和清酒。每天晚上，俩人都休息在一起。

司令部知道了这件事。据说土家向光秀中佐密报了此事。光秀非常恼怒，但也无可奈何，因为俩人从此作战更勇敢了，简直有些疯狂，很多青年兵士都崇拜他们。虽说临沂城有了日本式神社，也建了几个慰安所，但士兵们还是时常怀念家乡。所以，大家都喜欢清乡扫荡，因为可以肆无忌惮地杀人，抢东西，强奸中国女人。但光秀知道这样是不会长久的，但他不能约束军纪，身处异乡敌对之中，生死不知，太严酷的军法会导致哗变，华南的军队就出现过这样的例子。但这些事情总是不好的。光秀决定，假装不知晓。

冬天越来越冷，但公路巡逻依然不停息。雪总是下个不停，水源清和蒋巽坐在冰冷的巡逻车里，感觉仿佛在移动的铁皮坟墓。他们紧紧依偎在一起，兵士们偷偷地笑着，也不敢说些什么。后面跟着巡逻的士兵，则都缓缓地跑着。越是这时，越要防止抵抗分子穿越公路，偷偷地运输粮食。雪亮的巡逻灯一遍遍地巡视着。雪虫飞舞，在凄清的荒野上，灯光仿佛来自宇宙深处，照亮异国的天地。蒋巽为水源清搓着手，顽皮地笑着说，你的手好凉，冻坏了可不好。水源清挣脱，从怀里掏出壶酒，是临沂本地产的烧刀子，对蒋巽说，蒋君，你也喝点吧，焐半天了。蒋巽喝了几口，又抢着灌了水源清几口。水源清从观察口看着雪野，静静地说，我小时候，读过《万叶集》，相当于你们的《诗经》，有一首反歌：就这样步入老境吗，落雪的大荒木原野，连细竹也没有。蒋君，不知我们能不能活到战争结束，如果可以的话，我们还能一起在雪野中漫步吗？

蒋巽没有回答，脸上显出阴霾。这时，前探哨子突然响了，尖厉的哨音回响在空旷的雪野，行动的队伍停下，众人慌乱地警戒，装甲巡逻车在公路探寻着，锁定了公路的两个物体。水源清钻出瞭望塔看去，竟是两只冻得发抖的野狼。它们惊恐地盯着巡逻车，龇着牙齿，发出低声警告，目光流露出凶狠与绝望。雪地反光下，野狼青灰色的皮毛，熠熠生辉。人与野狼对峙着，野狼虽惶恐，却绝不退缩，长长的舌头流下涎迹，在寒冷空气中好似凝结了似的。兀地，水源清向天空鸣枪，野狼愣了一下，飞快地逃离公路，雪花越来越密，野狼消失了。兵士们悻悻地收队，继续前进。蒋巽半开玩笑地说，他们在怨你，放走了狼皮褥子和驱寒的狼肉。

水源清并不搭话，只用手指了指远处的灌木丛，蒋巽很惊奇，他拿过望远镜，远远看去，只见一些灰布军装在缓缓地蜗行，不仔细辨认，根本发现不了。蒋巽大惊，立刻要拔枪，水源清却按住了他的枪套。水源清安静地说，让他们活下来吧。

蒋巽默然，苦笑了两声，说，您什么时候这么仁慈了。水源清深深地吸了口气说，我们都要死，但不是今日。

昭和十八年（1943），秋去冬又来，又一年过去了。局势越来越糟，帝国在东南亚不断失利，临沂城人心惶惶，光秀中佐却加大扫荡力度，但这时的扫荡已不能和从前相比，士兵们有些心不在焉，甚至杀人的兴趣也少了很多。长期的暴力和酗酒，夺去了土家的健康，那个参军前朴实的农家小子，佝偻了腰，头上有了很多白发，眼神也不再暴虐，而是多了份迷茫。抵抗分子不断壮大，他们在山里成立政府，还掀起大参军浪潮。再进村扫荡，也充满危险，联庄会迅速将情报传递给周围村子，一个村子被扫荡，十几个村子抵抗势力都来救援。水源清升任少佐，光秀也愈发倚重蒋巽，任命他做了大队长。

治安讨伐又要开始了。无休止的行军、杀戮、防止被杀，剩下的只有无边无尽的黑暗与恐惧。水源清的心却越来越平静，佛经也读得越来越多。“以无我、无人、无众生、无寿者，修一切善法，即得阿耨多罗三藐三菩提。须菩提，所言善法者，如来说即非善法，是名善法。”每次讨伐回来，水源清总要念上几段，认真地琢磨，法无高下，即非善法，是名善法，这也算是在地狱里修行吧。

扁山地区传来消息，帝国运送粮食的车队，遭到了偷袭。光秀任命水源清为讨伐队长，带着100多名日本士兵、200名治安军出发了。蒋巽因为委派了其他任务，不能随行，只能按时来相送。在城门北关，蒋巽握着水源清的手，眼圈红了，竟然哽咽。水源清颇感动，也对蒋巽的脆弱不以为然。蒋巽焦虑地说，我昨天做了一个梦，你死了。水源清淡淡地说，不要说这样的话。死亡的事，不要太放在心上。

蒋巽急切地说，你如果死了，我也不会活着。

水源清推开他，说，别傻了。生死有命。

水源清带着队伍走出城门。寒风刮起，兵士们整齐的步伐声响起，铅灰色的天空，多了几分凝重沉郁。出城后，经过疲惫的行军，他们终于到达了扁山周围的几个村子，正如水源清想象的，抗日分子的情报渗透很厉害，他们来时，村里的人大多撤到了山上。水源清的部队懒洋洋地放了几枪，便散散地向回撤，大家都想在雪下大之前回到城里，享受暖洋洋的照顾。猛然，水源清看到身边的兵士晃了几下，醉酒般倒了下去。接着，密集爆豆般的枪声响起，这段日子他们过得太安逸，以至于忘记了敌人的存在，可敌人没有忘记。远处影影绰绰地出现了很多影子，都穿着灰色八路军装。他们人数很多，水源清这才明白，这是蓄谋已久的圈套。身边的人不断倒下，水源清甚至听到七五山炮的声音。八路历来装备差，这次连炮都拉来了，看样子铁定要吃掉他们。水源清喘息着，努力组织士兵反攻，但在飞蝗般的手榴弹和子弹面前，队伍死伤惨重，不时有人哀叫着倒地，死去的还好，那些被打穿胳膊或腿的兵士，如果不能及时救治，会冻死在冰天雪地之中。水源清几次跃出战壕，期待与敌人肉搏，但敌人巧妙周旋，让他的计划完全落空。不过一个多时辰，水源清的部下只剩下几十人了。终于，他带着残存的部队，撤到了扁山。

这一带地势复杂，九座大山相连，号称九曲连环带扁山，联系着十几个村子。水源清一路狂撤，从一座山到另一座山，早已在大山里迷失了方向，而那些村民自卫队则像猎犬般咬在他的身后，也是不眠不休。当他终于靠在一处山坳，在疲惫中披着满山的雪睡去，他的身边就剩下了最后两个士兵。水源清又累又饿，但也有点欣慰，他不想再逃走了，这样的宿命他曾在心中设想过很多次了。

雪下得越来越大。山坳里出现了很多火把，天空的雪也显现异样，居然密密地卷起了龙卷风，将两个士兵从藏身之处卷起，又重重地摔在地上。火把围拢过来，漫山遍野都是愤怒的中国农民。他们拿着棍棒和木叉、柴刀、土枪，将士兵团团围住，士兵们发狂地呼喊，求饶，扇自己的耳光，但那些面有菜色、黑瘦的中国农民，对此置若罔闻，一切都被激越的复仇情绪推动着……水源清不能动弹，眼睁睁地看着这一切，内心却渐渐平静，暗黑的天宇，他又看到成千上万中国游魂，赶来庆祝这伟大的胜利。他们虚飘飘地挂在天空，好似庄严的勋章。其中，就有那个先前他们抓住的八路大官的太太，她抱着刚出生的婴儿，浑身血淋淋的，正仰着被摘去双眼的脸，对着他傲然微笑……

水源清醒过来的时候，已是第四天下午。下午和煦的阳光里，他看到了上司光秀关切的目光。所有人都在安慰水源清，包括从须磨来的小护士，简直将他当作了英雄。只有土家一如既往地不屑，却对他有点躲躲闪闪。然而，众人中水源清竟没发现蒋巽。他问了很多人，大家都吞吞吐吐，欲说还休。等到他能下地，亲自来到光秀的办公室，询问蒋巽的事。

光秀中佐有些尴尬，隔了好几分钟，似乎想要措辞似的，断断续续地告诉了水源清这几天的事。水源清半晌无言。那晚，水源清所有的士兵都被杀死或击溃了，但他藏身的地方，却意外没有立即被抵抗分子发现，就在抵抗分子叫嚣胜利时，蒋巽的部队逆袭了他们，救出了水源清，但蒋巽却不知所终。原来，蒋巽出兵，未得到光秀的允许。当时情况不明，大雪漫天，临沂城驻军很少，如果没有周密的计划，很可能重蹈水源清的覆辙。光秀未予准许。蒋巽和中佐吵了好几次，甚至跪在光秀身旁，也无法改变他的心意。赌气之下，蒋巽亲自率领治安军，一路冲杀，居然将水源清救了出来。

蒋巽却失踪了。后来水源清听人说，光秀本来也是要出兵的，但土家反对，蒋巽一气之下，私自拉了队伍出来救人，并到处和人说，日本人太混蛋，连自己人都不救，连八路都不如。就这样，当水源清被救后，蒋巽也失踪了，大家都说他投奔了八路。

水源清感到迷茫，蒋巽和八路有仇，怎么会去投奔他们？然而，没有蒋巽的日子还要继续，坏消息不断传来，上级命令加大讨伐力度。这次，上级安排水源清和土冢队长一起讨伐敌人。土冢在出征前又喝得大醉，坐在摩托车上，吐得到处都是。几个小时后，他们来到了村子，凌乱地射击与掠夺、杀戮，很快，在八路反攻下，他们又开始后退。

寒风呼啸，大山沉寂，部队不断转进，不久就摆脱了八路的追击。疲惫的行军中，只有喝醉了的大队长土冢，在咿咿呀呀地唱着北海道渔夫曲。水源清跟在土冢的身边，警惕地看着四周。土冢突然停止歌唱，斜斜地看着水源清，说，喂，水源，你知道蒋巽去哪里了吗？

水源清疑惑地看着土冢，你知道他的去处？

土冢却凄然地笑着说，本来以为上次你必死无疑。你讨伐的消息，我故意泄露给了守城的治安军，他们有人被八路收买了。

水源清紧紧地握着手枪，这把枪还是蒋巽送他的礼物。

土冢却不看水源清，喃喃地说，你没来之前，蒋巽和我相好。你来了，一切都改变了。

水源清抓住土冢的衣领，怒吼着，你把蒋巽怎么样了？

土冢嘲弄地说，营救你那天，我也去了。蒋君对你真是痴情呀。他居然抱着你哭泣。

水源清发疯似的，将土冢拉下车，痛击他的头部。土冢满面鲜血，士兵们大多愕然，很多人过来劝阻，拉住了水源清。土冢却并未还击，他喘息着，擦掉血，狞笑着说，水源君，你今生别指望知道蒋巽的下落，等下辈子吧。

说着，土冢拔出随身配枪，伸入自己口中，扣响扳机，子弹从脑后蹿出，脑浆四溅，迸出碗口大小的伤口。

周围一片混乱，水源清怔怔地看着土冢的尸体，不知所措。有的士兵在用电台向上级请示，有的察看土冢的情况。水源清浑浑噩噩地走上一辆装满弹药的汽车，把汽车兵赶了下来，独自开着车向大山深处进发。

山路崎岖，很快就没了路，这时天已慢慢地黑下来，水源清踉踉跄跄地下车，山的影子环绕着他，山风凛冽，月光清冷，只有不知何处而来的野物的嚎叫与山鸟的惊啼，提醒他危险将至。但水源清并不在意，恍惚之中，他好像又来到上次藏身的大青石旁，上面血迹斑斑。水源清缓缓地坐下，点燃一根烟，悠闲地吐了几个烟圈。掏香烟时，他发现口袋里还有那枚“悲欣交集生死无常”的图章与两把刻刀。水源清拿出刻刀，月光下，在那片大青石上，认真地刻下了日文：

> 昭和十九年冬，日人水源清与中国爱人蒋巽，生死不知于支那鲁地扁山。一切有为法，如梦幻泡影，如露亦如电，虽人生苦短，若轮回有缘，终有相应。天地有知，当为祷之。

做完这一切，水源清满意地靠着大青石，沉沉地睡去。梦中出现了很多连绵不绝的山，山上走下很多峨冠博带的中国古人。鲁地盛产汉代石刻画像，水源清曾搜集过一些，那些梦中的古人和汉画像的模样相似。他们神态端庄肃穆，走入高高的石头城，用青铜器皿喝酒，伴着高蹈的古乐起舞，却一言不发。在这些古人中，他发现了蒋巽，蒋君的身上落满桂花，正努力地吹着一只古埙，满怀笑意地望着他……

水源清没想到梦醒后的情形。也许，他会自杀，也许他会帮助中国人胜利之后再自杀。总之，没有了蒋巽的世界，似乎已没有了继续活下去的必要。

几天后，有人向光秀汇报，水源清少佐投降了共产党，并参加了日本人反战联盟。但是也有人说，少佐发现了蒋巽的尸体，殉情而死。昭和二十年（1945），原子弹在长崎和广岛爆炸，日本投降，光秀切腹自杀，骨灰回到了日本。但水源清和蒋巽的下落，成了一个谜团。很多与水源清交往的士兵向前来受降的中国军官打探他的消息，却被告知查无此人。再后来，国共两党战争又起，战俘们匆匆回国，这些事就没人提及了。

几十年过去了，中国莒南县扁山一带，要兴建水库，一群喊着口号的人，在这里跳舞，又挖又填，建成了一个大大的水库。那块大青石被当成日本帝国主义侵略的罪证摆在了一边。

又过了几十年，大青石的字迹渐渐风化，没有人再能认出上面写了什么。至于日本人水源清与中国人蒋巽的名字，更无人知晓了。

鬼子妮

街坊们，看在多年的情分……

山大爷拖着腿，在院子里转圈作揖，步履虚浮。暑天酷热，没有一丝风，大喇叭放着人们耳熟能详的革命歌曲，这会儿也有点有气无力。场院散着几袋粮食，区武装部的民兵捧着枪，狠狠地盯着粮，生怕粮食变成雀子飞了似的。分粮的会计，趴在柏木桌前，捏着圆珠笔杆，浑浊的汗滴，蚯蚓般爬行在他干枯的脸颊。四下都是领救济粮的居民。大家散乱着，没人动，也没人讲话。居委会主任颜大娘刚想把手伸向粮食，突然，人群中有人喊了一嗓子："都快饿死了，粮食不能给鬼子吃！"

山大爷的脸暗了，腰压得更低。萝卜抬头看看，原来是飞机和黑头等几个少年，都是家里丁口多的，等着这粮救命。

许久无人应答。山大爷嗫嚅着，悄悄地退出。谁料，走了几步，竟跌了个狗吃屎。樱花从后面赶过来，扶起她爹，硬硬地说："咱有骨气，饿死也不看熊人的脸子！"

萝卜看着樱花父女渐渐走远，不知哪儿生出力气，吼着："我的粮给你们！"

一

济南城普立门外老商埠，袁世凯当山东总督时建的，四四方方，像块豆面发糕。商埠后面，是一大片民居。萝卜住东街响水胡同，鬼子妮住西街庙花胡同，都属于四里圃街道办事处。鬼子妮白花花的胳膊，细扎扎的腰，一口小而齐整的糯米牙，笑起来眼睫毛翻着，眉毛挑起。萝卜早晨上学，总要跑到鬼子妮家后墙喊上一嗓子："走喽！"就听到"扑腾扑腾"的响动，鬼子妮连蹦带跳地飞出，扯着萝卜的书包向前奔，还忙不迭地塞给他一个铝饭盒。

那时俩人都在德兴小学，同班还是同位。到了学校，课间操的时候，鬼子妮看着萝卜打开饭盒。饭盒盖得紧细，常是"咔嗒"一下，才能打开，里面通常是韭菜合子，或几个用马粪纸裹着的香油果子。菜合子和果子，都烙得金晃晃的，喷香，也还热着，萝卜的心也就一次次地被烫伤，烫得美气，简直不想痊愈似的。

说实话，"鬼子妮"一点也不"鬼子"。

这个绰号是那个整天拖着鼻涕的小杂碎"飞机"给起的。他神神秘秘地告诉大家，山樱花的爹，那个当医生的"山大爷"，其实是"日本鬼子兵"，叫山崎俊。对于鬼子，萝卜的印象主要来自画报，都是仁丹胡，满脸横肉，挥舞着指挥刀。但山大爷慈眉善目，白白净净，一口地道济南话挂在嘴边，怎么就成了鬼子？山大爷从鬼子兵营逃到济南，认识了樱花的娘。俩人结婚后没几年，樱花娘就得病走了，剩下父女俩相依为命。想到可爱的山樱花，居然成了"鬼子妮"，萝卜就气不打一处来。开始，樱花也不愿意，哭闹了几次，看大家都叫，也就随口应着，但叫的次数多了，她也要打。飞机就被挠破了脸，连连告饶，才逃了命。

鬼子妮最中意唱戏和做饭。明湖书社的柳琴戏，她最喜欢听，回来就学样，什么"娃娃令""迎春曲""传情曲"，曲牌熟悉得很，《骂鸭》《借年》《西厢记》，张嘴就能唱，又脆又响。鬼子妮擅长扮演"二脚梁子"，有时花旦，有时青衣，顽皮嬉闹，看着戏班子，就蹿到后台，给人家捣乱，自己扮上了，又立马变个人似的，说哭就哭，说笑就笑，一口拉魂腔"警"得人们长吁短叹。真有戏班子相中了她，要留在梨园行当个传承，山大爷死活不同意。有老人说，鬼子妮的扮相，像极了民国红极一时的"一千两"。萝卜不禁暗暗有些神往，一千两呀，架子得多大！

除了唱戏，鬼子妮招人注意，还在于她做得一桌好饭食。她最擅长老甏肉饭，山大爷也是个老饕，父女俩没事就琢磨着吃。鬼子妮常趁着早市去割带皮猪肉。肉贩子撑起摊子，鬼子妮就来挨挨蹭蹭地捡肉。肥肉要白亮，瘦肉要鲜红，肥瘦相间，做出来的肉才筋道弹牙，既软腻，又厚实，用大酱、生姜、酱油泡上，小火炖煮，“咕嘟咕嘟”地冒白气，再加上白糖吊香气，几个小时后，肉炖得松烂，像红玉石夹上白玉石，煞是喜人。大锅里再煮上白卤蛋、青辣椒、黄豆腐、金针菇、紫海带，搭配香甜可口的东北大香米，馋得人掉口水。山大爷“咣”地把大锅盖掀开，焖住的肉香跳出来，直打人的鼻子。

“吃甏肉咧！”山大爷洪亮的嗓子一吼，街道的孩子就都从各家里伸出头，禁不住地移动过来，参与美食盛宴。萝卜记得，一次，几个街坊的孩子，吃了整整一大锅甏肉饭，山大爷只是笑，一点也不心疼。吃饱了饭，萝卜就和小伙伴们去附近的五龙潭玩耍。

五龙潭幽静阴凉，泉水旁种满了垂头散发的绿柳树，树下卧着大青石。鬼子妮拉着萝卜蹲在泉水旁，直愣愣地看着。

“萝卜哥，狮子头笑你呢？”鬼子妮咯咯地笑着，长长的睫毛乱颤。

萝卜有些摸不着头脑：“狮子头？红烧还是酱卤？”

“你就是‘毛格儿’（方言：外行，傻乎乎）！狮子头金鱼啊，只想着吃！”鬼子妮伸手指点着萝卜的额头。

不知为啥，萝卜的心“咚”地蹦了一下，像熟睡的绿皮大青蛙，被飞虫啄了口，慌乱地跳起，落下也不知到了何处，空空地没个着落。

“不是金鱼，是你笑俺。”萝卜讷讷地说着，声音低沉。

俩人却一下子没了话。萝卜悄悄地，想扯鬼子妮的手。

鬼子妮小声说：“萝卜哥，别耍坏，它们正看着呢！”

萝卜讪讪地缩了手，看到泉里的金鱼，果然都围拢在周围，瞪大眼，吐着泡泡。鬼子妮的脸红通通的，把小青石丢在泉里，“咕咚，咕咚”，金鱼摇着尾巴逃了。

“你打金鱼干啥？”萝卜说。

“这么傻的鱼，不打它打谁？”鬼子妮噘着嘴，“唰”地站起身，甩着辫子跑远了。

萝卜怔怔的，不知所以。金鱼还有傻的和聪明的？樱花是不是也“魔嘎”了？

二

大家都在挨饿，一个个都浮肿了。飞机哭起来像笑，眼肿得眯缝成了门缝，好像个胖狐狸。去年，上面鼓动跃进，挨家挨户地搜罗铁器，说是要建小高炉炼钢。后来，土高炉倒是建起来不少，冒着黑烟，好似张牙舞爪的妖怪。可没多久，妖怪就歇菜了。粮食却发得越来越少，各家各户慌了神，有的在家养鸡鸭，有的响应上级号召，弄玻璃缸养小球藻。

萝卜看着水藻熬出的汤，绿绿的，喝到嘴里有股苔藓的腥味，就想吐。

山大爷有办法。他是医生，识得荒郊的野菜，就带着鬼子妮去还乡店、官扎营一带弄吃的，那边靠着山，野菜多，父女俩出去一天，能摘来一大筐野菜，山大爷还能看兔子道下套，有时也能搞到几只瘦骨嶙峋的野兔。到了这个程度，父女俩还讲究吃法，野菜不是剁碎放大锅里煮，而是和上点杂粮面，味精，葱花，氽成野菜丸子，水煮，清蒸，有时还压结实了，做成野菜发糕。萝卜这时也上了中学，不再和鬼子妮一个学校，但还时常串门，俩孩子，一起学习，一起玩耍，慢慢地就有点青梅竹马的意思了。

可是，经常到山大爷家的，还多了个寡妇——颜大娘。

萝卜对颜大娘不以为然，不就是个尖下巴、大眼睛、高挑身量的老妇女？虽说颜大娘家成分是城市贫民，大儿子死在抗美援朝战场，是烈属，但她也识得字，会绣花，是大户人家小姐出身。萝卜把她和自己那个只知道粗声大气骂人的娘比了一下，又有些泄气。

颜大娘说是来谈居委会工作，可坐下来就不走，眼睛直勾勾地看山大爷，偶尔笑笑，也是白痴的样子，连傻瓜都能看出来，这个颜大娘有问题。山大爷本来也是个爱笑、爱热闹的老头，可颜大娘一来，就拘谨得不得了，做事也一板一眼的，有些假模假式。鬼子妮却不管这些，时不时地拿话挤兑颜大娘。

一次，萝卜刚踏进山大爷的家门，就听见樱花高声大气地说话：

“大娘，你看俺们家养的那只花狸虎老猫，‘杠赛（方言：好玩，有意思）’呢。”

萝卜就故意问：“老猫咋个好？”

樱花见是萝卜，瞥了他一眼，也不和他说话，但眼角分明带着强忍的笑意，还是盯着端坐在竹凳上的颜大娘说：“那老母猫，半夜叫个不停，越老还成了个精。”

颜大娘坐得笔直，面无表情，眼角却有些抽抽。山大爷在认真给人开药方，一副苦思冥想的样子。

樱花接着说：“老母猫晚上被勾了出去瞎混，居然还弄了块牛肉来，也不知是哪个相好的给的。萝卜，今晚别走，包牛肉大葱饺子！”

萝卜答应着，却瞅着颜大娘“霍”地从椅子上立起来，铁青着脸，眼角却噙着泪。

山大爷还是没反应，泥胎一般。

颜大娘走到墙角，拎起个袋子就走，袋子里滴着点血，像是块肉。萝卜忙客气挽留。颜大娘也不答话，只看着山大爷。许久，她叹了口气，缓缓地放下袋子，走出了门。

走到门口，颜大娘猛地回头，盯着樱花说：“你这个鬼子妮！”

樱花却并不恼，只带着得胜意味看着颜大娘走远，摆出个刀马旦架子，高抬腿，举着胳膊，半唱半喊道：“萝卜，看那敌将被俺杀个丢盔弃甲哇！”

萝卜弯腰，学着汉奸的做派说：“吆西，山太君，把她死啦死啦的呀！”

俩人哈哈大笑。樱花毫不客气地拿了那袋子肉，去剁饺子馅了。

萝卜却看到山大爷勾着脑袋，拿了本药书挡着脸。

三

街面越来越乱。大家饿得眼睛发绿，粮食越来越少，偏偏还要搞运动，查特务，查异己分子，又要清理阶级队伍，响水胡同打死了一个右派，庙花胡同弄疯了一个前国民党的党部委员。前街还抓了几个一贯道、黄沙会的大道首，说是前些年“漏网”的，抓住就杀头。

作为“漏网”之鱼，山大爷的日子也越发难过了。他原在铁路熬生活，后来靠在胡同开了个小诊所，平时救死扶伤，乐善好施，口碑也颇好。这些年，名字早就改成了“山爱中”，可原籍那栏，永远写着“日本”，也多亏了颜大娘多方维持，才勉强落了平安。有些熊孩子嚷着要把山大爷拉出去游街，也被樱花骂得狗血淋头，不敢登门了。但樱花就是和颜大娘拧巴着，这种情况直到兆德出现，才有了意想不到的转机。

兆德是颜大娘的小儿子，白脸，鼻子秀气，穿着学生装，扣子明晃晃的。樱花第一次看到兆德，还是萝卜给引见的。当时，樱花去找颜大娘换证件，她喊着萝卜陪她，正碰上兆德背着铺盖卷回家。樱花不认识他，萝卜就介绍说，这是颜大娘的儿子，大学生兆德。

樱花瞅着兆德，只是搓衣角，说不出话来。萝卜纳闷，这还是泼辣的“鬼子妮”吗？

兆德却没啥反应，木木的，只点点头，就回里屋睡觉了。颜大娘见到兆德，也没有萝卜想象的母子相见的亲热劲，相反，颜大娘的脸却惨白得吓人。后来，萝卜才知道，兆德这个大学生被“退学”了。兆德可是山东大学的双学士。双学士是个啥，老商埠的人大多不懂，但明白是大学问，街上前清的孙秀才说，大概相当于皇上赏赐的双眼花翎。

可这个“大学问”咋就被退学了呢？

萝卜听飞机说，兆德本来书读得好好的，非要给党提意见，反对“大跃进”和“三面红旗”，先是团里批评，后来学校批评，就给开了回来。

“活该！”萝卜表示对颜大娘一家的反感，感觉是给樱花出气似的。

谁料，樱花并不同意，她梗着脖子说：“我看这是好汉，敢说真话，咱们谁不饿，谁就去埋汰人家大学问去！”

从此，萝卜发现情况不太妙了。樱花时常去颜大娘家，有时是找兆德问功课，有时是找兆德问大学的事儿。一说到兆德，樱花就兴奋，总是兆德哥长兆德哥短，连带着对颜大娘也变了态度，和颜悦色，还时常赔着笑脸。

一天傍晚，萝卜刚回家，飞机就跑来找他，神神秘秘地说：“萝卜，你还蒙在鼓里呢，你那鬼子妮要被那个‘大学问’抢走啦！”

萝卜慌忙问缘故。飞机说：“我亲眼见的，鬼子妮和兆德躲到五龙潭亲嘴呢。”

萝卜听了，不禁火冒三丈，赶紧也跑到五龙潭。柳树们在暗夜中沉默着，月亮挂在天边，也不甚分明，萝卜在朦朦月色下寻了半天，也没看到这对男女。萝卜饿得肚子山响，正想大吼，却听得耳边“扑棱扑棱”，飞出了几只小黄嘴雀，又听见“啪”的耳光声，只见一个人影飞出树丛，哭着跑开了，正是鬼子妮。

萝卜也顾不上了，紧跟过去，扯住樱花的衣服。他气愤地说：“是不是那个狗屁大学问欺负你了？我剁了他！”

樱花挣脱了萝卜的手，怔怔地望着月亮，泪如泉涌。她喃喃地说：“俺咋就是非我族类，其心必异？”

四

发救济粮喽！

颜大娘的小锣一下又一下地敲着，几个民兵也跟着喊，尽管也都有气无力。这一阵子，粮食发得更少了，学校和机关都放假了，城里一片死寂，大家都趴在家里残喘着，五龙潭的大柳树也被人剥了皮，光溜溜地枯死了。萝卜挣扎着从床上爬起来，赶到场院的时候，正好看到飞机几个人难为山大爷和樱花。颜大娘讪讪的，也不敢出来说句话。兆德更是窝囊，全然不像个好汉，只是蹲在地上，抱着脑袋。

萝卜大吼了一声，其实也有点后悔，家里弟弟妹妹，也都饿得发昏，再没点正经粮食，恐怕熬不过去呀。但萝卜不后悔，为了樱花，这一切都值了。

山大爷含着泪，看了看萝卜，深深地鞠躬，说：“好孩，你们家也不易，我和樱花心领了。”说着，却有些摇摇欲坠了。

萝卜和樱花扶着山大爷回了家。山大爷躺在床上，手敲着胸，“咚咚”作响。

他哽咽着说："我是日本军医。当年，我从兵营逃出来，跑到济南城边，是个好心女人，给了我一个窝头，我才活下来。我这些年，救了多少中国人！可咋就没人念我的好呢……"

樱花的表情却很平淡，平淡得让萝卜有些害怕。这个不声不响的樱花，可不是他认识的鬼子妮了。他赶紧劝解，但樱花的回应也是淡淡的，只是感谢了萝卜，并没有太多解释。

萝卜瞧着尴尬，也就离开了。晚上，觉得心里不踏实，就偷偷带了粮食来找樱花。他把粮食放在樱花家，却并没见到樱花。山大爷躺在床上，脸色蜡黄，只说樱花出去了。

不用说，萝卜知道她肯定去了五龙潭。他赶了过去，山樱花正抱着个包裹，怔怔地盯着泉水，光秃秃的柳树，直戳在人的心里，还有些莫名的"吱吱"的声音，又硬又长，扎得人心疼。泉水不再喷涌，只剩下浅浅的一汪死水。

"樱花，干啥呢？"萝卜小心翼翼地问。

"扔了这包鬼东西。"樱花抬了抬手，胳膊却将那包裹抱得更紧了。

"啥好东西？"萝卜说，"丢物件跑这大老远干啥？"

"丢了东西，俺就看泉里的金鱼打架。"樱花声音低沉。

萝卜说："金鱼咋会打架？再说，泉里没鱼了，早被飞机、黑头他们捞着吃啦。"

"咋不会？鱼和人一样，都翻脸不认人。俺们家和黑头、飞机家是邻居，俺家的炸酱面，俺做的甏肉饭，他俩没少吃。咋就不让俺领粮食，还叫俺鬼子妮？……"

说着，樱花的眼泪扑簌簌地掉下来。

萝卜心头一热，他走过去，揽过樱花的肩膀说："俺不怕你是鬼子妮，俺娶你。"

樱花挣脱开，缓缓地说："萝卜哥，俺的心给了那人，配不上你啦！"

萝卜哑然，不知是难受还是着急。樱花却从包里拿出身行头来，说："萝卜哥，俺下辈子嫁你。你还没见过俺的《西厢》扮相吧，俺不扮红娘，就扮莺莺吧。俺给那'大学问'唱过一次，俺瞎了眼，如今俺给你一个人唱一回，就再也不唱戏了。"

萝卜傻乎乎地说：“为啥，你唱戏多好听？”

樱花的眼神直愣愣的，说：“戏好要有人懂，也无非是个假象。如今，这世道都成了真戏，还要这假戏干什么？”

说着，樱花穿上戏服，还翻出个小镜，补补腮红，勾勾眉，张嘴清唱起来。萝卜心乱如麻，只听得“风月天边有，好事人间无”唱词，月下看着樱花，却有些痴了……

五

大伙儿都在挨日子，萝卜也照顾弟弟妹妹，没去山大爷家照看。谁知，樱花失踪了。山大爷发了疯地找，萝卜也跟着找。后来，飞机、黑头都撒出去找，连在批斗中被打瘸了腿的兆德，也拄着拐寻着。晚上，西街的庙花胡同，东街响水胡同，大家也都打着手电去寻，也没人组织，大家只默默地不作声响，仿佛愧了心。晚上限电，手电光连成片，闪闪摇摇，似凌乱眏着眼的星星，惊动得连片区警察也跟着查。

还是萝卜灵醒，带着人来五龙潭。泉水不知何时，竟半干涸了，但还汪着几口幽深的泉眼，不知通到了哪里。青石下卧着摊血，早就没了温度。旁边还放着樱花的包，倒整整齐齐的，大家伙儿发现，里面装着半拉杂粮窝头，有个小纸片，歪歪斜斜地写着：“给俺爹留着”。

萝卜自告奋勇向泉眼下钻，可啥也没找到，又找了市体校的游泳队员，还是没捞到樱花。就有前清老秀才来说了，这五龙潭有来历，相传，这里曾是秦琼府邸，清代有个文人叫桂馥，他说豪雨之后，地裂成泉，五龙潭幽深不可测，可通海眼，内养五爪金龙。相传，有人在五龙潭附近还挖出石碑，有“唐左武卫大将军胡国公秦叔宝故宅”字样。

兆德在泉边跪了大半夜，谁劝也不听。到后半夜，下了大暴雨，兆德被颜大娘架了回去。那雨串子“噼噼啪啪”的，好像炸了皮的蟒鞭，抽在黑黑的屋脊，青青的明瓦上，蹿着无数火星，耀着沉沉的夜，都好似变了白昼。只听得轰隆隆的巨响，仿佛炸裂般，有人说，那五龙潭剧烈摇撼，裂开又合拢了。

山大爷家门口堆着几个小口袋，鼓鼓的，明晃晃的，却不见人来拿。

山大爷的小诊所关了门，门口多了些白花。山大爷把自己关在屋子里，饿得打晃。后来，几个街坊为了防止山大爷被揪斗，就把他藏在了颜大娘家的地洞，每天给他送吃食。谁知他在地下室种了菌菇，居然收成不错，还研究出几种鲁菜的新菜式，让大家大饱口福。那菌菇肥肥大大，白灵灵的，养在地下室，在惨淡光照下，格外诱人。

萝卜、飞机、兆德几个青年，大口喝着菌菇汤，只觉得肚子“咕噜、咕噜”欢叫得厉害，又不敢太大声，怕让人听见。山大爷还是笑呵呵的，但眼角带点泪。他说，要是樱花这鬼妮子喝了这汤，保管叫起来！

转过年来，饥荒缓解了，上面也传下话来，山大爷不算敌特，还主动逃离日本侵略队伍，所以不予追究。有人说，颜大娘从中出了不少力。等到萝卜再见到山大爷，也是一个阳光明媚的晌午。五龙潭的泉水咕嘟咕嘟地涌出来，金鱼又养了起来。

萝卜看到山大爷，拿出块窝头，一点点地捻碎，细细匀匀地撒在泉里，金鱼们凑过来。他的眼泪也涌了出来，像断线的小珍珠，掉到了泉里，也不知鱼是吃粮食，还是吃眼泪。

“山大爷，想家了吗？”

“不敢想，就是梦里老见到。”

“日本美吗？”

“我家在和歌山，温热湿润，很少下雪。春天，我和哥哥就在山上采青梅。”

“你当时为啥要跑？”

“不想杀人，也不想被杀。”

“现在还跑回去？”

“跑不动了。就死在这里吧。”

“那将来你还回日本吗？”

“不知道。也许樱花能去看看。她还没见过真正的樱花呢。”

“可是，樱花不在了。”

“她会去的，我答应过她。”

萝卜有些受不了，哽咽地说：“樱花说，下辈子嫁我呢，到时我就是您老的女婿。”

山大爷不答，只是继续拿窝头，小心地抠下一点，捻碎了喂金鱼，嘴里却说着：“那些金鱼，吃了樱花临走时留下的窝头，樱花的魂就住在鱼的身体里。我听人说，五龙潭通地下秦琼府，也通东海的海眼。樱花从这里游过去，游几个月，就能到东海。过了东海，对面是日本九州福冈，再游过很多大河，就到本州和歌山啦。樱花呀，你真名叫山崎樱子呀……”

萝卜听得毛骨悚然，再看金鱼，正闪着眼睛，居然真有些樱花笑起来的模样。

萝卜正胡思乱想，颜大娘来了。她搀起山大爷，给他抹了泪，昂着头，领着他往回走。萝卜一时好奇，也悄悄跟了过去。回到颜大娘家，院子里摆着小饭桌和马扎，兆德正忙着端饭菜，看到俩人，脸色有些暗，但也招呼着山大爷。

萝卜扒着墙头，悄悄瞅着。山大爷端起碗，又放下碗。天气热，山大爷的手抖抖地从怀里掏出半块剩下的窝头，“吧唧吧唧”地吃起来，开始急促，有点噎着了，直喘，手里的碗却再不肯放下。颜大娘夺过窝头，丢在地上，给他端来了黄澄澄的炒鸡蛋。山大爷看了地上的窝头，叹了口气，吃了口鸡蛋，又开始猛烈咳嗽。颜大娘过来帮着捋背，兆德也忙问讯，山大爷这才放了碗，却捉了颜大娘的手。颜大娘挣了两下，也不再挣，由着山大爷紧紧地攥着。兆德背过身盛粥，只当没看见。萝卜看着粗白大碗“咔嗒”一下，立在饭桌上。不知为何，他想起多年前，山樱花给他带饭的铝饭盒，也要“咔嗒”一下，才能打开呀。

萝卜在墙头放声大哭。

还　乡

一

“都死啦，不说了……”

李奶奶的沙哑声音，从录音笔传出，让我的心不断悸动。我难以忘怀这几个月的采访经历。2015 年，我回到故乡，革命老区山东莒中，去一个小山村采访。该村曾是抗战时的红色堡垒村，驻扎着八路军的卷烟厂，也曾惨遭日军屠杀。

事情要从数月前说起。领导安排我回老区采访，并暗示我，只要能在抗战纪念年活动热潮中，弄出过硬的深度采访，就能评上奖，我的编制问题也能落实。按照领导安排，我首先采访了一位退居北京的山东籍老将军。据说将军来自我的故乡。他对我的工作也很感兴趣。将军满脸皱纹，已非常衰老，斜躺在宽大的躺椅上，皱巴巴的病号服裹着松弛的肉身。他眯着眼，手指神经质地抽搐着，好似扣动扳机。

“我在那里战斗过很多年，和国民党顽军在乙午山激战过，在老鹰岭、对犊崮伏击过日本人……”将军的白发在阳光下闪烁，涌动着神圣的光芒。

“我很久没回故乡了。”将军喃喃地说，似乎我的这次返乡，是他灵魂的回程。他抓住我的胳膊，吩咐我记录下故乡那些惨烈的抗战故事。我们提到 1944 年大参军热潮，很多青年投入到对日寇的最后作战。将军也提到了他的家乡，戴家屯的一家小卷烟厂后来成为山东地区的著名烟草品牌。小卷烟厂我知道，坐落在九曲连环的山坳，距离我们村也要上百里路。那里地形复杂，不要说日本人，就是当地人也不好找。当年八路正是看中这里地形隐蔽，才决定在这里开卷烟厂，搞情报，也发展根据地经济。

“几百丁口的村，出了几十个兵，了不起。”将军浑浊的眼，显现出别样光彩。

我认真记录，配合将军讲述，还提出了不少问题。我非常需要这份工作。如果编制落实，房子贷款就有了保障。我的男友郭帅，并不赞成我碰红色题材，容易出力不讨好。再说，抗战和现在隔得太远了。他已被保送上了南京大学的博士生，读西方美学史专业。房子的事怎么办？我问他。他也没有办法。我们面临结婚，但双方父母都没有太多钱。他帮企业家写自传，能挣到一些，但和房款数额相比，还有不小差距。

作为红色革命老区的后代，我对那段血与火的岁月非常好奇，敬佩勇于赴死的先烈。在学校读书时，一次在食堂吃饭，我看到一部抗战纪录片，不知为何，我想到打过日本鬼子的祖爷爷。他多次死里逃生，革命胜利后回乡做了普通农民。我在食堂潸然泪下，旁边的人仿佛看白痴一样。我鄙视那些一天到晚打网游、看日本漫画的大学生。他们还以诋毁抗战先烈为乐趣。甚至一些教授，也让人不齿。我所在的大学就有这样的教授，特别是历史专业，他们总喜欢讲哗众取宠的话题，以叛逆辞藻赢得学生喝彩。我始终不能忘记，祖爷爷抽着旱烟，静静地对我说：“二十几个人，五条枪，伏击日本汽车队。一袋烟工夫，活着回来的，只有四个人。日本兵的掷弹筒打得好，长了眼，我们拿命喂日本人的子弹……”

“我们怎么消灭敌人，壮大自己？”采访结束前，我问将军。

“我们必须跑得比子弹快。我们能活着，就是胜利。”将军的眼里噙着泪。

二

我从未想过，在城市读书多年后，有机会重新游荡在九曲连环大山。

我的家在孟家庄。我在那里住了一晚后出发，经过甘泉湖、上南扁山、下南扁山、六马河，不断在这山连山、岭连岭的地方，寻找着当年的抗战遗迹。大山沉默，天色黛青，微微泛着水汽，周围寂静得仿佛洪荒再现，只有偶尔鸟兽低鸣，树叶迎风，发出杂乱响声。时节已是初秋，天地有些金黄的意思，美是美的，但有些渗入骨缝的凉意，而透过那些迷蒙水汽看去，一座座山，似乎永远也没有尽头，它们也沉默着，仿佛藏起了无数历史秘密。

同行的有报社的摄影记者小刘、当地文化馆的干部老戴。行程艰难，没有路，更不要说有灯。越野车只能停在山口，去更偏远采访点得步行。天刚擦黑，就必须就近找人家住下，山里兽物这些年少了很多，但夜晚是它们的天下，人类还是要退避三舍。我是大山的孩子，还扛得住，但小刘就满脸怨气了。他的脚打了泡，满脸焦虑，只是责备陪同的老戴。

“这里是对棱崮，当年对土桥师团的伏击战就发生在这里。”老戴并不在意小刘的指责。他顶着太阳的炙烤，灵敏地跳上块大石头，向我们讲解起来。他是真热爱家乡，对那段抗战史也是如数家珍。小刘不情愿地取了几个空镜，就躲在一边抽烟。

“不敢吸，刘老师儿，险咧，秋里山上不能见明火。”

老戴慌忙拦住小刘。我们这里的习惯，见到有身份的男子，都喊“老师”。小刘闷闷地掐了烟，又嚼起了口香糖，只拉着脸不理老戴。

我瞧着尴尬，赶紧和老戴聊天。原来他就是戴家屯的，师专毕业后，因为喜欢舞文弄墨，就到县文化馆谋生。老戴是个粗矮的黑胖男人，业余喜欢收集抗战史料。按照他的说法，这里的事儿太多了，不是书上说得那么简单。我请求他快点领我们到戴家屯，天黑就麻烦了。他满口答应着，步子却依然沉重。

路上老戴神秘地交给我一本日记的复印本。据说是当时根据地朝海中学青年教师写的，埋藏在戴家屯农户的马厩下，去年刚被发掘出来。它们和储存的粮食、衣服，放在一口大黑缸里，看得出主人来不及把它们拿出来，事后也没有找，估计是遗忘了，或遭遇了不测。

“这才是活气儿的史，瞅着有意思。”老戴啧啧地叹气。

小刘嚷着要先回县里住下，明天再去戴家屯。我看看天色，知道他是不想在村里住宿，也就答应了。他拔腿就走，兴致也高起来，回到车上，困乏得很快打起盹，耳机里还放着《中国好声音》的歌曲。我帮他摘下耳机，借着车内昏黄的灯，翻看起那本日记。越野车颠簸着，我全然不顾。山里的月亮飞起来，悄悄地亮在青色天幕上，又大又亮。大山一点点沉入黑黢黢的苍穹的褶皱，有了种种曲折形态，让人莫名感动。

日记的主人叫黄矜墨，直隶人士，初级师范毕业，投奔根据地，在朝海中学做教员。日记记载的，是 1943 年夏到 1944 年冬的事。

7 月 20 日，晴，我快撑不住了。我怀疑战争宣传是否真实。盟军已在诺曼底登陆，但那些事离我太遥远。日本人在初夏又发动扫荡，一点也看不出颓败。虽然出动的是刚组建的 46 军，战斗力比原来的 12 军差了很多，但结果还是令人绝望。

我们仓皇撤退，日本人烧房子，抢东西，杀人。然后，他们再撤退，我们追击。然后，我们就掩埋尸首，清理房屋，开会鼓动大家打日本。这两年几乎每个月都有这样的事发生。

不知何时，我甚至想死。我想远在直隶的父母。前年，我一腔热血地来到这里，根据地的火热生活曾让我新鲜感动，但如今，我只有厌倦和恐惧。也许，校长说得对，现在是战略相持，谁能坚持到最后就是胜利。

但我真的快不成了。每天校长都派我们这些青年教师去村里的烟厂帮忙。大家都缺少吃的。每天只有定量的一点粗粮，我时常在半夜饿醒。我捡剩下的烟丝抽，在切丝机旁每次都能有些，抽醉烟，感觉也很舒服。最起码顶饿，这样直到我见到了棉朵为止。她是个精灵，她救了我的命，她就是我的粮。

三

初秋的山里，晨雾浓重，早晨起来，初升的太阳，灰蒙蒙的，看不真切，经过一番波折，我们到达戴家屯，已是中午。村口竖着块青石碑，记载着小村的来历。明末，东海戴氏，为避战乱，迁徙至此。此村处于九曲连环山脉偏西北，地理位置复杂隐蔽，犹如盆地之侧后，东为金鸡岭，西为卧虎山，北面是六马河，外人走到这里，没有引导，真会迷路。

我们进了村，大白天，却冷冷清清，只有几只土狗目光呆滞地瞧着一行人，也丧失了狗类原有的警惕性。小村不大，青年人大部分出去打工。我和老戴、小刘找到村委办公室，出来一个半大老头子。我们讲述了来意。他想了半天，说："老烟厂的事吧，早些年，省报记者来过，还拍了照片。村里的老人，知道这事的，大多没了。也就村东头李奶奶，还有原来的老支书清楚些吧。"

老支书姓宋，是村里小姓，老党员，抗战时当过副庄长，解放战争当过担架队队长，新中国成立后在村里当支书，直到年高退下来。我们到他家，开门的是个中年妇女，正张罗着喂鸡，瞧着我们的架势，有点蒙，慌乱地在裤子上蹭手，冲着墙根吼："爷，有政府的人寻来了！"

一个黑瘦的矮小影子从砖瓦墙根下，慢慢地长了出来，腰佝偻得厉害，没胡子，脸上皱纹堆累，眼神却还亮。他背着手，嘴里叼着截纸烟。

"公家面上有事？"老人对我们说，声音很洪亮。

我们赶紧说明来意。老人点头，把披着的外套仔细穿好，干练地把我们领到屋里，让了座位，给每个男客递烟，聊了两句，就开始正式采访了。老人倒也不怵，说起话来，竟有些普通话的意思，一点都不难懂："要说俺庄，抗战时是有名的堡垒村，红得很，烟厂就藏在俺们这里。大家豁出命来保卫它，也支持它的生产，宁可自己饿肚子。俺们这一带从民国那会儿就种烟草，庄户人都会做点散烟。那会儿传说，日本人最高指挥官藤田大佐，都抽俺们的烟呢，说是够味。

"除了开烟厂，俺们这里也能出兵。1944 年那会儿，上面搞大反攻，大参军，提倡青年当兵，我们这小村才几百丁口，出了几十个兵。俺那时是副庄长，帮戴长申庄长动员大家当兵，戴庄长是热心肠，也是急脾气。他找了识字班、妇救会，还有青抗先等组织的人，动员参军，不兴动员的，就发急，说不进步。俺庄的一个老爷子，俩儿子都打鬼子死了，可他愣是把第三个孩子送到了前线，那叫壮烈！后来，鬼子围村，杀了俺们百十口人，庄长被逼着带鬼子上山找八路藏的山炮和机器，他愣是抱着俩鬼子跳了悬崖，真是汉子！

“典型的人，还有棉朵，多水灵的姑娘，当时就跳到台上发话，说谁参军打鬼子就嫁给谁！结果还真嫁给了个老光棍，光棍当了半年兵，被日本的钢炮削掉了半拉脑袋，好好的小姑娘就守了寡……”

棉朵？我竖起耳朵，打断了老支书，赶紧问他：“她后来怎样？现在活着吗？您认识一个叫黄矜墨的教员？”

宋支书表情迷惘，表示不认识什么黄矜墨。对棉朵，他悲哀地说，死了。至于如何死的，他支支吾吾，说记不清了。再后来，他开始嘟囔起当地土话，有些我也听不懂。采访陷入僵局。小刘刻意让宋支书再讲讲鼓动参军和保护烟厂的故事。说到这儿，老支书不糊涂了，嘴也利索了，他们倒是相谈甚欢。

我看着无趣，就让老戴领我去了烟厂旧址。老戴闷头领着我穿过了一大片刚收割过的苞谷地，玉米秆被机器割过后，半半拉拉地戳在地上，失去了象征美好丰收的玉米，狼藉的苞谷地仿佛倒伏着一群失去了头颅的死士，无言地诉说着时间的残忍。

我们小心地跳过玉米秆茬，几栋孤零零的平房也就闪现在眼前。旁边还有一个大院。老戴细致地为我讲解，这里是晒烟的，那里是切割用的，还有就是刨烟丝、卷烟草的机器怎么摆放。老戴说，虽然是本地烟叶，可香料和卷烟设备，都是军队领导从上海弄来的。

“俺们这里也出过名人，当时的民兵队队长，那会儿叫村团长，积极报名入伍，听说现在北京，是退休将军。”老戴补充着，眼神却颇冷静。

我发现了问题。房子太新了，连瓦都是簇新的。我把困惑向老戴讲了，他讷讷地说，四七年国民党重点进攻山东解放区，烟厂跟着撤退到青州，原来的房子都被烧了。四九年后倒是重修了，“文革”期间修水库，房子又被扒了。现在都是老人们估摸着大致方位，地方政府投资重建的。

“革命就是艰苦呀。”我没话找话地说。老戴带着笑意告诉我，那时大家都想到烟厂当工人，这也是参加革命工作，拿着公家的钱，但不用参军上前线。上前线，弄不好就丢了命。

说着，他指了指房子右上角的一块簇新牌子，上面闪着一行烫金大字：社会主义爱国教育基地示范点。

四

采访不知不觉过了下午，我们只能住在戴家屯。老戴是本村人，却不回家，只陪着我们住在村委会。说是村委会，其实是个院子，有个老头负责看门，也管着传达和大喇叭宣传。我单独一间，小刘和老戴、司机住在一起。小刘把毯子抖了又抖，好像怕上面有虱子，惹得大家发笑。躺在硬硬的单人床上，我悄悄打开台灯，又拿出那本日记。那页我做了记号，我向后翻了十几页，都是琐事，但接下来的，就格外有意思：

8月9日。昨天晚上，乡场上，村团长又和一个人吵架了，因为派差派不动打了起来。午睡以后，遇见昨天吵架的那个人，他是庄长的拜把子兄弟，副庄长，大家都叫他宋矮子。他把我拉到屋里，神秘地对我说："我不吃这个气。这回到村公所不能行，到县政府去解决。我看他不存好心，说不定他要害我。"他脸色苍白，全身发抖。

我把这个消息告诉了棉朵。她咬着牙不说话。我明白，村团长和庄长都惦记着棉朵，他们一个有印把子，一个有枪。派差事大家都怵头，自家都有地要种，整天出工，迎兵，还要饿肚子，大家都苦不堪言。但不打日本也不行。可恨的是庄长和村团长，都快要亡国了，还为女人明争暗斗。村团长更是嚣张，他没事就来烟厂纠缠棉朵。

"我会想办法，让他们都死了这条心。"棉朵眼里含着泪。我很心痛，我多想保护她，不让她受任何人伤害。可惜，我已有了家室和孩子。我是多么痛恨自己！

我合上日记，睡眼蒙眬。我的想象中，黄矜墨就徘徊在烟厂后的那条小路上，他不会知道，时间过去了70年，还会有一个无聊的女孩，试图寻找他的生命痕迹，探索他的秘密。梦中，我仿佛看到，一个穿黑色布袍的年轻人，面带忧郁地行进在坑坑洼洼的土路上。他抬起头，冲着我的方向张望，我看到了他的眼角有一道阴郁黑气，悄悄地蔓延上去，仿佛浸泡在烈酒里的黑藤，令人触目惊心。人生道路在于选择，当年那个叫黄矜墨的青年，选择了一场冒险的爱情，也选择了他独特的人生。然而，历史浩荡，这些个人小事，终究会和小小的烟厂一样，湮没于沧海桑田。

第二天，我起了个大早，顺着烟厂路线，独自漫步在小村。虽说时代发展迅速，但小村明显落后，只有村口大喇叭播放的《小苹果》，提醒我身处何时。回到村委会，我翻看了很多材料：

省社科院编写的《抗战时期资料汇编》、某地委党史资料搜集委员会整理编写的《××革命史》、省作协编写的报告文学《红色》、“文革”时期报纸采访《继承老区真精神　把革命进行到底》、县志办编写的《××县县志》(抗战编)、某小说家的新历史主义小说《报捷》。

对这里的抗战革命史，说法大同小异，但也有些差异。比如，对戴庄长被日寇杀害，几个版本说法不一致。有的说，是日本的刺刀挑死的，宋支书说是抱着鬼子跳崖，有的说是被人出卖，被日本人的狼狗撕咬而死，也有的说是给鬼子带路，不小心自己跌下崖的。

最后一种说法最令人痛恨！那家伙利用小说形式，诋毁先烈，博得眼球关注，简直哗众取宠。我想情况应是这样：

初冬黄昏，日军挺着刺刀，逼着戴庄长说出八路藏的山炮和机器。庄长开始装糊涂，但那个日本军官接连用军刀劈杀了两个村民，还把一个村民吊在树上，放狼狗撕咬。戴庄长的额头冒汗，脊梁骨却发凉。他明白，这也许是他在人世上最后的时间了。他假装应承着，谄媚地笑着，让日本军官放了村民，他独自把日军向屯子后的断崖引。屯子后面是卧虎山，山高林密，藏有很多山洞，他知道哪些洞里有东西，但他绝不会把它们交给日本人。这一路上，他一直试图逃脱，但日军看守严密，他无从逃走，他低头弄鞋，发现那个日本军官，紧紧地握着军刀，警惕地盯着他。他慢慢地移动着，到了一个断崖前，他轻轻向前一跃，就离开了地面，飘浮在了空中。这个过程非常短暂，但冷冷的山风，吹着他的手指，告诉他，这是一个事实，最后几十秒，就是一个活人最后的选择。但他不后悔。

想到这里，我热泪盈眶。但戴庄长如何进入日军视野，戴家屯如何被日军围困，我依然不得而知。我也征求过老戴的意见。他的看法是，找李奶奶聊聊。她是当年识字班的班长、妇救会会长，在烟厂上过班。

五

初秋的阳光已不那么强烈，但还透着力量。满院子金黄色的苞谷，将这个农家院渲染得仿佛浸在水草摇曳的金黄色水底。一切都慢慢的，金晃晃的，只有阳光是白花花的，耀得人眼晕。一个老女人，蹲坐在空无一人的场院，头顶花白的头发已稀疏，裸露出部分头皮。她细心地搓着玉米，玉米粒在青筋暴露的大手的揉搓下，发出“刺啦、刺啦”的声音，仿佛喊着“疼”，我看到碎珍珠大小的白亮汗滴，游过她的额头，摔落在她身旁的青石碾子上，发出“啪啪”的迸裂声。

“棉朵早死了。”老人突然抬头看着我们，开口说。

我吃了一惊，连忙问她，怎么知道我是来寻棉朵的。她也不答，只是看着老戴，老戴有些悻悻然，看样子双方有过交流。“你说说嘛。”老戴低声嘟哝着。

李奶奶的声音沙哑，犹豫，充满了断裂和不信任。按照她的讲述，棉朵是她的好姐妹，也是识字班的姑娘，她早就被爹娘许给戴庄长做媳妇，但村团长也中意她。为此，俩人之间爆发了冲突，甚至牵扯到其他人。最后，棉朵为避免麻烦，主动嫁给了第一个参军的王麻子。村团长一气之下，参军去了主力部队，戴庄长被日本人杀害。棉朵也死于日本人的屠刀。

我还是不死心，追问着黄矜墨的消息。李奶奶停止了动作。她轻轻地把玉米棒丢在地上，冷冷地说：“不认识。都死了。没啥好说的。你们问这些死人的事，到底想弄怎样？”

我们被赶出了李奶奶的院子。老戴又向我们推荐由周姑戏改编的、反映大参军情况的戏剧《过关》。剧目是喜剧化的，由当时抗大一分校教师编写，反映青年如何劝说家人同意他们参军的故事。然而，在黄的日记，情况好像没有那么乐观：

8月17日，庄长去乡里开会，传达了文件，说是要开展大参军宣传。烟厂和学校这样的地方，也要出兵。这可让人犯了难。庄长组织屯里的年轻人开会，大家都低头不语。某个积极分子主动报名，回家后却被新婚的老婆骂得狗血淋头。庄长让村团长带头参军，但村团长恶狠狠地说："我知道你的心思。如果你把我让走，我就弄死你，我说到做到。"

这几天，我的脑子里都是庄长阴险的笑声，还有村团长的暴怒咆哮。我有理由害怕，他们还不知道，棉朵现在和我在一起，我们相会很秘密，都是在烟厂工作完后，才在金鸡岭的后面，我给她读徐志摩的诗："我不知道风，是在哪一个方向吹，我是在梦中，黯淡是梦里的光辉。"她喜欢得哭了，使劲地用指甲抠着掌心，简直要挖出血来了。但我真的很难预料，我是否能活到民国三十四年的春天。

我对小刘讲述了日记的故事，他也有点兴趣，对我说："安心姐，咱们算当代福尔摩斯？给古人断案？"我不置可否，如果不是老戴的日记，采访行程应在第三天结束。我们收集当地资料，采访几个关键老党员、老干部，再选几个感人的事迹，也就行了。难道我们还能指望这样的采访，能成为"世界闻名"的纪录片？迄今为止，如果不是黄矜墨，有了宋支书和李奶奶，就挺好了。通过这几天采访，我们基本明白了黄矜墨、棉朵，及戴庄长和村团长之间的关系。问题是为何参军鼓动后就发生鬼子屠村事件？谁出卖了戴家屯？黄矜墨为何消失在村民和历史的记忆中？

我想来想去，理不出头绪，也只能耐着性子，又翻看日记。我也把想法和老戴交流了。他是本地人，该知道得比我多。老戴告诉我，棉朵曾被日军抓去当慰安妇，后来才被放回来，李奶奶也有类似遭遇，她不愿讲这些过去的事。当时被叫作棉朵的，的确有一个姓刘的姑娘，年龄比李奶奶小，她们都在烟厂上班，都曾嫁给参军的青年。

"安心老师，你该看看日记的其他部分。"老戴把日记往后翻了翻，欲言又止。

我在他的指点下，又看了一部分。如果说原来日记的内容，让我颇感兴趣，但接下来的东西，却越来越血腥暴力，让人无法直视，难道历史的真相，永远只在那团团雾气和尘埃之中？

9月24日这是心惊胆战的一天。烟厂下班后，我没和棉朵约会，而是去六马河洗衣服。我刚蹲下，一条黑影蹿了出来，掐住了我的脖子。我拼命挣扎，那人转到我前面，满嘴的烟臭喷在我脸上。我看清楚那是庄长。他稍微松了松我，脸色狰狞，说："你和俺媳妇耍在一处了？"我使劲摆手。庄长这才把我推到了河里。我浑身湿透，也不敢爬上来。他冷冷地说："书生，谅你也没胆。你上来，给你看场好戏。"我湿淋淋地上了岸，暗自怨恨自己怯懦，为啥不敢承认？可我实在不愿面对庄长的恶脸。我拧了拧衣服，庄长提着我的头发，捆了手，把我藏在河边的马刺草丛旁，说："看好了，这就是惦记俺媳妇的下场。"

不一会儿，村团长来了，腰里别着狗牌撸子，走路也撇着腿。到了河边，看到庄长，仰着脸问："找俺啥事儿？"庄长二话不说，上去摁了他在河边青石上，扒下了裤，露出了半截灰不溜秋的屁股。村团长惊呆了，暴怒反抗，他伸手摸枪，却被庄长抢先弄了下来，顶在了后腰。村团长流着汗，颤声说："你要弄哪样？"庄长也不答应，只解了腰带，在掌心吐了唾沫，抹在村团长下部，便俯下身去，说："你搞我媳妇，我就先操了你的沟子，看你还有脸见人！"

说罢，他狠劲地干起来，村团长惨叫着，那声音我一辈子忘不了……

六

采访四五天了。我们住在村里，收集史料，做了很多采访，实地拍摄了很多东西。采访即将结束，我们不是历史学家，也不是党史调查员，面对重重难题，选择知难而退，只能是唯一结局。难道我一个小小的女记者，就能解开这些重重迷雾笼罩的历史疑团？我没有做福尔摩斯的勇气，但还要保持一份历史的敬意吧。老戴听了我的看法，表示理解，但似乎有些失望。

“老戴，日记你早看了吧？”我说。

老戴不说话，只把烟头狠狠地嘬了口，红红的烟头喷出团雾气。

“你认为谁出卖了戴庄长和乡亲们？”我追问他。

老戴沉默良久，说：“人死了，不会说话，但上百条命，也是上百条游魂，想想都瘆人。”

老戴领着我去了个地方。村后卧虎山下立着“戴家屯乡亲遇难处”墓碑。当年日本人屠村后，幸存的人将死难者拢到一起，就埋在卧虎山，立了碑纪念。据老戴说，碑立好了，当时军区领导和地方政府都搞过纪念，时间久了，也就慢慢被人遗忘了，村里的年轻人，有的已不太清楚这碑的来历。如果不是抗战纪念年，不会有人想到这里。

卧虎山不高，但林子密，山势连绵，从远处看，秋风萧瑟，狂舞着落叶，好似漫天飘扬着一片片凝固的血块，明亮的下午光景，仿佛突然就暗了下来，天空压低了些灰褐的雾，猛地俯下身，黏黏稠稠的，又此起彼伏地涌动着大大小小的影子，那是些冤死的亡魂？还是无处诉说的隐秘？我站在青色墓碑前，被那些血块撞着脸，打着胸，揪着手，仿佛要把我们拖拽回1944年冬天的那个下午，体验那些时光倒流、宇宙空间转换。

殉难者墓碑的左侧，还有个墓园，歪歪斜斜地埋着些墓碑。我忙问老戴那些墓碑都是什么人的？老戴说，很多村里的孤寡老人、没活到成年的孩子，都被葬在了这里。

“你看这块碑，惨呀。”老戴指了指远处，一块矮矮的碑，上面写着“刘王氏”。

“这就应该是棉朵。”老戴说，“我曾调查过，当时她们6个姑娘，被日军抓走后，在炮楼里被蹂躏了一个多月，被大家凑钱赎出来后，人都废了，也就死了。”

我们正说着，突然听到了喇叭、唢呐等响器的声音，远远瞭望去，只见一群人打着灵幡，抬着棺材，披麻戴孝地走了过来，我们仔细看，领头的是个中年男子，还有个哭哭啼啼的中年女人，正是宋支书的孙女。人群看到我们，顿时停了哭声。我们询问他们，那中年女人沉痛地说："俺爷没了，你们采访后，第二天夜上他就走了，走之前，让俺把他埋在这碑旁。"

"现在农村还可以土葬？"我悄悄地扯了老戴问。

老戴有些迟疑，也小声说："老革命了，上面该是有照顾。"

说着，他又问那女子："老人家走的时候，可有啥交代的？"

女人想了想说："俺爷就让俺们把他埋在这里，说乡亲们都埋在这里，他不在，心里不安，就是去阴间，也要有个交代。"

人群不再理我们，而是到墓碑后的某处，一中年男子，冲着放好的柏木棺材，"咚咚"地磕了三个响头，然后赤脚站在个高凳上，手拿一条绑着香的扁担，对着西方似哭似唱地喊："我的爷哎！西方明路，苦处使钱，甜处安身！"

中年男子又拿出些又白又硬的饼，那是家乡风俗，送葬时要准备八十九个"打狗饼"，原是放在亡者身上，让亡者在阴间打点恶狗，早点进入阎王殿。这些年，不大见这种风俗了，想来宋支书想带上这些饼，也可以帮助那些被日本兵杀害的乡亲们吧。

回到村委会住处，我的心更加沉重了。我似乎要迫不及待地告诉老戴，我们必须找出事情真相，否则对不起死去的先烈。然而，这一切又要如何说起呢？要真查起这件事，没有一年半载很难有结果，还必须去省档案馆和博物馆，调取当年军区和师部的绝密档案，朝海中学的人员档案，以及日本方面侵华第46军阵中日志、随军日记等相关资料，才有可能真正搞清楚。这个浩大的工程，所需大量人力物力，不是我一个小记者可以应付的。再说，就是查清楚了，又能怎样呢？就像李奶奶说的，人都死了，做这些又能有什么意义？我不禁想起了黄矜墨日记的最后一页，那页日记，沾了血迹似的，字迹也歪歪斜斜：

12月9日。我已是死过一次的人了。从老乡的柴垛醒来，浑身都疼，左肋的刀伤像着了火，一动就钻心，脸上完全麻木，眼睛几乎看不到东西。有人过来给我倒了碗水，是宋副庄长，他叹气，断断续续地告诉我，我命大，已昏迷了两天，大半庄子的人都死了，被日本人刺死，射死，淹死，砸死，闷死，摔死，棉朵也被他们掳走了。我这才慢慢回忆起前天发生的事。

前天清晨，晨雾还未散去，我睡得迷迷瞪瞪，就听到村口尖厉的哨子声。我心想，坏了，肯定是值班自卫队员大意，鬼子上来了。我赶紧往外跑，迎面撞上两个砸门的黄皮子伪军。他们用枪托打我的腮，把我赶到场院。场院黑压压的，一片哭声，鬼子和伪军来得突然，村里大部分人都没跑出去。大家怕得要命。日本人搜出各家各户藏的粮食，抓走大牲口和家禽。眼看初冬，那点粮食是人和牲畜保命的。烟厂倒撤得快，想来机器都埋了，村子后面是大山，有很多天然形成的深洞，如马猴窝、母猪窝等，九曲连环，互相交错，地形险要，适合打伏击，日本人不敢轻易摸过去。

寒潮从衣服外一点点地渗透到身体。没东西吃，人挤在场院，直打哆嗦。日本人从人群中抓出棉朵，几下就撕开了棉袄。雪白粉嫩的乳房跳出来，日本兵的眼亮了，他们要把她带到屋里。我推开众人，上前去救她。棉朵看了我一眼，主动撞到明晃晃的刺刀上。刺刀穿过洁白的乳房，如同撕开薄薄的纸。我的爱人！我号叫着，却被日本人死死地摁在地上。我亲眼看到，一个矮壮的日本士兵，娴熟地将刺刀一转，就削下棉朵的乳房，仿佛砍下半个冒血泡的苹果。棉朵一声不响地昏过去。我绊倒那个日本兵，和他厮打，他的刺刀，好似毒蛇似的，在我的肚子来回搅动，我抓住毒蛇，狠命地踢打日本兵，另一个日本兵却斜刺里冲出来，只一下就砍断我的两个手指。我也痛得死了过去……

我要报仇，我养好身体，找鬼子拼命，枪打不死他们，就咬死他们，救出棉朵！

这篇日记，是我留在这世界上最后的痕迹了。我不后悔，山河破碎，书生不能报国，亦不能报爱人，唯有一死。但死之前，我要把庄长的故事写下来，我恨他的专横霸道，但他也是好汉。好汉不该死得不明不白，我怀疑他被人出卖，被出卖的还有戴家屯的乡亲和棉朵，我向领导汇报，也和宋副庄长说过，但领导说查无实据，历史会还一个公道……

后面的页数突然没了，虽是复印本，但依然能看出，后面是被人硬硬撕扯下来的，由于撕得匆忙，上面还有剩余的痕迹。这让我的心咯噔一下，又悬了起来，我似乎非常接近一个复杂的历史真相了，但非常可惜，我又和它擦肩而过。

我还忘记告诉老戴，县志里，我曾发现一小条消息，记载戴家屯血案的，特意提到：血案后，朝海中学多名青年教员，曾参加决死队，多人殉难，又有几人不知所终。

七

车开出金鸡岭，就离开了戴家屯。不知何时，早晨的雾，从地底弥漫而出，仿佛地狱中游荡而出的魂。也有点淡淡的雨水，在雾气中增加了暧昧的湿度。只可惜，那雨不是落下来的，而是纠缠着雾被扯出来的，来得不知不觉，去得却拖泥带水，好似短暂但并不愉快的偷情。

这是失败的采访。我们筋疲力尽。看了这么多惨烈诡异的人生，我突然发觉，也许那些困扰我人生的问题，都不是真正的问题。真正的问题还在于内心。我们的不安顿，来自心灵的自我放逐。我们终将离开这个在历史尘埃蛰伏如怪兽的小村，我们终将走回新世纪光怪陆离的现实生活。老戴继续当他的文化馆干部，我则继续忧心房款和工作编制。

车还颠簸着，经过卧虎山下小小的土丘。我又看到耸立在高处的那块殉难者墓碑。高大瘦削的李奶奶，无言地站在土丘旁，似是凭吊，又好像沉思。那块青石的“刘王氏”几个歪歪斜斜的字，好似刀子似的，钻入我的心，把它割碎、搅动、蹂躏得稀烂。我再次串联起关于棉朵的零零碎碎的信息，悬崖上死去的戴庄长，还有至今不知所终的黄矜墨。

李奶奶，也是失踪归来的“棉朵”。那就是战争中的命。

小刘指挥着司机缓缓将车绕过土丘，白色面包车摇摇晃晃。土路走得艰难，李奶奶和坟，都被我们甩在身后。我突然觉得忙忙碌碌的事，都没了意义。我的脑海又出现了病床前垂死的将军。他的目光散乱，松弛的颈部抖动，老人斑在阳光下异常清晰，他喘息着说：“我们必须跑得比子弹快。我们能活着，就是胜利。”他想了想，又说，“我这一生，最对不起的是一个女人。你们不知道。你们永远无法知道。”

将军的眼噙着泪。当时我们并没弄懂他的意思，即使今天，我也还是懵懵懂懂。

面包车离开土路，飞驰到公路，变得平稳快捷。不知为何，我们都好似松了口气，那些熟悉的东西又回来了，公路旁的加油站，大型广告牌，还有不断从身边经过的车辆。车停下，老戴跳下，先是点了支烟，只抽了两口，又丢下，用脚踝碎，扭动了几下矮胖身躯，和我们握手告别。他的表情友好庄重，符合基层文化干部的身份。

我盯着他问：“老戴，你和戴庄长到底什么关系？”我心中也隐隐约约有了答案。

重重的雾气笼罩，老戴的手在半空僵住，好像空气塞满了胶水。许久，他缓缓地说：“我就是想知道，到底谁出卖了爷爷？”

白　光

景睿把装备撂在山坡上，大口喘着气。远处，透过细密的雨丝，马蓉用望远镜看着景睿的一举一动。此刻山坡上升腾起硝黄色的雾，不动声色地弥漫着，而景睿却似乎浑然不觉。马蓉感到背心发凉，有股冷汗从毛孔游出来，黏黏的，好似魔兽的毒涎。

景睿大学毕业没找到合适工作，就在城关租了门头卖熟食。景睿机灵，脑筋活，用妻子马蓉的话说，给个烧火棍，也能鼓捣出机关枪来。景睿专门拜得月楼的大厨为师，学会苏式卤肉秘诀。凌晨四点多，景睿就起来卤熟食，中午熟食就卖光了。后来，他又扩充店面，在内堂做起牛肉汤，也格外火爆。大伙儿喜欢吃景睿的卤肉和牛肉汤，也喜欢听他摆龙门阵。

除了当小老板，景睿还是“驴友”，去过不少地方。他老觉得现在的日子提不起劲。按理说，他衣食无忧，父母买了房子，自己买了辆比亚迪，老婆漂亮，儿子乖巧。他不该有这种想法。他该打打麻将，看看电影，在全家福的照片里咧开嘴傻笑。但景睿偏不，私下里，他有点小愤青情结，但和网络那些嚷着“愿提十万虎狼师，不入东京誓不还”的网红不太一样。他就是不满意平庸无聊的生活，他最讨厌看报纸，家长里短，养狗养猫，真是烦人。

“上汤！”马蓉一声大吼，将喋喋不休的景睿从客人桌前唤回来。马蓉身材苗条，皮肤白皙，有点像某明星的出轨妻子，惹得很多客人专门到店里来看。马蓉也有点沾沾自喜。但景睿对此不感兴趣，他正和驴友策划“大活动”。马蓉了解，丈夫从去年起，就喜欢上了野外探险。他想参加的活动，九头牛也拉不回来。几天前，就看到丈夫在电话里和人嘀嘀咕咕。这次不知又要去什么鬼地方。

傍晚，天空更阴沉了，低吼着，吐出断断续续的雨点。景睿放下牛肉汤，很快去后面换了野营服装。马蓉拦下他，自己撑伞出门，把比亚迪开到店门口，才把车钥匙丢给他。马蓉看见丈夫身穿迷彩，背着硕大野营包的背影，没来由地心发慌，慌得厉害，如同八月份从餐馆后厨长出的一群油亮的蟑螂，蠕动，疯狂，让人惊惧。她目送着丈夫走远，手里还紧捏着一张照片，是个高瘦的长发女孩，照片背面写着："珍爱终将逝去的一切。姚苏"。

听说死人多的地方，怨气大，常有灵异事件。景睿不太相信，但还是去梅岭看了看。梅岭距离城郊百十里，地势空旷，一道刀脊梁的岭，将山分成两半。可别小看这荒山野岭，七十年前，那里是日军进攻的必经路线。国民党的一个师，在这里阻击了日军整整十天，代价是整师消耗殆尽。年头长了，就有人传说，这里闹鬼。

景睿原本约姚苏一起来，不知为何，她始终没出现。雨还没停，景睿蹲在一个土包上，俯视着山岭，想象七十年前那场气壮山河的战争。他仿佛看到无数国军士兵，都趴在山梁一侧，沉默坚忍，而另一侧的日本兵，则伴着凶狠叫喊，正拼命向上冲。一个个日本兵倒在湿滑的土地上，中国兵也不断被击中，血肉横飞，无数呐喊声，还有炮弹爆炸声、机枪声，交织在这块荒凉的古岭上。景睿仿佛闻到一股冲天而起的血腥味……

冲呀！景睿禁不住喊了起来。他躺倒在地上，让湿润的泥土包裹着他，青青的小草也触摸着他。他在这荒凉的山岭，感受到历史的悲壮意义，又似乎找到了自己的存在价值。这两年，他找到不少抗战遗址，挖掘了很多抗战遗物。他还自制了金属感应器，遇到东西，就会"嘀嘀"作响。梅岭方圆十里，他找到过残破的钢盔、子弹壳、炮弹皮，还有子弹袋、饭盒等军用物品。每次找到点什么，他都兴奋地尖叫，好像挖到了宝藏。他走入了历史的隧道。他恨不得回到硝烟弥漫的战场，变身为抗战勇士，哪怕命丧疆场，也好过现在当熟食小老板，只能庸庸碌碌地度过下半生。

他渐渐迷恋上了这些小玩意儿。他收集了很多关于这场战役的报道，他还在地下室建了一个小小的博物馆，将他收集的各种小玩意儿摆起来。有个钢盔，上面有一个洞，他每次摸着这个有锈迹和毛刺的孔洞，都想象着那个钢盔下被击碎脑袋的国军士兵的惨状。那些白色脑浆流出来，混合着血，将钢盔变成了触目惊心的标志。他还挖到过纪念证章，有中国的，也有日本的，包括一些腐烂模糊的照片遗物。他在那些时间定格的瞬间，那些被人遗忘的历史角落，找到了莫名的欢欣和满足。照片上的人物大多模糊了，但景睿喜欢观察人物的眼。一个时代的风貌，可以从照片人物的眼中折射出来。那些眼，或悲哀，或平静，但都有着一种真实氛围，特别是女孩的照片。他曾找到过一张中国士兵的全家福照片，女孩的眼不大，但很亮，透着真正大家闺秀的文静气质，不像现在，除了锥子脸就是美容脸，看着精致，但都虚假无比，全靠化妆品和整容术，那些女孩的眼，空洞无物，像两个黑窟窿。

景睿在梅岭认识了姚苏。那天，他和几个朋友在网上发起私募，要给死在梅岭上的中国士兵建一个墓碑。很多人响应，竟捐了五万多。景睿觉得欣慰，毕竟做了件有意义和价值的事。给墓碑选址那天，景睿在梅岭见到了一个女孩。她当时正蹲在地上，拿着把铁锹挖东西。女孩高瘦，长发及肩，是景睿喜欢的类型。景睿很自然地上前搭讪。她介绍自己，说是叫姚苏，有个叔祖，在阻击战中丧生，她是代爷爷来此地，看看能不能找到相关遗物。

“荒山野岭，你一个女孩，不容易呀。”景睿佩服地说。

“这些都是好汉，为了国家民族，葬身这荒凉之地，也没个纪念。”姚苏伤感地说。

“谁说没有？我们就干了这件事。”景睿自豪地说。

“真的？”姚苏高兴地蹦起来，“那可别忘了，算我一份。让我也出点力。”

看着姚苏欢喜跳脱的样子，景睿没来由地心跳了好几下。

景睿详细地问了她叔祖的情况，盘算了一下他收集到的东西，还真的没有。姚苏对景睿的收藏品挺感兴趣，她也是个业余的军迷，景睿就邀请姚苏去他的小博物馆看看，一来二去，双方也都有了好感，就走到了一起，俩人相约去过不少抗战旧址考察，郎情妾意，卿卿我我，景睿发觉自己整个人都年轻了很多，每天充满了活力，连马蓉也敏感地发现了他的变化，半是玩笑，半是警惕地说："你是不是和别人好上了？怎么每天都面带桃花似的？"

景睿关心他的博物馆和那个与博物馆相关的女人。他疼惜姚苏，觉得找个情投意合的女人很重要，他和姚苏可以几个小时一起清理一件文物，然后，开心地哈哈大笑。而马蓉只是让他多挣钱，多攒钱，然后给她买钻戒，带孩子出国旅行。他最喜欢姚苏的眼睛，明亮，透彻，带着点古典梦幻气息。

他们在小酒店开房间。一阵激情云雨后，姚苏流下了眼泪。景睿抽着烟，不解地说："你这是咋了，在一起不很好吗？"

"你知道我想要什么？"姚苏幽幽地说。

姚苏说，她在当地小学当教师，年近三十，还没有嫁人。景睿不知真假，他从没去过姚苏的单位。但一想到这些，景睿就觉得心烦，他想娶了姚苏，但想到还在读小学的儿子，就动摇了。而姚苏也不催促景睿，只是默默地流泪，这让景睿更加难过。他曾试着对妻子开玩笑，以离婚这类话题试探她。但马蓉聪明得很，根本不接招，遇到这样的情况，马上就是后路封死，严正警告。

"好好地卖熟食吧，整天胡思乱想！"马蓉半嗔半怒，但言外之意非常明显。

景睿觉得难度大，就一再拖延着，好在姚苏也不催促，但俩人的感情也就慢慢地淡了下来。景睿倒是无所谓，但姚苏就有些受不了，总是说些要死要活的话给景睿听，俩人也争吵过几次。姚苏指责说，景睿并不是她心目中的热血汉子，景睿则怨她婆婆妈妈事儿多。

"我们不过是庸人罢了。"姚苏垂泪说。

景睿在电话里火冒三丈，他怎能是个庸人？尽管他现在不过是个熟食店老板，但总有一天，他要建功立业，闯出一番名头。

“你会后悔的！”姚苏在电话那头坚定地说，“我会让你一辈子后悔。”

景睿又急又气，再要分辩，那边电话已经挂掉了，只剩下一连串“嘟嘟”的忙音。他想去姚苏家，和她说清楚，但那会儿店里又太忙了，实在走不开，就这样拖延着，直到第二天，他才按照地址找了过去。

他和姚苏在一起，经常讨论历史的细节。虽然景睿学的是食品工程专业，但这不影响他对历史，特别是抗战史的热爱。他曾经一笔画出日军侵华的战略路线图，还能熟记背诵，日军在三七年到四五年所有任过职的少将以上将军的姓名和家乡。他对发生在家乡的这场战役，也了解甚多。日军当年攻得凶狠，国军也守得惨烈，但最终还是放弃了此地。也许，婚姻也像一场战役，姚在进攻，景睿就在退守，谁能取得最后胜利呢？

姚苏说，她就住在南外环东兴里的一片街区。那里在民国时期，曾是富人区，后曾部分毁于战火，现在还剩下很多老楼房，衰败破旧，水电也经常发生问题。景睿从未去过她的家。姚苏不让，说是寒酸，怕他看不起。

然而，景睿找到姚苏所说的地方，却被它深深地迷住了。那些老楼还保留着平整紧密的红砖，奇异的尖顶，四角微翘，具欧化风格的路灯，还有那些镶嵌着镂空雕花复杂图案的窗棂，V字造型的绿色门把手。尽管有些锈蚀，有些破败，但景睿走在空旷的走廊上，黑皮鞋在白瓷砖上发出寂寞辽远的声音，他抬起头，阳光在顶楼的屋角飞着，变成了一团团闪烁不定的光线，而在这光线交织之间，有几只灰鸽，“咕咕”地叫着，翅膀收拢着空气中莫名的尘埃，搅动着老房子特有的清新而潮湿的味道，竟让景睿看得有些痴了。他仿佛化身为一个身穿长衫，围着雪白围巾的少年，在这座东西合璧、古朴典雅的楼下，等待着心上人的到来……

景睿就怀着这样的心情，一户一户人家地寻过去，居然就找到了姚苏的房屋。门紧闭着，景睿敲了半天，却没有响应，打手机过去，也没有人应答。问过邻居，也不知姚苏的行踪。景睿有些郁闷，却发现门旁的信箱里塞着一封信，他打开，信竟然是留给他的，内容大意是约他明天晚上，去梅岭晚上夜守。天气预报说，明晚有雨。听人说，雨夜梅岭，时常有鬼魂出没，他们一起去，说不定还能见到叔祖。

景睿觉得有些好笑，都什么年代了，还要搞这种东西？但转念一想，梅岭是他们初次见面的地方，就让他们在这里结束，也算是一个圆满的结局。

景睿叹了口气，慢慢地踱出了这座旧楼，快黄昏了，晚霞染过来，楼房一点点地隐退到了时间的深处。他突然感到，有一团白色的光，从楼中慢慢升起，最后融化在霞光之中。

雨细细密密地织着，景睿搂着望远镜，趴在草丛里，感到草叶不断扎着他的脸。姚苏还是没来。从近到远，到处都在雨中静谧着，除了雨点打到叶片的声音，就是莫名的虫叫声，伴着雨雾弥漫中闪烁不定的光影。那些光来自哪里？可能是远处城市的灯光，或是梅岭下铁路线上过路的火车的光，也可能是萤火虫，闪闪烁烁，在雨中格外妩媚。景睿觉得，自己现在就差拥有一把真正的中正步枪了，否则就可以化身为誓死抗敌的英雄。他期待那些亡灵，这世界真有鬼魂就好了？人生苦短，不过匆匆百年，如有魂灵，当不寂寞呀。景睿不感到害怕。如果能见到这些雄鬼，那真是太刺激了。

景睿趴在山梁上许久，浑身都有些麻木了，雨丝毫没有停歇，但对面并没有僵尸般的日本兵挥着指挥刀冲过来，这边也没有穿国军士兵服装的鬼魂，从草皮底下伸出手来。景睿有些失望，但还是耐着性子等着。他突然觉得自己也真是无聊得可以。这世界哪里有鬼呢，不过是自欺欺人罢了。

茅草的叶片，挠得景睿浑身刺挠，他开始还按捺着不动，但渐渐地就难以忍受了。景睿的眼睛湿润了，他明白自己真的是个庸人了。七十年前，士兵们整夜整天地趴在这里，还要警惕日本人的枪林弹雨。他们是怎么熬过来的？景睿真想号啕大哭，但很快，他把装备打开，撑开了军绿色的随军帐篷，找干毛巾擦了脸，又吃了几块速热的军粮，这才疲惫地钻进帐篷。不一会儿，帐篷里居然传来了鼾声……

马蓉就跟在景睿的身后，但他竟然一点都没有觉察。马蓉也买了架高倍的望远镜，她看着景睿哈欠连天地钻进了帐篷，也没等到那个叫姚苏的女人出现。她披着雨衣，在越来越大的雨水中观察着景睿，竟然没觉得害怕。要是在平时，她在这样的地方，早就吓得昏厥过去了，她只是不明白，景睿为啥放着好好的日子不过，非要跑到这荒山上露宿？难道说，每个男人都是长不大的孩子，非要女人来提醒？那个姚苏，到底比自己好在什么地方？难道就是能陪着景睿疯？

这样想着，马蓉流下泪来，竟在这雨地的荒野滋生了无穷勇气。她给自家的比亚迪装上了定位系统，靠着它，她悄悄地又借了辆车，跟着景睿来到这里。她就是想当面把那个破坏她家庭的女人揪出来，怎料只有景睿一个人趴在这荒野里。这是演的哪一出？也许，男人并不是真的喜欢女人，他们只是喜欢干那事，他们最爱的，还是无穷无尽的孤独。只有在孤独里，男人才能在家庭琐事中恢复深刻的思考和冥想。

想到这里，马蓉甚至笑了，她决定不再陪着景睿疯了。她要尽快离开这个鬼地方。然而，就当马蓉撑不住，要返回车子的时候，她突然看到有一道白亮的闪电，像冬天被砸掉的冰挂，又像燃烧的铁枝，伴随着呼啸的狂风，猛地击在山坡上，雨就猛然变成了一群群珠子大小的弹网，又快又急，漫天漫地敲击着野岭，好似一场疯狂的战役，而那山梁两侧，在闪电的映衬下，竟然出现了无数大大小小的白光团，它们跳跃着，发着幽蓝的火，好似欢呼雀跃，又好像去厮杀，啃咬，彼此纠缠着，陡然分离，又猛地撞在一起，黏着舞蹈，又凶狠地碰撞。它们一群群，一队队，从山梁两侧潮水般漫延过来，聚集在一块青石墓碑上，竟如太阳般将这空无一人的荒山映照得仿佛夏季炎热的白昼。

马蓉心里焦急，忙去看景睿的帐篷，却看到帐篷的拉链已被风刮开，景睿却依然酣睡在那里，只是脸色发青，双目紧闭，涎水流出来很长，双手紧紧地扣在地上。马蓉丢下望远镜，急匆匆地向帐篷跑去，却看到一个白衣长发的高瘦女子，裹在一团白光里，直直地走向帐篷，她弯下腰，长发好像染着荧光，照得马蓉一阵阵眩晕。女人转向马蓉，诡异地笑了……

花　火

一

参谋长翻过西凤凰山，看到了洪涛汹涌的漳河水。

他的眼睛湿润了。一切都已不能回头，但他还是忍不住回望来处，留下的那些痕迹。深深浅浅的脚印，很快被风吞噬，看不出什么道理。十四岁那年，他还没有枪高，就参加了革命。随着年龄增长，他身上朴素的乐观越来越少，随之而来的，是说不出的倦怠和怀疑。他很苦，也很累，但这不是最重要的，问题在于，他对任何事物都缺乏热情。

应该有个了结。走出去，不会走到新世界，至少也不会再回到旧世界。他流血，呼号，为理想抛头颅，洒热血，但理想总也不来，日本人如此凶残，艰苦的生活总没有尽头。他整天都吃地瓜饭。这东西像凝固的烧酒，一大团，软热的，化到胃里，刚开始还舒服，但很快就变成了一团火，烧得他上天入地，无处躲藏。

他三十六岁，正值壮年，可总是想到死亡。黑夜，如果没有作战任务或其他活动，他喜欢一个人躲在黑暗之中，仰望着无穷无尽的星空。他的爱人，也已死在征战的路上。他渴望被理解，渴望平常富足的生活。他不认为自己是贪婪的人。他为革命流过血，长征路上吃过树皮草根，他带着部队和日本苦战，十几年如一日地奔劳，明天他是否也会倒在奔跑的路上？是不是也将积劳成疾，怀里揣着窝头，在战友的赞颂中走向永恒孤独的黑暗？前几日，日军的飞机，在军部盘旋，炸死了几个出门执勤的警卫排士兵。有一个士兵，外号叫小毛豆，不过十六岁左右。他的半边脸被炮弹皮削掉，像不再完整的句号。这几天，他总是想起那张脸。他和小毛豆比较熟悉，但他不能阻止死亡无耻地带走这个十六岁的孩子。

他的革命意志动摇了。他和老总去汉口参加全国参谋长联席会议。他第一次看到成片高大洋气的花园洋房，笔直的柏油马路。在得月楼，他第一次看到那么多精美好吃的饭菜。他还第一次见到霓虹灯。那闪烁的精怪们，不断变幻着各种颜色，在远处碎成一片模糊的色彩，又在近处聚合成一段段光斑。他想起家乡幕阜山外，有成片的红豆杉和山毛榉，那时他是少年，举着牧牛鞭，在老水牛的背上，炸响一个个美丽的鞭花。那些成片的领角鸮、红嘴蓝鹊、乌鸫，就随着鞭子的声音，不断地惊起，落下，再惊起，再落下，仿佛可以触摸到，但总又那么遥远……

那天，他站在江汉路的霓虹灯下，痴痴地看了半个多时辰。这些美丽的东西，神奇的科学技术，不一定是资产阶级的腐朽之物，它们可能是另一种他从未体验过的生活。他不知那是什么，但想尝试一下。如果没有尝试，人生太遗憾了。他和老总回到办事处，因为那副呆头呆脑的样子，他被训斥了好一会儿。这时，他才想起，晚上酒宴，孔祥熙送给他们三万大洋，感谢八路军保护他的家乡，不受日寇侵扰。他随意发牢骚，说了几句羡慕的话，又引来老总大怒。众人的劝说中，老总才愤愤地回房，只剩下他苦闷地在客厅反省。

两元零花钱。他没好气地笑了，堂堂的少将，师参谋长，居然只有两元零花钱。他和办事处的人吵了一架。事后，他也觉得有些过分，办事处不过照章办事。这些年来，从上到下，他也一直这么简朴过来的，怎么到了武汉，就突然起了花钱的念头？他这才模模糊糊地回想，是想买身呢子料西服。不知为何，他第一次对穿了十几年的军装感到厌倦。这是不合时宜的，最起码和这身紧身军装，和每天的生生死死不相宜。他不断告诫自己，但逃离的诱惑如此甜蜜，像内心长出来的毒草，明知剧毒无比，却舍不得除去。他不想伤害同志，叛变革命，也并不想贪污军饷，他只想拿走一半，他这些年辛苦应得的。这样战友们还能挨过寒春，蒋委员长也许会再次拨下款子。再过一段日子，大家就会彻底将他遗忘。

他紧紧捏着钱，这样的念头在心中激烈翻滚。他简直鬼使神差，浑浑噩噩，自己都不记得做过的事。他嘱咐警卫员，将剩下的银元带给后勤部长王秉璋。然后，他给林师长、老总等领导写了封简短的信，说明离开的意思。看着小警卫员认真地履行他的任务，骑上马要风风火火地离去，他赶过去，怜惜地帮小战士整理衣服和军帽，并仔细叮嘱了几句。小战士脸羞红了，上马飞奔而去。他还是个孩子，给他当警卫员也不过一年，别看他年龄不大，但枪法准，人也机灵。可惜，他这么一走，警卫员肯定会受到审查，前程算没了。

他不能考虑这么多了。他要尽快收拾行装，踏上逃离道路。警卫员回去，上级马上会了解他逃走的事。追捕的同志，马上就会上路，也许，就在明天。

二

逃离很容易，因为痛不会太久，前方总有目标诱惑。而记忆太过残忍，它不时割裂时间的伤口，让美好或灰暗的体验，变成不幸的留恋。他多次做过这样的梦：他独自走入一座被大火烧毁的村庄，好似家乡周庄。空无一人，他蹲坐在颓圮黄土墙的阴影下，等着太阳一点点落下，从挂在天空的黄金球，变成小路尽头的血块。它慢慢地融化，将血迹浸入天际线，染红那些即将入眠的篦子三尖杉、香果树、喜树，树上栖息不动的鸟儿，直到最后，才耗尽生命力量，彻底将自己交给黑暗河岸哗哗流淌的水声与山丘隆起的曲线。他闻到了，那是两次死亡的味道，在正午黄金般的太阳下死去，又在夕阳即将落幕时再次戕害自己。不是复活，不是弥补伤口，只是让曾经的自己，粉碎，再粉碎。如此，他就变成微尘，如白马奔腾在广阔宇宙……

自从被领导批评，他明白，自己已成为革命的怀疑对象，最起码，不再绝对忠诚可靠了。他想回湖南平江老家，和家人见面后，再找地方隐居。那些军费，他留给家人一些，剩下的足够过富足而不为人所知的生活。连他自己，都惊讶为何这么快就做决定。任何没有理由的行动，其实都来自潜伏内心多年的情感和思想力量，这不是深思熟虑，而是性情使然。他就要消失在大历史了。三万元军饷，被分成数十张汇票，贴身放好了。他努力将长马褂弄得平整些，微微地佝偻着腰，脸上还贴了两道淡淡黄须，走路也臃肿缓慢。他的眼神也不再锐利，而是在一顶呢子礼帽下有点唯唯诺诺的狡猾。他要清除军人的痕迹，让自己看起来像谨小慎微的布匹商人。他甚至对装扮成这样一个人物，有些好奇和跃跃欲试，这完全和他十几年的军队领导干部的身份不同。他并没有太多不适应，倒有些享受平民的感觉。

这些天，逃亡的生活舒适悠闲。他走到一个城镇，先去当地大车行雇一辆马车，等到下一个城镇，再换乘下一辆。早上，在小旅馆醒来，他下意识地摸枪，并想喊警卫员，却突然意识到，他不在部队了。但他还是整齐地叠好被子，认真洗脸，并将乌黑的勃朗宁手枪擦一遍。这是把好枪，跟随他多年，是当年反“围剿”时从一个国民党军官手中缴获的，上面原刻有“剿共，杀敌”字样，被他锉去，改为“抗日，杀敌”。

小旅馆不大，还算整洁干净。这一晚，他睡得格外踏实，居然还流出长长的口水，但醒来后有些后悔。理智告诉他，现在不是放松的时候，追捕的同志很快就会来，他们都是政治保卫部的高手，无论暗杀，还是追踪。

但这都要等到吃完饭再说。他悠闲地坐在街边小店，叫了一碗锅盖面，甚至还到隔壁铺子点了包牛肉又买了瓶酒，然后认真地将一头大蒜小心剥开，津津有味地吃起来。他吃一口牛肉，喝一口酒，再呼噜呼噜地扒上一大口面。牛肉筋道弹牙，蒜是糖蒜，酸酸的，面又滑又脆，还有酸辣味道。此时，他不必担心紧急军务，饭吃不到一半，就要丢下碗去处理事情。也不用担心，日本人的炸弹轰炸参谋部。他在小店吃得满头是汗，觉得这简直是十几年来，吃饭最舒畅的一次。

他借系鞋带的当口，又偷偷地按了按藏钱的地方，硬硬的，都还在。参谋长突然有了点喜悦，他第一次感到，钱是从心里长出来的。不管多少钱，只要有了它，就像从心里长出快乐的小草，嘁嘁喳喳，一丛丛，一簇簇，并不起眼，但低调之中，却是持久的安稳。参谋长也是第一次感到有钱的感觉真不错。他不必再精打细算，那些钱对他来说，是黏黏的，沾着点汗水。但隔着防水布，钱倒不热，它只是黏黏的，把参谋长的心都弄得醉酒般晕乎。

家乡不能久待，他是当地成名的大干部，一旦露面，必招致各方势力关注。他想去重庆，大后方，国府将它作为战略后备基地。一旦武汉失守，重庆将可能成为陪都，在那里总是相对安全，日本人短期打不过来。当然，他也不会去重庆市，而会选择再后方一点，重庆周围的小城市，比如江油，然后说上房媳妇，生几个娃娃。他早年在平江做过小买卖，不妨重操旧业，开丝绸铺，或做桐油生意，但生意不要太大，既可躲避追捕，也不引人注意……

参谋长想着，一个怯生生的声音打断了他。

“先生，可怜可怜吧。”一个黑瘦的孩子，从桌底钻出来，伸出脏兮兮的手。

孩子的眼黯淡着，小手在寒风中不断颤抖，像随时都要死去的小鸽子。他细心地问了几句，孩子说是从山东逃过来的，父母都被日本人炸死了。

他默然，最后还是掏出一块银元给孩子。孩子先愣住，进而面带狂喜。他接过银元，飞快地跑远了。周围有几个人对他侧目以视。有人轻轻地笑，也有人贪婪地盯着他的口袋。

参谋长的心沉了一下，还是太不谨慎了。他赶紧结账，抓起包袱向街上走去。从山西出去，有很多办法回平江，常见的是雇马车，走一周大概就到了，但跑这么远的路，现在又打仗，找不到合适的马车，需要一段路一段路地雇。他也可乘火车先到开封，再转乘汽车去岳阳。但日军正大规模向徐州集结，台儿庄一带也有大量中国军队，如果徐州不保，开封就危险了。只要过了黄河，走过河南，到了湖北，相对就安全了，而到了湖南平江，也很麻烦，虽说那里曾是革命根据地，但如今被国民党严格控制……只有走一步看一步了。出了这么大的事，肯定有很多人会出来找他，他不能太招摇。因此，只能走一段路，观察一下，再确定走什么路。住店和吃饭不能去太高级的地方，穿着尽量普通。现在，他必须步行，才能穿过近百里的平原，找到雇马车的大集镇。

出了根据地，盘查越来越严。晋绥军，中央军，河南卫立煌的部队，各种军队和地方势力，都在设关卡，收各种以爱国抗日名义的捐税，好在他已准备好了假证件，那些暴露身份的东西，都被丢弃了，只有那支小手枪被他贴身藏好。一路上，他靠行贿，侥幸过了几道关卡，在路上遇到两伙逃兵，险些被抓，更担心的是，政治保卫部那些追捕高手，他们能凭着一些蛛丝马迹，像猎犬一样追到行踪。这让他不得不重新思虑逃亡路线，刚离开部队那种脱笼之鸟般的轻松快乐，被深深的焦虑和惊恐替代了。他决定傍晚走路，尽量避开大路，白天尽量找地方藏起来。

天快黑了，他必须在天完全黑下之前，渡过漳水河，然后在河对岸短暂休息，赶夜路去下个集镇。他望着黝黑翻滚的河水，紧张忧虑又泛滥上来。河水速度很快，不时翻起碎水花，参谋长觉得河水就是失去的时间。对于奔涌的历史大潮来说，他不过是一个小小的浪花，根本无足轻重，尤其他还拒绝了河水的合唱，而失去了河流的浪花，最终要蒸发在石头上。他告诉自己，你现在不是军人，不是领导干部了，只是一个逃亡者，所有荣誉、尊严和地位，也都已被三万银元买了过去。他曾如此痛恨逃兵，在江西瑞金，他亲自批准对几个逃兵执行军事禁闭，然而，现在自己却做了逃兵，他怎么会走到这一步？

难道决定是错误的？参谋长有些苦涩。天色愈发黯淡，河岸静谧，草叶茂盛，暮色渐浓，鸟虫的鸣叫声与哗哗作响的水声，相互应和，不知何处而来的氤氲水汽，笼罩着河面，参谋长看不到更远一点的事物。他甚至看不到幽深的河水了。参谋长呆呆地站在河边，竟忘记了来此的初衷，他像一个遗忘了归处的失魂游客、一个多愁善感的文人。可他不是，他是持枪杀人的武夫，统兵御敌的将军，却在民族危亡之际，放弃国家与信仰，苟且地活着，这样活下去，有什么意义？紧张的生活，无情的战斗，每天激情的生与死，都会成为一道道天边的彩虹。这样的大时代，容不下小小的不合时宜。

大滴的泪夺眶而出。他腿一软，跪在河边，泪扑簌簌地洒在寒春的草叶上，再不知滑落到何处。他张着嘴巴，却发不出任何声音。他不配哭。在全民族被战争蒸干血液的时候，他有什么资格哭？然而，他不想当英雄，只想做个快乐的普通人，难道这也错了吗？

过了许久，他才擦擦脸，慢慢冷静下来。他需要找条船，渡过河，躲开桥上哨卡。他顺着河岸走着，走着，不知道何时才能过河。

三

从长治的武乡县离开，参谋长见过一个男人三次。这让他有些恐慌。第一次，是送走警卫员之后。他晚上收拾行装，发现院子外面好像有人影。他走出去，在街道拐角，影影绰绰看到一个干部模样的人，半倚靠在土墙，愣愣地看着自己。距离有点远，光线昏暗，参谋长看不清他的脸，只模糊地看到大致轮廓，那人有张瘦削的脸，棱角分明。参谋长有些迷惑，他并不认识此人，但当时他并未在意，他还盘算着如何能尽快脱身。

参谋长化装出走后，第三天下午，在集市吃饭，又遇到了那个男人。当时，他刚给乞讨的孩子一个银元，当他转身，似乎有个人影在他身边。他突然感到某种莫名的威胁。他闻到了手枪套特有的牛油味道，不禁打了个冷战，条件反射般地跳起来，等到他再寻找，男人却早已无影无踪。但他疑惑，因为那个男人似乎并没穿军装，而是和他类似，也穿了件青色布棉袍，头上戴顶礼帽，像出远门的商人。

参谋长机警地把手伸进袍子，紧紧地抓着小手枪。枪栓保险已打开。他巡视四周，除了热闹的人群，没有男人的踪迹。他握着枪的手慢慢地松开，掌心全是汗。他明白逃跑的后果，也知道党内斗争的残酷。当然，他只是见了一个侧影，很有可能是他疑神疑鬼。如果政治保卫部的干事找到了他，绝不会让他这么轻松地离开。

带着惊惧，参谋长蛰伏起来。等到傍黑天，他出了镇子，一直到天黑，才在一片河滩寻到一个要回家的艄公，以高价许诺，让他送自己过河。艄公勉强答应了。日本人的步伐很快，江苏、山东、河南都乱成了一锅粥，百姓的生活也越来越艰难。等过了河，时间已到凌晨，参谋长避开大路，不停地走着。他有些后悔走夜路。如果白天怕暴露，晚上的威胁也一点不小，一个落单行人，在乱世之夜独行，除了人之外，野兽也要防备。这个地方已进入河南地界，风闻日本的几个师团，攻打徐州后，有夺取开封之意，百姓逃亡的很多，很多地方都已荒芜。他一路走来，遇到好几个废弃的小村落。野猫和野狗游荡着。它们锐利深邃的眼，好似飘荡的鬼火。它们低声咆哮着，不怀好意地打量参谋长，好似看移动的肉块。参谋长加快步伐，后面却隐约跟着什么东西。他走，那东西也走，但步伐很轻。他停下来，那东西也停下，躲在草丛里，或路旁大树下，只默不作声。他起先怀疑是什么兽物，但仔细看看，又不像，分明是人的轮廓，但走路的姿势，有些像猿，佝偻着身体，异常灵活，有时低伏，有时雀跃。他愈发惊慌，猛地回头大喊："出来吧！如果要取我性命，尽管来吧！"

"那东西"听到喊声，停下不动，好像思考什么。参谋长想向回跑，用手枪结果他，但又有些惴惴。从前，他可不是这样。他是很勇猛的战将，如今这般畏首畏尾，是不是因为身上这笔巨款？参谋长额头冒着汗，他突然想到，"那东西"如果是人，是不是前两次看到的男人？集市上，男人没有穿军装，显然是化装出任务。如果先后三次遇到他，那么他十有八九就是上级派出的追捕者。那他为什么不动手？难道是像猫戏老鼠，等自己精疲力竭后再动手？他不禁有些气愤，大丈夫死则死尔，怎能受如此侮辱？但对这一点，参谋长也不能确认。他见那东西不动，也就不再回顾，只一心一意地逃亡。事已至此，断没有再回头的道理。

走了好久，"那东西"好像并没有跟上来。参谋长松了口气，躲进一个村子的废弃小柴房。参谋长越来越瘦，眼窝深陷，身上带着一笔巨款，跨越两个省回家乡，在这乱世，真是件不容易的事。这样一想，他又有些后悔，应带着警卫员一起走，路上也好有照应，但小警卫员觉悟很高，未必同意他的举动。趴在柴房，参谋长大气也不敢出，只能掏出备好的干粮，慢慢地咀嚼充饥。小柴房发着霉味，潮湿阴冷，简陋柴门也关不严，初春的早上还颇为寒冷，他打哆嗦，心里也不免自嘲了一下，拿了部队这么多钱，他不但没找到富家翁的感觉，反而受够了惊吓和颠沛之苦，这三万元钱，简直就是三万道催命符。

慢慢地，困倦涌上来，参谋长的眼皮直打架。迷蒙中，他仿佛又回到长征岁月。有一次，他中了枪，伤口得不到及时治疗，眼看着一路化脓淌血。那时候，他真饿呀，看到什么都琢磨着是否能吃下去，但伤口疼得连找东西吃的勇气都没了。但他那时候并不绝望沮丧，相反，围坐在火堆前，他将浸泡了雨水、快烂成布条的军装烤干，把一块从腰带上割下来的小牛皮，慢慢地烤软，大家一起分着吃。他真是饿得要死，但丝毫没有对死亡的害怕，他并不觉得死亡是无所依靠的恐惧。他甚至乐观地想，如果他牺牲了，也必定会在共产主义天堂和所有战友无忧无虑地生活在一起。

柴门突然被推开，参谋长吓了一跳，见到一个中年妇人和一个高瘦少年闯进来。少年手中赫然拿着一把独牛角式的单打土枪。枪很寒碜，但机头已张开，黑洞洞的枪口指向他。

四

"老乡，我不是坏人。"参谋长平静地说。

少年死死地盯着他，枪却并不放下。妇人胆怯地问："先生为何藏在柴房？"

参谋长解释说，是因半路遭了匪，所以逃到此地。妇人半信半疑，参谋长掏出假证件，给妇人看。妇人不识字，少年看了，和妇人嘀咕了几句，这才放下了枪。

参谋长又取出两块银元，声明只是借宿。妇人接了，这才缓和下来。参谋长自称为伍子豪，是做布匹生意的小商人，本去山西联系事，不想半路遇到匪，慌不择路，才走到这里。妇人点头，言明她夫家姓陈，原有几十亩地，在村里也算富户，但丈夫亡故后，她独自带着儿子过活，家里也就败落了。为躲兵灾，很多村民都已出去逃难了，大部分都是朝潼关走，奔陕西，那里日本人暂时打不过来。

"村子叫什么名字？"参谋长顺口问道。

"挂甲台。"高瘦的陈姓少年回答。他语气生硬，似乎还有些不放心。但妇人却热情地招呼参谋长去休息。她让儿子给他端上大碗姜汤水去寒气。参谋长感激地对着妇人微笑，喝光了所有姜汤水。妇人为他安排了房间。他睡了好几个时辰。梦中又见到了“那东西”。他是惨死在日军飞机轰炸下的小毛豆吗？还是那些倒在雪山和草地上的战友？他也许不是追捕者，甚至不是人。他还梦到，“那东西”无声地围拢过来，越聚越多。他们不是一个人，而是一群黑压压的影子。布尔什维克不信鬼神，然而，“那东西”的脸朝向躺在床榻上的他，看不清五官，但参谋长分明看到每张脸都流淌血泪，血泪就一滴滴地掉在面颊上……

他尖叫着惊醒。醒来后，满头冷汗，妇人见他醒来，又炒了豆腐给他吃。参谋长连连道谢。他盘算着，等休息一下，还是要离开。他向妇人和少年说明意思，妇人又送了他几个馒头。他接过馒头，正要动身，妇人静静地说：“先生是吃军粮饭的吧？”他大惊，连忙问妇人如何看出？妇人说：“你的做派和普通人不同，头顶有军帽压过的痕迹，虎口长满老茧，一看就常握枪。还有，先生的枪要放好。”

参谋长这才发现，原来他过于紧张，手一直在长袍里抓着枪，此刻竟不自觉地露出了枪柄。没想到被妇人看了个清楚。妇人没什么恶意，要不然也不会讲出来。参谋长再次谢了妇人。妇人叹息着说：“我一个女人，看不透先生来历，也不想打听，不管干共产，还是跟着政府，总之别给日本人办事就好。日本人杀中国人，夺咱们的地……”

参谋长很羞愧。他这个逃兵没资格说打鬼子。但这个陈家是不能再待下去了。他起身告辞，妇人也不留，和儿子将参谋长送到村口。已到了中午，早晨的雾霭还没有完全散去，参谋长走出村口，妇人和少年为他送行，少年手中，还握着那把简陋的土枪。也许，他们从没有信任过他。这并不能怪这对母子。乱世之中，总要提防来路不明的人。听不到狗叫的声音、欢快的鸟鸣，寂静村庄仿佛死过去，参谋长的脚步声，仿佛进食的青蚕，发出沙沙的细碎声响。他抬头看去，淡红色阳光半明半暗地射穿乳白色的雾。微小的尘埃，暖洋洋地飘浮着，不清不楚，暧昧不明。村庄就时隐时现在雾气和阳光的交融之中。

参谋长没有继续沿着村口的大路走，而是踏上向南的小路。他并不能确定“那东西”是否还在，也许，这不过是他疑神疑鬼。但他还要万分警惕小心。向南走了半天，他终于来到信阳市息县东南的一个乡村，再往南，就要过淮河，在大别山附近，进入湖北地界。再走几天，他就能找个小城市落脚，雇马车前行。他想通了，如果真有追捕者，与其这么东躲西藏，不如正大光明地跑路，如果不是，也能加快行程。但这一路不太平，国军、土匪，还有当地民团组织，都会来盘查，他的当务之急是找个安全的地方。

还是那支枪惹的祸。他进县城的时候，遇到了当地团防营士兵盘查。他应付了过去，但一个矮个子士兵狐疑地盯着他，问了好几遍，刚要搜身，他给了几块银元的贿赂。士兵挺高兴，拍了拍他，正巧拍到了肋下套枪的位置。参谋长看到士兵当时脸色就变了，但士兵并没有立即发作，而是放过了他。参谋长来不及雇车，急忙再出城，但已经晚了。他在鞋铺蹲下来，假装系鞋带，再次发现了“那东西”。这次，他变成河南地方部队军官的打扮，站在远处，叼着烟斗，冷冷地看着自己，不时和身后几个士兵说着什么。

他快走出城，发现有人远远地坠在后面。那几人都骑马，也不接近，只是远远地跟着。天色越来越黑，参谋长的步伐越来越快，那三万元钱，在胸膛背心上，都发着热，好似浸在火里的钢刀，灼烧得他要发狂了。他绝不能被捉回去，也不能跟着国民党，更不能丢了他用一生荣誉和政治生命换回来的钱。他不过想做个快乐的富家翁。他不相信来世，他要好好活这一辈子。

他听到了呼喝声，不用回头，参谋长就知道，敌人不耐烦了，想快速拿下他。他飞奔，枪也掏出来，开保险，上膛，耳边突然听到“啾啾”破空声。那是马枪的子弹声，他一边回击，一边撤退，子弹继续在他身边呼啸，将道路边的石头击打得火星四溅。他逃离大路，奔向荒草丛生的小路，希望能在这里逃脱。突然，他眼前一黑，脚下发空，跌落到一个土坑中。参谋长感到钻心疼痛，好像右脚踝骨扭断了，等到他明白过来，浓重的黑暗已扑了过来。

那是一个很深的坑，像猎人为大型动物准备的。坑大约有两米深，四壁被修整得很光滑，无法爬出去。参谋长想喊叫，但浓浓的夜色，窒息了他的喉咙。他闻到死去野兽腐朽的气味。头顶上星星的光亮，从天际流了下来，微微地照亮深坑潮湿肮脏的底部。他不是英雄，尽管他曾认为自己是。他参与过大历史，如今却只能躺在河南某地的深坑，等待羞辱和死亡的降临。搜捕者暂时没发现他，而那只是时间问题。跟着他的人到底是谁？是政治保卫部？军统？地方民团？还是土匪？他隐约觉着，“那东西”似乎和他很像，也许不过是他太过紧张，幻化出的心魔幻影？他弄不清楚，也不想再探索。他只知道，逃亡之路，到此为止了。

所有证明身份的东西，都被他抛弃了，除了那把手枪，还能稍稍说出点来历。他不能被抓回去，也不能被俘，他将和野兽尸骨、金灿灿的三万元钱，一起走向腐朽，无人知晓。死亡真是不可预期！参谋长多次设想过自己的死亡，死于沙场，死于军法执行场，死于家中，或死于病房，但无论如何也想不到，他就要在肮脏腥臭的兽坑结束生命。

这也许会成为历史谜团，参谋长自嘲地笑了笑，将有花白胡子老教授做很多相关文章，大家还会争论不休呢。他再次贪婪地深深地吸了口气。早春冷冽的空气灌进肺部，他感到前所未有的舒畅和安静。人总要死，为自己而死，不太体面，但也说得过去。他蹲坐在坑里，艰难地掏出那浸透着汗水的三万元钱，点燃了火柴。那钱燃烧起来，先是微弱的火光，继而变成了一堆温暖却奢华的“红花”，在摇曳的火光中，他仿佛又变成那个骑在水牛背上的少年，贪心地看着青山绿水里那插秧的美丽少女的背影……

“太短暂了……”参谋长泪花闪烁，喃喃地说着，用枪顶住了太阳穴。

杀 胡

留胡家楼。随在我军中有俘获之日寇六人，皆加善待而教育之。愚及艮庸闲中与之作笔谈。其一名佐藤猛夫，东京人，帝大医科毕业，原在东京同爱医院服务，今任军医官，本年五月来中国，又其一名三桥长吉，千叶县人，一等兵，二十五岁，人甚老实，二人谈话均极厌战。其他四人皆未满二十岁，情态可悯。晚饭后散步湖滨，值夕阳西下，湖水泛紫红色，与暮山远村相掩映，景色瞬息变幻，一幅绝好天然画图，至不易描摹，不禁使人益叹息于战争之错误与人类之愚蠢。

——《梁漱溟日记》（1939 年 8 月 14 日）

一

新雨过后，夏天的湖水就涨满了。它们偷袭而出，流入小溪，“哗啦啦”地占领着没有死人的梦境。国军大部队撤走，日军衔进追击，战事激烈，但大山坳的胡家楼依然沉寂。太阳憧憧的，雾一般，仿佛浸泡在牛奶里的骷髅，空无一人的小路，荒凉地漫行在通往外界的群山中。

梁漱溟一行人匆匆到达村子，已疲惫不堪。小村隐藏于九曲连环大山之间，只有几十户人家，前有土岭，后有坡崮，左侧临湖，道路崎岖，地势复杂，如果不是躲避日军，他们还真发现不了这个小村。和梁漱溟一起行动的，是苏鲁战区特务营一部。梁漱溟从邹平骑着毛驴，只身来到战区总部找于学忠司令。于司令让人把他接到蒙阴，但战事激烈，意外遭遇日军，特务营保护梁漱溟竭力摆脱追击，俘虏了几个日军后，连夜撤到胡家楼休整。

夕阳西下，梁先生独自漫步归来，看到日俘佐藤猛夫蹲在院子的角落，望着太阳发呆，最后一缕暮色洒在他憔悴的脸上，变幻不定，最后定格为浓烈的酡红。国军善待俘虏，佐藤只是被简单地捆住双手，可以在院子里走动，门口有荷枪实弹的士兵看押。梁先生迈步进院，和佐藤交流起来。佐藤是军医，昭和十四年（1939）五月奉命从东京同爱医院调来，谁料刚上战场就被俘。他是个瘦削、沉默的日本青年，鼻梁上的圆眼镜，让他显出几丝斯文。他知道梁先生是中国著名学者，这已经是他们第二次交谈了。梁先生问佐藤，如果战争结束，想干些什么？佐藤用生硬的中国话回答说，不知道。

梁先生感慨地说："战争残酷，光荣皆以普通人鲜血染就。人们总会遗忘那些历史细节。"

佐藤自嘲地笑了笑："我就是历史细节吧。谁会记得我？中国也许就是埋骨之处。"

梁先生没有回应。自从抗战烽烟四起，他离开邹平乡村建设基地，十几年心血毁于一旦。他此行的打算是力劝于学忠以民族利益为重，与山东地区共产党合作，共同抗日，"一多相容，透明政权"。然而，尸山血海，何时才能止戈？

佐藤目送梁先生离去。天色渐暗，梁先生的影子越来越长，说不出的孤单。佐藤起身，目光模糊，头愈发昏沉。被俘时，他被流弹所伤，所幸只是击穿手臂。然而，连续几日急行军，伤口没及时处理，有些化脓了。他们这些日本俘虏，中国军队之所以未杀害，想来是套取情报，或有利于对敌宣传。佐藤想到自己垂头丧气地出现在中国报纸上，深感羞愧。

俘虏里他和三桥长吉关系不错。尽管佐藤出身于医生世家，身份优越，而三桥只是竹器匠的贱民后代，但这并不妨碍两人的友谊。这天半夜，佐藤发高热，三桥守在他身边。迷迷糊糊的，佐藤仿佛看到中国军的赵营长来到他床前。三桥向赵营长恳求让佐藤住在村里养伤。然而，佐藤还是从其他中国士兵的眼里看到了死亡的威胁。释放不可能，护送梁先生又是大事，带着日本伤兵，本是累赘，不如就地解决。三桥也看到了危险，用日语大喊大叫，其他日俘却颇为麻木。

此时梁先生进来，看到这种情形，缓缓地说：“我观此日俘，厌恶战争，对侵略也有悔恨之心。如在此休养，让村里约束于他，等其病好，再将之送往后方医院亦无不妥。佐藤是东京帝大毕业的医生，如能为抗战出力，也不失为赎罪之举。”

赵营长踌躇良久，他看着佐藤。佐藤神志不太清醒，但也使劲点头。三桥也为他担保，并愿和佐藤一起留下。赵营长随即找来村里保长。胡家楼大都以胡为姓，保长亦为族长。赵营长拿出两袋米作为酬劳，并拨出几条中正步枪，数百发子弹，以为村里自卫，族长是个花白胡子的老学究，考虑再三，最终勉强答应了。

二

天刚亮，梁先生与赵营长等国军都走了。他们走得无声无息。佐藤听到马蹄声响，却在幻觉中又昏沉沉地睡去了，醒来时，只剩下了他和三桥。这几天，他有气无力，院子外面有锁，有两个高壮汉子看守。三桥不能出去，只得守着他说话。

梁先生离去后，白色的山雾一直聚集不散，又热又湿。第三天拂晓，佐藤身子软弱，但口已能言。三桥扶他下地，在院子活动。整个山村都淹没在浓雾中，他刚走近墙根，门口马上响起咳嗽声，看押的村民还在尽忠职守。三桥失望地叹口气，扶着佐藤又慢慢走回来，这个院子的院墙是村里最高的。两人走了一会儿，看到院内青青的大石已湿漉漉的，几朵粉色与蓝色的小野花，在虎儿草间隙，挣扎着从墙壁缝探出头来，但在雾气中看不真切。佐藤的脸上也尽是水，不知是凝露还是冷汗。

“佐藤君，咱们是不是必须被押到中国的军队？”三桥小声问。

佐藤无言，许久才说：“梁先生说过，他们善待俘虏，想必会遵从《日内瓦公约》，有朝一日我们会回到日本。”

三桥忧心忡忡地说：“但愿吧。”

两人想到身陷囹圄的处境，也就没了兴致。大门“吱呀”响了，两个荷枪实弹的中国汉子，还有两个中国女人走进来。走到近前，佐藤才看清竟然是两个年轻的山村女孩，一个苗条高瘦，一个健壮活泼。两人挽着篮子，打量着佐藤和三桥，“咯咯”地笑起来。多日狼狈逃命之后，佐藤的裤子早破成烂布条，三桥更不堪，居然露出白色军用兜裆裤。三桥大窘，矮着身子退回屋。高瘦的女孩，默默地将篮子递过去，是稀粥和玉米窝头。佐藤用汉语说了声谢谢，顿时觉出饥肠辘辘。两个女孩也不走，好奇地看着他们吃东西，不时谈论着什么。那两个拿枪的汉子，还警惕着，枪口对着他们，枪也上了膛。

吃完后，佐藤将篮子还给姑娘，深深地鞠躬。姑娘吓了一跳，慌忙跳开，汉子也将枪指过来，见佐藤没恶意，方才放松。姑娘们接了篮子，不答话，笑着跑远了，洒下银铃般的笑声。

汉子们也退出院子，重新锁好门。三桥贪婪地看着女孩的背影，还咂着嘴。佐藤不禁又好气又好笑，生死未卜，还胡思乱想?

三桥朴实没心机，他倒豆子般向佐藤讲述自己和一个叫尤奈的村姑私会的故事，佐藤听得索然无味，但三桥津津乐道。佐藤鄙视他的出身，又不忍心打击，只淡淡地应付着。三桥见佐藤不响应，识趣地住嘴，一个人发呆。佐藤觉着无聊，从挎包掏出口琴，默默地吹起来，都是家乡的俚曲。吹了会儿，佐藤也没了兴味，想到屋门口站站，却发现高高的墙头似有人影，再出去看，人影却倏地不见了，只有浓雾还弥漫在山村，好似全世界都已沉没。

一天天过去，佐藤的病渐渐好了，三桥对他小心照顾，佐藤也心存感激，但村里的看守依然很严，他们不能出院子，送饭时两个姑娘前来，佐藤和三桥渐渐地与她们熟络起来。瘦弱高挑的叫小颖，敦实活泼的叫小艾。佐藤是大学生，汉语说得凑合，三桥只会几个简单的词语，但小艾似乎对他较感兴趣，两人比比画画地说笑，居然有些融洽。小颖比较羞怯，但心思细腻，关心佐藤的病情，也对佐藤的口琴技艺羡慕不已。佐藤知道，对山村姑娘来说，口琴自然是稀罕物件。

晚上依然难熬。佐藤辗转反侧，想起远在日本的父母和兄妹。山雾很浓，远处野物的嚎叫，如泣如诉，时断时续，整夜不绝。

三

又过了些日子，佐藤渐渐烦躁，村里并不提将他们送往军营的事情，但也不说怎么处置他们。现在兵荒马乱，路途凶险，赵营长也没派人来接他们，似乎世界已把他们遗忘了。虽是酷夏，但连日来没由来地多雾，只有中午太阳才出来一会儿，天气闷热难当。三桥却住得心安，趁着无人注意，偷偷地塞给佐藤点东西，包在茅草里。佐藤在被子里悄悄打开，竟是把三八步枪的军刺。

“中国人要杀我们，就拼了。”三桥满不在乎地说。

“如果不杀呢？”佐藤反问。

“安心做俘虏吧。反正这里远离战场，给部队当俘虏，与给村民当都一样。我看这村子也缺劳力。我可是种水田的好手！”三桥笑了起来。这笑声多少有些让佐藤心安。

一个黄昏，大门被打开，来的却不是送饭的姑娘，而是老族长和十几个背着各式武器的村民。大家面色沉重，不言不语。佐藤的心不断下沉，看来村里的人不耐烦了，今夜肯定是他和三桥的死期。佐藤对着三桥使了个眼色，三桥看懂了，也惶恐起来，他对族长不断作揖、鞠躬，说恭维话，就差下跪求饶了。但中国人铁青着脸，并没有搭理他。族长看看佐藤，喑哑着嗓子，疲惫地说：“佐藤先生，听说你是医生？”

佐藤点头，族长迟疑了一下，又说：“有位村民生病，不知能否出诊？”

佐藤松了口气，连忙答应，族长带着佐藤离开石屋，走过几条小街，来到另外一户人家，佐藤进屋后，发觉床上躺着个中年妇人，腹部高高隆起，却显然不是怀孕，患者冒着冷汗，浑身不停发抖。佐藤用手按了按，又看了看患者舌苔，搭了搭脉搏，基本确定是肿瘤，但看样子是良性的。他把情况和族长说了，族长要求佐藤救治，佐藤表示，没有相关医疗设备，也没有切片确诊，没有办法手术。

族长拿出佐藤在部队的医疗箱，想必是赵营长留下的。佐藤只得开始工作，那妇人想必常年劳作，忍耐力非常好，由于没有麻药，佐藤说出几味中药，村人自告奋勇采摘了来。佐藤硬着头皮做手术。小颖也来帮忙，出人意料的是，效果很好，病人大汗淋漓，很快疲惫地睡熟了。大家向佐藤表示感谢。佐藤才知道，这中年妇人是小颖的母亲。

族长下令解除对佐藤和三桥的看押。该村四面环山，非常偏僻，本地人如不熟悉，也会迷路，更何况日本人。三桥脱下军装，帮着村里人种水稻、打土坯、养猪，以他娴熟的农活儿和朴实性格，赢得了村民的接纳。如果不开口说话，谁也想不到他是日本人、是天皇的士兵。这个黝黑粗壮、穿着中式对襟粗布褂的青年，甚至与村口的铁匠、卖豆花的胡寡妇、种花生的张大哥交上了朋友。

佐藤依然郁郁寡欢，他想念故国，也知归国遥遥无期。日出而作、日落而息的中国农村生活里，时间似乎静止不动，甚至安逸到令人不想离开。佐藤每天早上去村东的雪野湖边散心。湖边种满各类果树，有梨树、桃树、苹果树。盛夏季节，山间雾气慢慢散去，野物们舒展身肢，五彩缤纷的雉鸡们在远处发出爱情呻吟，蜜蜂和栗色小松鼠们嬉戏打闹，肥蠢的斑鸠、艳红面颊的山雀，此起彼伏地和唱。粉色、白色的花朵在湛蓝天空下绽放，灿若云霞。野风将美丽的花瓣吹落在碧绿的湖面。佐藤眯起眼，阳光灼目。一只翩若仙子的灰鹤，高傲地举起它的喙，摇摆瘦长皱皮的脚，踏空而起，溅起无数耀眼的、珍珠般的水珠。

佐藤感到了天地的欢欣与寂寞，想来世界本该是这个样子，宇宙鸿蒙之初，到如今纷纷乱世，白云苍狗，雪泥鸿爪，所谓大东亚共荣，天皇霸业，不过痴人说梦，弹指尘埃罢了。如果没人找他看病，他便在湖畔吹口琴，或读那本带在身边的、梭罗写的《瓦尔登湖》：

> 湖中放声大笑的潜水鸟比我更加孤独，瓦尔登湖也比我更寂寞，我要问，有谁与这个孤独的湖做伴呢？我不比一朵毛蕊花或牧场上的一朵蒲公英更加孤独，也不比一片豆叶、一根浆草、一只马蝇或者一只大黄蜂更加寂寞。

此时的佐藤，身穿中国式月白色长衫，再搭配那副彬彬有礼的皮囊，活像一个中国教书先生或有功名的乡绅。

小颖默默地在湖边听他吹口琴。她很安静，很容易让人忘了她的存在。有时佐藤思念家乡，潸然泪下，才蓦然发现，对面的芦苇丛，小颖挎着竹篮，痴痴地望着他。再仔细看时，她却消失不见了，如湖面的一抹涟漪。从小颖火热但羞怯的眼神中，佐藤读出了些什么。他似乎也挺喜欢这个窈窕动人的中国女孩。

有一次，小颖甚至走到佐藤的近前，说："日本先生，感谢你救了我的母亲。"

"哦，"佐藤有些慌乱，"那没有什么。"

"那对我却很重要。"小颖一字一顿，笔直地望着佐藤的眼睛。佐藤觉得她的眸子里升起两朵粉红色的云，更加惊慌起来。他还缺乏和女性交往的经验。

"先生吹得好乐器。"小颖发现了佐藤的窘态，转移了话题。

佐藤二话没说，近前将口琴塞在了小颖手中。小颖有些惊愕，摆手说："我还没有报答先生的救母之恩，怎能要您的东西？"

佐藤又将她的手推了回来，淡淡地说："这口琴让我舒服，也让我更加痛苦。"

小颖无言，只是紧紧地将口琴攥在手心。

四

几天后，黄昏，佐藤从湖边回到小屋，发现老族长和几位老人在等他。一番试探后，那个穿得红红绿绿的老女人，自称是媒婆，终于说明来意。他们希望佐藤和三桥落户在胡家楼。佐藤娶小颖，小艾嫁给三桥，他们从此改中国名字，算是入赘女婿，并受胡家宗族保护。他们不会将他们交给部队，也不会让他们受到威胁。

族长盯着佐藤，缓缓地说："佐藤先生有学问，又有医术，将来族长的位子就是你的。"

佐藤为中国人做事的态度惊诧。他们的文化温和宽容，也古怪而绵软。他们甚至能容纳一切外来事物，将之纳入他们的秩序。半年前，他还是东京同爱医院最有前途的医生、东京帝国大学毕业生佐藤大夫；几个月前，他是整日在被炸断肢体的士兵面前，冷着脸训斥护士的佐藤军医、佐藤中尉；而如今，不过短短几月，他居然要变成中国山村的日本女婿。难道这就是命运的捉弄吗？

佐藤沉默着，中国人也沉默着。门开了，三桥拉着小艾的手，站在了他的面前。三桥的脸通红，有些窘迫，但还是在小艾示意下，讲明了要留下来的意愿。佐藤理解三桥的选择。他本是千叶山区最穷苦的部民后代，那地方在明治时期还未开化。这个中国山村，虽然也不富裕，但生活条件远远好于三桥的家乡。三桥参军，也不过是为吃口饱饭，哪谈得上什么圣战理想？能在这里安家，有个喜欢他的中国女孩，这已是很幸福的事了。佐藤看着三桥，这个贱民的后代，脸上挂着知足的笑容，他的表情和动作，越来越像中国人了。

“三桥君，也许你是对的，但战争不会波及这里？”佐藤叹了口气，轻声问三桥。

三桥愣了，讷讷地说：“这里如此偏僻，军队不会感兴趣。况且，族长说了，如果日本人打来，他们还可以撤退到大山更深处。他们的祖辈，就这样躲过一次次兵灾。”

佐藤说：“你留下吧。我要到中国军队。他们需要军医。总有一天，我会回到日本。”

三桥无话可说。族长默默地吸了一袋水烟，也不再相劝，礼貌地告辞了。佐藤起身相送，却发现一个熟悉的身影，从门边一闪而过，他追出门，却发现身穿翠绿小褂的小颖抹着眼泪跑远了。她的肩膀抽动着，两条油亮的大辫子在苗条的腰肢间不断摇摆，显然伤心至极。

佐藤不禁怅然若失。

天色渐晚，佐藤呆坐在屋内，心神不宁，三桥去了小艾家，现在他时常去那里吃饭，已经是将那里当作了自己的家。佐藤心内也微微有些后悔，不如先答应下来，无论中国胜，还是日本胜，战争总有结束的那天。不如先在这里过些安静的日子——何况，还有小颖。不知为何，想到小颖窈窕的身影，他也觉得恍惚。

有人轻轻地叩打房门。佐藤以为是三桥，正奇怪为何这么早回来，开门看去，却是小颖。小颖面带戚色。佐藤心中惭愧，轻声说：“对不起。”

小颖直直地看着佐藤说：“我想知道，你不答应老族长，是因为不喜欢我，觉得中国女人卑贱，还是想家？”

佐藤没想到小颖如此大胆直接。他沉默半刻，缓缓地说：“乱世还奢谈什么爱情？我本是外国人，我的国家又在和你的国家打仗。我们纵然不是敌人，也很难真正相爱。”

小颖没有气馁，她眼圈红红地说：“三桥能留下来，你为什么不能？”

佐藤神色复杂，摇摇头说：“不知道。但我想，我是喜欢你的。”

小颖听到最后一句，为之一震，闭着眼许久，忽然开心地笑着说：“那么说，我要做的事情就是值得的。我今夜来找你，不是让你回心转意，只求一夕欢好。”

小颖点燃灯，她的目光在暗弱的灯光下变得幽蓝幽蓝。小颖很快脱掉外衣，用白皙的手臂缠绕住佐藤。佐藤头晕目眩，口鼻异香萦绕，不禁搂住小颖，二人忘情缠绵，直至大汗淋漓，方才罢止。

佐藤抚摸着小颖滑腻的皮肤，突然摸到臀部有什么东西毛茸茸的，大惊失色。小颖缓缓地坐起，平静地告诉佐藤，胡氏一族，本为东海狐族，明末大乱，满族入寇中原，豫亲王多铎奉命入关攻打山东，胡家避祸山中，得到异人传授，皆吸食月华为延命，至今已三百余年。

佐藤不可思议地看着小颖，想了想说：“我是医科学生，狐鬼之事，我素来不信。”

小颖凄然地笑着，穿好衣服。这时，佐藤才发现小臂被狠狠地咬了一口，伤口流出血，好似兽咬的痕迹。小颖告诉佐藤，由于拒绝留在胡家楼，族长已命人今夜来取佐藤的性命。他必须赶紧逃走，出逃路线，她已画了出来，并和干粮一起放在包裹里。

佐藤将信将疑，但看到小颖郑重其事的样子，又有几分害怕。他揉搓着发白的关节，几次想脱口而出这不过是一场梦！他甚至想打自己几个耳光，让自己醒过来，但他只是张张嘴，吐出来的，却是一团团白色的水汽，好似溺水多年的死者，浑然以为活着，却突然醒悟了已死去的事实。顾不上悲伤绝望，佐藤感觉从嘴里一直到喉管、心肺，乃至那颗软弱的灵魂，都染上了绿色的鬼魅腐败气息。

“逃命吧，今生我们不会再相遇，但请真心爱我，不要负我。”

小颖留下几句话，兀地从怀中掏出佐藤的口琴，掷在地上，消失在屋外的雾色中。佐藤心慌意乱，也顾不上收拾口琴。他突然想起，大学实习时，教授们讲过的案例，大山坳的雾，如若临近沼泽或死水，大多含毒，特别是晚间的雾，毋宁叫它们山瘴。

五

佐藤踉踉跄跄地拿了包裹，准备离开。他使劲地掐大腿，告诉自己这都是幻觉，但小臂还在流血，小颖的异香还萦绕着，他觉得脑袋要炸开了。小颖为何要编故事恐吓他？难道族长他们要杀死自己，只是因为他不愿留下？

沉重的黑漆木门打开，雾马上围拢过来，像一群凶毒的野物，它们张开白色巨口，撕咬着他，湮没着他的存在。远处野物的嚎叫似乎更近了，佐藤现在明白了，那肯定是狐的叫声，那连绵不绝的嚎叫，一浪高过一浪地扑来，又好似炒焦了的黑豆，泼天泼地撒过来，凶险的臭气，还包含着熟悉的气息，密不透风，令人窒息。

不知何时，佐藤逃到湖边。雨水也加入了追击行列。雨点声越来越大，像砸在石板的子弹，弹跳起来却硬得怕人，直咬得佐藤的心肝发痛，先是“噼里啪啦”，又是“扑扑通通”，再后来就如重重的战鼓。佐藤被大雨困着，无数次摔倒在泥泞中，又无数次爬起。雨在喧嚣、狞笑，肆无忌惮地撕扯着他的恐惧。山里的瘴雾是白色的，狂暴的山雨是黑色的，幽蓝的湖水现在变成紫金色，犹如沉淀的积血。黑色的山雨，穿透白色的毒雾，又跌落在紫金色的雪野湖。沾了毒的山雨有些酸，更有些疯，它们把雾瘴蚀破了，又在湖面上凿出无数大大小小的陷阱。佐藤仿佛又回到枪林弹雨的战场，眼看着一个个士兵在他的面前哀号着死去，断肢横飞，他给伤员包扎时，被飞来的炮弹掀翻震晕，他醒来时发觉自己嘴里正噙着那士兵的一小块鼻子……

“我要活下去！”佐藤咧开嘴狂号，犹如失去理智的戾兽。白天美丽多情的湖也好像沸腾起来，“咕咚咕咚”地冒着硕大的气泡。不多时，湖水深处，升起一个个黄亮光轮，状若瓷盘，大小不一，光轮缓缓上升，但不稳定，彼此撕咬着，又亲密地交谈，好似一群群活物。佐藤看出来，那是狐妖的魂，高大威猛的肯定是族长，矮胖肥短的，一定是村口的铁匠，而那个腹部颤抖的，想来是手术后还没痊愈的、小颖的狐母……佐藤正在胡思乱想，兀地，一道闪电劈下，光轮们让开，佐藤目瞪口呆地发现，从湖水中走来一个壮汉，他身穿中国明代古人的柳叶甲，步伐沉重，杀气腾腾，铁甲片在雨水中发出刺耳声响。兜囊式狼牙头盔下，那人铁青着脸，目光呆滞，却有战士决死的杀气。竟然是三桥长吉！此时三桥早已失了活人气息，他机械地从身后拿出一把雪亮的弯刀，向佐藤走来。

“三桥君，你怎么啦？我是佐藤！”佐藤对着三桥哭喊，三桥充耳不闻，还是步伐坚定地走向他，举起刀。佐藤见势不妙，连忙躲避，并使劲拍打他的铠甲，孰料三桥拧转身子，反手砍削，佐藤低头，感觉脸上有热辣辣的东西流下，仔细一摸，是块头皮被三桥砍下来，佐藤甚至能摸到白森森的头骨。他顾不上三桥，连滚带爬地向远处逃去。奇怪的是，三桥并没有前来追杀，而是站定身体，反手一刀，竟将自己的脑袋割下来，又用左手提了，对着佐藤不停摇晃。尸体不倒，而被提在手中的三桥的头颅，居然无声无息地笑了，露出了佐藤熟悉的、健康的牙齿。

大雨如注，佐藤疯狂奔逃，眼中景物不断变幻，他兀地停住，一切似乎又消逝了，只有头顶流下的血才是真的。佐藤赫然发现左手瑟瑟发抖，手上一把雪亮的军刺沾满血迹……

六

当军医佐藤猛夫出现在坂本支队的讨伐队的面前时，差点被当作中国间谍枪毙。如果不是佐藤勉强出口的日语，还有他身上的军官证，带队的吉田曹长怎么也想不到，这个身穿肮脏中国长衫的男人，会是日军医官。他们是来征用随军物资的，说是征用，其实是抢劫。吉田坐在抢来的中国牛车上，后面放满鸡鸭鹅，吉田手下的士兵，也一个个兴高采烈。他们的刺刀上，都挑着家禽，有个士兵，身上还披着块鲜艳的花布。看到佐藤倒霉的样子，吉田有几分不屑，更何况他是被俘的家伙，只不过碍于佐藤的军衔高，吉田也不能说什么，只能有些轻蔑地将佐藤放在担架上。

出了前面的山坳，就有条大路，能通往皇军在临沂城外的岗沟据点。天色已晚，吉田曹长见大家很疲倦，就下令就地驻扎，第二天清晨再出发。佐藤极力反对，但吉田执意不肯，也只好作罢。

夜幕降临，山间的雾又渐渐升起来。讨伐队就驻扎在一座破旧山神庙。吉田肆无忌惮地将掳来的中国女人推到角落，玩起了强奸游戏。女人大声咒骂并哭泣着，吉田却笑嘻嘻的，毫不在乎。自从国民党部队撤走，这一带基本安全。再说，回到驻地，这些女人就会被送去慰安所，吉田要抓紧最后的时间，好好地快活快活。

佐藤要劝阻，吉田不客气地说："又不是日本女人，中国女子安慰天皇武士，没关系的。"

佐藤躺在铺满稻草的庙里，吃了点东西，倒头睡去。他醒来时，庙外的雾似乎小了很多，而吉田心满意足，丢掉女人，跑去庙外小解。他回来看到佐藤睡意全无，不禁好意安慰："佐藤君，您受苦了，明天我们就能回城，您也能得到治疗，这一切都会过去。"

佐藤摇摇头说："你不懂，不会结束。这是我和一个中国女人的事。"

"中国女人？吉田来了兴致，难道您爱上了中国女人？"

佐藤看到吉田猥琐的眼神，有些慌乱，谁能想到他这两天遭遇的事？这绝对不能说出来，说了也没人信，还会被当作疯子。

佐藤敷衍道："非我族类，其心必异，不过逢场作戏，我怎会爱上中国女人？"

吉田笑着睡去了，佐藤看着窗外，不禁又羞愧起来。他对不起小颖。但他真不能接受一个中国女孩，不，狐妖，做自己的妻子。他这种瞻前顾后、犹犹豫豫的性格，说得好听是谨慎，其实不过怯弱怕死罢了。战场上，他也是这样子，才在中国兵枪口下保全了性命。

也许不过是一场梦。佐藤冷静下来想想，怀疑中了山间瘴毒，产生了幻觉。然而，如何解释三桥的事？如何解释小颖的话？佐藤头痛欲裂，索性不再想，只要回到临沂城，回到陆军医院，熟悉的东西就会慢慢回来，他总会有机会回到日本。他会活下去。

黑夜沉入寂静，可怕的嚎叫再次响起。佐藤翻身而起，瑟瑟发抖，吉田等士兵见状，起身到外面警戒了一番，没什么动静，回来自顾自地睡去了。佐藤在黑暗中睁大双眼，嚎叫声却又低沉下去，化为窗前的阴影钻进来，在佐藤的耳边徘徊不去，像是一缕缕哀怨的凄叹。佐藤明白，叹息声是冲着他来的，吉田他们定然听不到，小颖还是不放过自己，中国的人和狐鬼也都不放过自己。

佐藤的心中，不知为何竟然在恐惧中升腾起一股愤怒的勇气，与其坐以待毙，不如拼死一搏，管她是人是鬼，一起同归于尽吧！佐藤的脑海中，尽是往日皇军士兵奸杀中国女人的画面，不知为何，此时他不再厌恶，反而有些兴奋和刺激。他拔出军刺，起身向窗户走去，窗前的阴影越来越大了，而被浓雾笼罩的黑夜还是没有尽头。佐藤握紧军刺，一生中从未像此刻那样渴望黎明。他不由想起了《瓦尔登湖》的最后几句：

> 可是，仅靠着阳光的流逝是断然等不到黎明的，这就是那个早晨的特性。让我们失明的阳光，对我们而言无异于黑暗。只有我们清醒地睁开双眼，天才算真正亮了。

他的心痛了一下。雪野湖不是瓦尔登湖，他也不是那个美国人梭罗。黑暗的威胁就在眼前。

他挥动手臂，向窗纸猛刺，影子颤动了几下，发出几声叹息，倏地消失了。“是小颖吗？”佐藤呼唤，却无人应答。佐藤却发觉左臂被咬伤的地方疼得厉害，伤痕甚至不停地蠕动，又不停地腐蚀着肌体，他挑起盏马灯，发现伤口已溃烂，且在不断蔓延。

佐藤想要求救，喉咙竟发不出声，臀部有股力量不断膨胀，一条毛茸茸的尾巴冒出来。他的皮肤奇痒无比，先是生出很多红色小疹子，继而变成赤褐色，很多粗硬的毛发一点点地生长，如同春天雨水充足的草地。佐藤丢掉军刺，伸手挠脊背，手掌出现厚厚脚垫，指甲变长，已是兽足的样子。他跌跌撞撞地爬起，却发现腰不能直立，只能四足着地，冲出山神庙门，衣服在他身上片片开裂，跑了许久，离山神庙越来越远了，他扭头回顾，才发觉倒映在水洼的影像，尖尖的嘴，细长却狡猾的眼，完全是只伤痕累累的野狐。

佐藤悲愤无比。为什么是他？他只想活下去。

也许，只是山瘴毒发的幻觉罢了。他真的要死在异国土地上了。

夜幕下，一只野狐悲鸣着冲向了连绵不绝的群山，快如闪电，它的嚎叫又引发了无数山里的野物的响应，此起彼伏，惊心动魄，消失在浓浓的山雾中……

七生莲

旧历年刚过，风飞得快，咬着点腥湿的雨滴。秃秃的麦田，飘散着祭祖散落的土黄色纸钱。人们饿着肚子，面色凝重，安静地趴在围子垛口。八门五子炮，冷冷地对着村外。天赐使劲向远方望去，先看到黑蛇般的沭河扭动着身子，远方有一群白花花的圆点缓缓浮出天际，接着听到响成片的车铃铛声。圆点渐渐变大，变为刑侦便衣的洋车队。他们身后，是数不清穿屎黄色军服的治安军，最后，才是冷酷严肃的日本兵。

人群骚动。孩子女人哭成一片。有人要冲出围子。天赐冷冷地冲天空开枪。火药味弥漫四散。枪声仿佛撞到极冷硬的铁，在寒空中扩大成片片涟漪般的回响。人们愣住了。天赐哑着嗓子说，这一劫躲不过，豁出去和鬼子拼，还有生路。八路会支援村子。

村民们窃窃私语，各自回到警戒位置。妇女也领着孩子下了围子。有的躲藏，也有胆大的，帮着运送弹药武器。天赐沉着脸，冷静地指挥着。报信的武工队员走了半个时辰，也不知能否联系上八路军的山纵二旅。眼下杀气腾腾的场景，未出现在他的梦里。昨晚他的确做了噩梦：血红的太阳，沭河漂满无数盛开的白莲，还有挤在白莲之间无数狰狞的尸首。白莲花开，红阳降世，也许这场劫难是前世注定，无法避免。

一

鹤田英秋少尉，终于率领第三步兵中队，赶到了板泉崖村。

这支小队伍，隶属第十二军五十九师高岛大队，此时在中国治安军梁队长指引下，集结在板泉崖村前面的开阔地带。正是寒冬，少尉按指令停下脚步，开始校准射击距离。简陋的寨墙影影绰绰，中国人杂乱地移动着。石块垒积的墙壁间，有八个孔，伸出黑乎乎的炮口。鹤田英秋吓了一跳，仔细看来，有些悲惨。这些抵抗的农民，不过用原始前装铜炮，对付现代化日本正规军。鹤田突然对这场唾手可得的胜利，感到心慌意乱。近期频繁扫荡，士兵疲惫不堪，渴望早些结束战斗。但梁队长说，这是红色堡垒村，予以剿灭，会对八路打击极大。高岛中佐受到荣誉诱惑，决定扫荡结束之前，以这个村庄的血，浇祭胜利的旗帜。

村子建在半山坡，地势高，土围子有五米高，很结实，需要仰攻，帝国军队并不占地理优势，但面对近千名皇军和三百多治安军，如果这个村子能逃过一劫，那真是奇迹。中午的阳光，有些微微暖意，少尉擦了擦脸，感到寒意凝结的霜气，稍微退却了点。治安军打着旗和村子交涉，估计是白费力气。少尉估计中国人不会轻易投降。村前的荒地，被士兵们踩踏得平整，士兵们默默地解下水壶和饭盒，稍微补充体力，准备着随后的冲锋。

鹤田坐在军毯上，等待着战斗。并不是松懈，少尉只是深深地厌倦。无穷无尽的中国人，在中国的土地，无论如何也杀不完。荣誉、金钱、女人，都能带来刺激，可少尉害怕上级军官的口令声。粗野、威严的声音响起，意味着要走上死亡之路。无数死亡，都在加强和暗示挫败，每次成功侥幸逃脱死亡，也不过挫败的延迟。鹤田并不怕战场，他只是痉挛罢了。吼叫几声，端着枪冲过去，打光弹仓的子弹就算完事，无论生死，无人嘲笑他是懦夫。可怕的是黑夜。无数亡魂会从铁青的天幕飘来，他们有八路、皇军，也有国军、治安军、普通中国农民。他们无不伤痕累累，惨烈得令人无法直视。他们站在床边，形成一道道发着幽蓝光芒的影子。他惊骇，想要坐起，却不能移动分毫，看着影子一点点地融化，钻进耳朵、鼻子、嘴巴，甚至眼窝。他尖叫着惊醒，像女人般无助地哭泣。他甜美的睡眠，被影子们夺走了。

前面的部队快速地传递口令。少尉站起身，听到身边的治安军大声喧哗。这些三心二意的家伙，纪律差，又怕死。鹤田真不明白，上司派遣他们的意图。在他看来，即使当炮灰，也不能做烂泥般没有尊严的男人。鹤田很快了解到，派去劝说投降的治安军被割了鼻子放回。治安军见村民勇悍，颇有退缩之意。但战斗迫在眉睫，鹤田中队和池上中队率先发动突击。哨子响过，队伍呈散兵线迅速进攻。寨墙冒出浓烟，五子炮的硝烟，抬枪的铁砂子味，还有点燃木料的黑烟。中国农夫将燃烧木从墙上滚下，还将煮开的大粪，浇灌下来。渐渐地，农夫们开炮打枪也越来越有章法。少尉不禁佩服中国农夫的指挥官。装备上看，他们基本停留在江户幕府晚期水平，只有少量现代步枪，但他们不怕死的劲头令人恐惧。

进攻了三次，都被铜炮压制，士兵死伤不少。鹤田更感焦躁。他厌倦了漂泊，到一个满是异国人的地方，衣食住行，都是别扭的，但还要忍耐。最讨厌的是无休止地训练，杀戮，再训练。临沂城北有巨大的操场，原是学校驻地，后成了他们的训练场。这种枯燥、压力大的生活之下，一般人只有通过寻欢作乐自我调节，可少尉不喜欢这些。鹤田家的族徽是在湖边曼妙起舞的仙鹤。他们本是小武士家族，依附萨摩藩大名，祖上没什么英雄事迹，至多做到马回、徒士这样中下等藩属武士职事。明治初年，西南藩作乱，鹤田家随波逐流，跟随中村半次郎这样“幕末四人斩”的英雄反对政府。叛乱失败，少尉的祖父被判刑。出狱后，他开了家米店，倒也吃喝不愁。到了英秋这代，也毫不起眼。少尉在仙台读师范学校，喜欢小说，也尝试弄了几篇，居然发表在地方小杂志，居然也有女人看到，慕名拜访他。他有些虚无缥缈的文学虚荣心，但遵照父母想法回到家乡，也就搁笔不写。一切似乎将按准备好的中学教师的人生轨迹走下去。直到战争爆发。弟弟们还小，他只能应了征召。他喜欢教师闲适的生活。他的院子很宽敞，种满花草树木。坐在绿竹凳上品茶，是极相宜的。天蓝得像平静的海，梅花笑着，“倏”的一下，小黄雀从头顶飞过，他闻着满院花香，细细地啜饮着绿茶。泡茶的水，取自后山鹿鸣泉，清冽爽口，煮沸了更有淡淡的甜味，好似雏鹿楚楚可怜的眼神……

又是一声炮响。掺杂着钉子、铁砂、碎铁块，中国人简陋的铜炮，直接将几名士兵轰成了筛子。左翼池上中队的迫击炮和掷弹筒，也精准地还以颜色，炸翻了一门铜炮。但攻击队伍还是退了下去。上级命令治安军接手下次进攻。少尉等火药烟雾散去，眯着眼向上看，看到一个身材高大的中国巨汉，手里拎着刀，正大声吼着，看意思是赶紧清理炮膛。少尉的目光，很直接地和中国巨汉的眼睛对接。少尉能感觉到，巨汉也发现了他。

二

天赐，鬼子对你笑！

炮手发现了情况，告诉天赐。天赐也注意到了，一个瘦瘦的鬼子，正站在阵地上望着他。距离不很远，硝烟飘过，看不很真切，日本人好像是笑。不是凶悍的笑，蔑视或微笑，而是没有感情的笑容，很平静，如果不是嘴角翘着，简直像哭。

天赐冷哼，也不答话，只催促自卫队员抓紧给铜炮清膛，用煤油降温。炮有年头了，大清同治朝造的宝贝。早些年防捻子，绿营将炮摆在山上吓人。风吹日晒，炮锈蚀得厉害，被收进库房。日本兵入侵，赵老族长从县城借出这八门炮，磨光了，交给了自卫队。别看打得慢，要装铁砂、碎石和铁钉，但隔近了轰，这炮也算大杀器。天赐动员村民将锅砸了，铁耙敲断了齿，都来喂这家伙。日军攻了两个多时辰，毫无进展。

梁大牙这个汉奸，要2000斤粮食，50头猪，还有10个女人！板泉崖是数千丁口的大村，民风剽悍，家家习武，户户练刀。村里有八大家族，赵家是最大的家族。村长原是天赐四叔，害疟疾死了，大家共同推天赐任村长。天赐读过几年私塾，天资聪颖，父母去世后，就没进学，河北沧州学功夫，费县闹红枪会，也算黑白两道响当当的汉子。去年，天赐被日本人抓到沭河对岸修碉堡，居然成功逃回。天赐推说年轻干不了。赵家老族长说，正经年头，也轮不到你。如今乱世，板泉崖要有强势主家，才能不被各路不善之徒碾压得粉碎。

板泉崖在八路辖区边界，后有青虎山，前有沭水河，河对岸是日本汤头据点。站在高高的土围子上，日本兵如何换岗，都看得一清二楚。

土围子原为预防当年的悍匪赵嬷嬷，现在派上了用场。赵老族长当过前清秀才，拥护八路的政策。都把八路说得青面獠牙，可人家来了，扫院子，挑水，帮孤寡老人砍柴。八路还组织自卫队，发下钢枪，平时有四个武工队员帮着训练。赵老族长田多，主动要把田献给八路。老族长会望气。他对天赐说，我瞅着八路能成气候，几亩田算啥。八路建立战工会，各县成立参议会，老族长也当了参议。八路来招兵，走了十几个人，大家也积极给八路交粮食，国军来了也给，就不给伪军和日本人。板泉崖也绝不成立维持会。一来二去，成了“非治安村”，也就有了今日之祸。

进攻又被打退。天赐布置警戒和补充弹药事宜。围子下有不少日伪军尸体和伤兵，日本人往回抬，天赐也懒得管。自卫队也死伤了几个人，但伤亡不大。大家都在围子内支起的木排架休息。村里不少加入硬拳道、离卦教的村民，开仗之前，想办法多弄些魇胜法门。有的胸口贴避刀枪符纸，有的画起乩的众仙家，齐天大圣、二郎神、托塔天王，什么都有。武工队员“觉悟高”，衣服上绣了镰刀锤子。德生和德林兄弟，都在大地方受过正规培训。德生胸口绣着个大胡子人像，德林弄了个秃头。大家不明白。德生炫耀地说，这是马克思和列宁，“外国共产爷”，一个德意志，一个苏维埃，咒死小日本！

众人哄笑，紧张氛围缓和不少。女人们挑上暖身姜汤，大家自管大口喝下驱寒。六叔兆谦是走乡串户的货郎，天生爱显摆，遇到生死大阵仗，自然不放过。他把碗往身后轻推，扭身子号着，手边还敲铜盆当鼓点。六叔的嗓音苍凉，嘶哑，不合辙押韵，只仿佛冲天而起的焰火，渲染着生死离别的壮丽。谁知板泉崖能不能熬过劫难？众人倒只愿扯着嗓，应和壮烈节奏，让满腔热血烧得旺盛，也不枉在乱世走上一遭。天赐闭着眼听去，恍惚间，唱段正是柳琴戏《八盘山》，岳飞元帅打金兵的故事：牛皋诈败引敌虏，岳爷埋伏在山坑，神枪挑死银牙忽，铁锏再打金兀术！……

疲惫的天赐明白这不是休息的机会，但眼皮不断下沉，迷糊着像做梦：他独自走在白雾缭绕的池塘边。月夜寂静，远处或许有山，看不清楚。塘泥暗红色，踏上去弹脚，好似踩在棉花类的东西上。塘里有大朵大朵盛开的白莲，中间有嫩黄泛着青涩的莲心。乳红色纤长的须子，颤巍巍地围着莲心，仿佛起舞膜拜的美丽女巫。白莲紧密地挨着，微风拂过，不摇不晃，只是缩成团缓缓抖着，像极融化的白玉。天赐觉得诡异，这些天他的梦里常出现白莲。突然莲花池冲天飞起一只巨鹤。它曼妙起舞，头顶丹红，喙尖尖的，脚爪勾缩，长长的翅膀闪烁着银子般流动的妖艳。天赐哑然，梦到底预示着什么？月夜池塘，白莲舞鹤，难道遇到仙鹤，就能躲过劫难？寒冬的鲁南，怎会有仙鹤呢？

“呜呜……”天空传来炮弹的飞鸣，落在土围子边，炸得四处开花。天赐惊醒，鲤鱼打挺跳起，指挥大家隐蔽。鬼子和伪军又压了上来。这次他们却不急着进攻，只冲土围子东南角侧门轰击，几下就干翻了铜炮，天赐赶紧下令兆谦叔和几个队员，抬着另一门炮支援。兆谦叔刚应声，却像被锤子打了，猛地撞在地上，天灵盖被偷袭的子弹掀起，红红白白的脑浆喷溅出来，溅在众人身上。大伙儿脸都煞白。兆谦的外甥，吓得哇哇乱叫，转头要向门边跑，被天赐薅住领子，掼在铜炮旁。天赐倒提刀，脸色大变。他指着呆住的人群，声嘶力竭地喊，谁要乱逃，坏了阵脚，就是害全村人的命，杀无赦！

众人赶到各自位置，猛烈地还击。天赐枪法不好，村里仅有的几杆钢枪，他让擅长打猎的自卫队员领了，埋伏在土围子两侧角楼，专打日伪军官和机枪手。他带着会大刀的本家兄弟，组成敢死队，预备和爬上围子的鬼子肉搏。

八路啥时候来哇，围子撑不住啦！

有人带着哭腔号叫，很多村民应和。天赐用刀指着天空说，八路不会抛弃老百姓！再坚持会儿！虽是这样说，天赐心里也没底。上千鬼子，还有伪军，有机枪，还有炮，这板泉崖除了身后大山之外，前方是开阔的平原和沭河，不适合打狙击。八路装备也不行，就是来了，也很难抵挡日本攻势。小山炮、迫击炮和掷弹筒，看着不大，鬼子玩得出神入化，村子居高临下的几门炮，装填慢，已被打得摇摇欲坠。天赐看到成群鬼子马上要爬上来了。他甚至又看到那个高瘦的、鬼魅般的日本青年军官。他不由得叹了口气。

这就是命。命里该着，怎么也躲不开。天赐没对众人讲，他和那个日本军官是认识的。日本军官曾俘虏过他，但也给了他逃命的机会。他不想和这个军官正面对垒。这谈不上恩怨，只不过天赐见到他，总有莫名其妙的熟悉和亲切感，仿佛那军官他前世就已熟悉。这世上根本没有无缘无故的笑——无论是对人，还是对己。

三

少尉对中国鲁地无比厌恶。他的家乡在温暖湿润的屋久岛。那里植被丰茂，5 月，岛上盛开雾岛杜鹃花。五片红艳花瓣，像五团凑起的花火。成片的杜鹃，染红了青山，映红了绿水，分外精神振奋。岛上还有温泉，常绿香樟树。大丛海红豆，在圆长叶片和绿荚之间，闪烁着笑意。琉球松鸦华丽得像鸟类帝王。它有黑蓝相间的翅膀，白色的腰，象牙般的喙尖，日夜不停地啼叫。虽处日本南端，但那里冬天也有雪，雾凇轻盈地裹在树枝上。岛上也多湖，如果初夏去，能看见无数盛开的白莲，及上万只灰枕鹤群集的壮观景象。山东的冬天，寒冷荒凉，死寂的荒野，树上挂满冰挂。黑黝黝的土地生铁般坚硬，很少有雪，只有干冷的风，像窄细的刀子，又似掺着沙砾的冰，简直要把人的头颅冻裂。

少尉依稀记着离开家乡的情景。他对异国的征战有些莫名兴奋与憧憬。那几日，他忙着和亲友喝酒叙谈。母亲让他去本愿禅寺，祈求平安。母亲是虔诚的法华信徒，他也只好遵命，心里并不十分相信，宁可去照国神社。昙智法师是慈眉善目的老和尚，他为鹤田祈福，写了还愿祈福袋，鹤田也捐助了寺院香油钱。法师问他，鹤田老师，此去中国，有何打算？少尉苦笑说，我不是老师啦，当兵不过勤谨忠勇，听长官指令罢了。法师顿首，说，战场是修罗道，少造杀孽，才能平安。鹤田不以为然，战场不过杀人与被杀，哪能苟且？法师见他的表情，叹息了一声，也不再劝，只送他一些平安符，并告诉他几句偈语真言：七生常驻净土界，万法由心不由人。白莲灰鹤孽缘起，妙法莲华真自在。鹤田问真言由头，大和尚不讲，只说白莲者，与他有上世纠缠，当避之趋吉。少尉谢了，并不放在心上。

来到中国这几年，少尉无比思念家乡，以至偷偷落泪。他并非多愁善感之人，虽曾尝试写作，但并没有将中国征战写成小说的意思。大本营鼓噪过“军中作家”事迹。少尉认为，皇军作战英勇，但荼毒残杀平民的罪孽，却污损了军队名誉。高岛大队长，就是能将无耻冷酷装扮成深沉严肃的军官。高岛常去乡下讨伐，他热爱这项事业。每次回来都炫耀战利品，不过是农夫，乡下女人，可怜的猪牛羊。他不是心坚如铁，彻底追求荣誉的军人，而是装腔作势的家伙。高岛每隔一阵子，就拿几个中国人试斩，以震慑下级军官和士兵。高岛个子不高，矮胖，腿也短，私下里士兵们都喊他“豚鼠大人”。

秋天，清晨，少尉在操练场，又看到几个待处决的中国人。一个老农夫打扮的，在不断祈求着什么，少尉仔细听，却是要他的驴子。鹤田有些悲哀，可怜的中国老农，驴子是家庭重要财产，现在恐怕已到了厨房，而他也身陷死地而不知。有几个乞丐，还有个十几岁的少年，跪在地上小声哭泣着。有个戴圆眼镜的年轻中国军人，以仇恨的眼光瞪着少尉，好像随时要扑上来。让少尉好奇的是最后一个壮汉。他是当地道门白阳会的锋将，前几天被他们中队俘虏了。当时他正在草垛边睡觉，鹤田对他有些印象。他脸上有疤，身材高大，虽锁链加身依旧若无其事。他的衣服被硝烟熏得发黄，破碎不堪，露出铁铸般隆起的肌肉。少尉发现，壮汉胸膛上居然文着大朵莲花图案。

为何要文这图案？鹤田走过去问。

无生老母，白莲救世，也可保平安。壮汉嘻嘻地笑着，丝毫不以死亡为意，眼神中没有怨恨，倒有些平静的戏谑。

少尉在中国待了三四年，中国话听得半懂不懂。他想这人能轻视生死，想必勇力过人，如果生在日本战国时代，肯定是叱咤风云的英雄，或许可成为“德川十六神将”吧。可惜，现代战争不讲个人勇武，中国壮汉不免要被杀。想到如此人物，竟要被处决，鹤田颇觉惋惜。但那也是没办法的，高岛决定的事，很难有人更改。

看到壮汉胸前的白莲，鹤田的心动了动，想到昙智大和尚。这几年，鹤田从未在中国见到白莲，这事淡忘了，如今见了，那神秘真言，又想了起来。但这又有何预示？莫非是让他杀死这个中国男人？

高岛睡眼惺忪地来到操练场。转身看到鹤田，他有些惊异。少尉厌恶处刑，也很少参与。少尉向高岛恭敬地行礼，高岛点头，并不答话，只安排兵士将几个中国人摁倒在地。他反复擦拭军刀，在清晨新鲜的空气中伸几个懒腰，眯起眼，老练地打量着几个人的脖子。他似在估量几个脖子的粗细、结实程度，及骨骼构架样貌，以此确定到底斩杀何人。高岛有个习惯，每次杀人“不过三”，今天谁能活下来，就看运气了。做完这些，高岛将刀在空中挥舞几下，轻轻转动手腕。鹤田猜想，高岛定是预测下刀的力度和风速阻力。这位“豚鼠大人”，实是不折不扣的斩首专家。听士兵说，高岛斩首犯人，刀到头落，从没有刀卡在脖颈的尴尬情况。

老农夫看到刀，跪在地上痛哭，鼻涕和眼泪糊满脸颊。他不停地叩头求饶。高岛不为所动。他指令士兵抓稳老农，从侧后方挥舞军刀。军刀划出漂亮弧线，准确地切下头颅。头颅像中国豆腐般松软，切面整齐，尸体向前跌落，血才从腔子喷射，分成几股血线，又很快衰竭了。周围的日本兵面无表情，想必见过太多，唯有少尉脸色变了。高岛厌恶地看着那颗苍老肮脏的头颅，又将那少年的头砍下，才示意将中国壮汉带上来。少尉颇有几分踌躇。无论从职守还是预言角度说，似乎胸文白莲的中国壮汉，都应是敌人，尽快除去才好，但不知为何，少尉不想杀死这个中国人。中国壮汉也不讨饶或下跪。他对高岛轻蔑地摇头，表示愿意站着被高岛砍死。高岛歪嘴笑了，快速走到中国壮汉近前，军刀精巧地飞过大汉肩膀，带起血肉。高岛挑起那块肉，血渗出来，顺着军刀快速地流下。那块肉像被偷袭的金鲤，在军刀银色尖头神经质地抽搐着。

大汉无动于衷，好似肉不长在他的身上。血很快染红了他的右边胸膛。高岛也佩服地向中国壮汉竖起大拇指。他对少尉建议，用中国壮汉的肩头肌做烤肉片。

四

天赐身材高壮，话少，说不上凶戾，就是眼神冷，脸上有刀刃形肉疤，从右腮边缘追到额角。正面看不觉什么，侧面一瞧，多半会被狠狠地唬住，仿佛走夜路遇到熟人，先是小惊，后又发现熟人是勾魂鬼魅的化身，自是骇然。

父母去世后，天赐浪荡在江湖。他在军阀部队混过，当上了排长，但看不惯风气，开了小差。那年他又离了红枪会，加入白阳教。天赐勇悍过人，拜过不少武术师父。这年头乱，道门多，天赐看不上万仙会、黄沙会这样跟日本混饭吃的。有些道门太邪行，像沂水孝帽子会。一开仗，一群男人披麻戴孝，给对手磕头，再加上号哭，说是魇胜法门。他在道门混了几年，会许多咒语，听了很多故事，也没留下什么。事都差不多。掌师、祖师、大道首们，都忙着收徒、收香钱、收姨太太，也忙着和其他道门争地盘。天赐和宋庄的二猛、拴柱，给祖师打冤，中了人家的埋伏，二猛和拴柱当场被土枪打成筛子。天赐侥幸逃了性命，脸颊上也留了恐怖的刀疤。深夜，他睡不着，看到两个兄弟，在黑漆漆的夜空，呼唤着自己。天赐不太在乎生死，也经历了多次生死关头，但那天晚上，他失眠了。他突然想，死并不可怕，可怕的是，不知为何而死。若不知为何而死，生也就没了奔头。

夏夜，他孤独地躺在草垛边，想着白天战死的兄弟。夜有些微凉，他瞪眼看着一颗流星从墨绿色天幕划过，好似燃烧的子弹。他怕自己年轻的生命，变成流星似的东西，来得快，去得也快。一切都没意思了。人总要死，如同短暂的流星。一切都要归于沉寂，一切都无所谓有，也无所谓无。无善无恶，无真无假，无苦穷无富贵。

想到这些，年轻的天赐不禁茫然，似乎被一种无意义击倒了。

在白阳教，他除了和二猛、拴柱关系好，就是与来自费县的“军师”亲近。军师原是落地童生，五十多岁，看的书多。道门大多不识字，天赐和军师倒能聊得来。军师平时给掌帅出谋划策，也负责讲宝卷，“无生老母，真空家乡”，讲得众人昏昏欲睡。他悄悄地对天赐说，兄弟，你是应劫而生。白莲出世，无生老母渡人四土。

天赐有些不屑地说，军师，道门我进多了，刀枪不入是拿刀背吧，土枪只放火药，不放铁砂子。这我懂。军师微微脸红，但又说，人活乱世，外敌入侵，天收人管，总不如意。咱穷苦人，更是草芥。无生老母教人行善，又有何罪？世人妄借天意谋私利，溺于欲不知悔退。此红阳世之光明与黑暗交战，有悔悟的人，方能渡此劫。天赐听得倦怠，要去睡。军师又追着说，天赐，你乃太乙金仙座下仙人，梦生白莲，即决生死。

道门的起乩、打卦、画符、练神功，他也信过，后来就不信了。但军师说的白莲，他的确梦到过。那时他才五岁，昼夜发高烧，说胡话，母亲以为他活不过夏天。他的梦中，总是出现大朵白莲。母亲为他焚香祈祷，日夜不息。说也奇怪，病竟然慢慢好了。他后来也在胸口弄了文身，也算事出有因。但军师那套说辞，他只当开玩笑罢了。那天晚上，草垛子里，他又梦到白莲。那是满池塘盛开的白莲，白莲中央，却兀地有只巨大仙鹤，灰羽丹顶，正冷冷地瞧着白莲。不知为何，天赐感觉浑身惊悚，汗津津的，好像大鹤不是瞧着白莲，而是嘲弄地看着自己。他想要挣扎，却怎么也抬不起身……

他猛地醒了，却发现天已大亮，一个日本军官，用马靴踩着他的胸膛。他懵懂地看着军官，却发现他并无杀意，仿佛嘲笑自己睡得死，居然被人摸上来都不知道。他有些惭愧。军官面容清瘦，笑容让天赐终生难忘，似笑非笑，有些悲哀，或深深无奈。周围全是荷枪实弹的日本兵。天赐所在的白阳会，刚灭了争夺地盘的沙门道，不料那道门是日本人支持的。凌晨，趁着白阳道众狂欢疲惫不堪，日本兵端了他们的老窝。军师战死，天赐成了俘虏。

五

土围子侧门被轰塌了。

人人脸上都满是绝望。女人、老人和孩子，拿上所有可抵御的武器，和自卫队员们一起拥向炸开的口子。天赐大声呼喊，说八路片刻就到。但无人答话，铁叉、农具，都在寒风中瑟瑟发抖。大家在沉默中迎候着肉搏。日头偏西，薄薄的，仿佛淡淡的血迹。喊杀声震耳欲聋，灰黑色的浓烟笼罩了本已黯淡的天空，愈发可怖。

紧张之际，天赐依稀听到天边传来军号声。是八路的号声！攻击侧门的日军停滞了。村民们欢声雷动，是八路来救村子了。天赐摇晃了几下，几乎摔倒。八路居然冒险从侧后向日军发起进攻。听这枪声，人数不多。日军骚动了一阵，很快分兵，部分继续进攻侧门，部分则抵御八路。土围子左前方的厮杀声格外激烈，看来八路和日军接仗，也打得辛苦艰难。不多会儿，枪声又稀少了，恐怕是八路也丢了命。天赐为先前的猜忌羞愧。村民的士气已被提升。人群中跑出个高大汉子，是天赐本家伯伯赵守义。他提着铡刀，躲在侧门旁。天赐安排角楼射击手掩护。一会儿，一个日本兵钻出，被守义用铡刀砍掉脑袋。脑袋不是一下砍掉的。守义双手擎着铡刀，只是卡住日本兵的脖子，顺手划去，颈子就断了半截，但还零碎地挂在胸前，血喷得守义满脸。日本兵的头虽断了，手还乱抓，揪住守义的前襟。守义补上一脚，尸首扑倒在地，手还紧紧地攥着。守义情急，只得用铡刀回砍。这时第二个日本兵又钻进来。射击手忙跟着打击敌人。守义叔连杀了五个鬼子，等第六个再上来，他的动作终于缓慢了。等他再举刀，却发现日本步枪的刺刀已赫然贯穿了胸膛。

天赐大惊，待要补上，已来不及。谁想老族长带着两个少年，就近冲去。他们笔直地站在豁口。老族长抖抖地举着把梭镖，歪歪斜斜，气喘吁吁，系长衫的黑黄带子也散落了，有点碍事。他举着梭镖，有些滑稽，好像擎着杆巨型毛笔。族长大吼，狐死首丘，鸟飞返乡，兔走归窟，夫子见禾三变而返鲁。家国危难如此，吾辈不可再惜此身！天赐既感动，又有些可气，啥时候了，还念古文上课？刚想提醒，就看到一截银亮亮的刺刀头，从老族长背后顶出，仿佛突然长出块兽物一般。老族长看了眼刀尖，叹息着，缓缓倒下。

日本兵终于从口子灌进。土围子破了。

到处是喊杀声，哭泣声，喘息声，尖叫声，刺刀扎进肉身开膛破肚的声音，锄头和铁耙敲碎天灵盖的声音。日军一边攻入，一边放火焚烧房屋。烈焰腾空，板泉崖已成人间地狱。天赐和几个日本兵混战，杀死了几个，也被刺伤了胳膊。他抱着一个日本兵，摔倒在半截土墙后。他拼尽力气掐死敌人，自己也被土墙压住。是不是要死了？天赐的眼前一片黑暗，他仿佛回到了那个决定生死的瞬间……

那天早上，他和几个中国人被拉到操练场。当看到雪亮的军刀和荷枪实弹的日本兵，他就猜到，日本人不会让他活着。日本军刀真快，一个不肯献出驴子的老农，瞬间被切下头颅。接着，那个半大孩子，也被砍下了小脑袋。乱世人不如太平犬，早晚有此劫，但不可死得太丢脸。他左侧那个八路，对日本人愤怒不已，破口大骂。

他们被拖到操场，有过短暂交谈。八路受了伤，情绪还好，开口就问，朋友，你在哪个道门？天赐知道露了来历，坦然说，俺混白阳会，你是八路？那人颔首说，兄弟，你也是打日本的好汉，黄泉路不孤单。天赐羞愧。他们更多是抢地盘，偶然也抢日本人的东西。八路说，布尔什维克不讲天堂地狱，但我们不怕死。你若死不了，就到沭河谭村找谭振家报信，就说志华走了。天赐答应。八路又偷偷对天赐说，鬼子官一天杀人不超过三个。我会尽力保护你，你能否活着出去看造化了。天赐感激八路，但并不激动，命只有一条，多活与少活，还要看日本人。

没料想，八路说到做到。日本军官削掉天赐的肩头肉，八路挣扎着，用头顶日本军官，嘴里大骂不止。那八路仰头大笑，并对天赐挤挤眼。日本军官恼怒，用刀开膛，让狼狗扒了八路的心。日本军官高挑着那颗心，心抖了几下，怕冷似的，在风中皱皱地缩成团，暗红色的血，一股股地从零零碎碎的血管射出，好似汩汩的颜料。八路瞪着眼，咒骂了两句，就不见了气息。

全场都被震慑住了。这是真的不惧生死。杀人的日本军官也没了兴致，就让旁边观刑的另一个瘦高的军官把天赐押下去。那军官好像不适应这样的场面，脸色煞白，紧咬着嘴唇。他拎着天赐爬起来。鲜血染红了天赐的前襟，天赐毫不在意，他还沉浸在八路死亡的悲痛和震撼之中，任凭瘦高的军官推着自己，艰难地走向操场后的关押地。

你想死，还是想活？日本军官用生硬的中国话问天赐。

六

少尉没有跟随部队冲进土围子。

他主动要求带领中队在村口阻击救援的八路。属下不理解。杀进村子，中国人的一切都在皇军支配之下，屠杀，焚烧，玩女人，抢东西，士兵经历生死考验，付出很多生命代价，需要发泄。可是，少尉大人居然带着他们打阻击。士兵的怨气非常明显，鹤田佯装不知，依旧和八路展开猛烈对攻。过了沭河就是平地，八路装备也差，但他们为救村子，猛打猛冲，虽伤亡惨重，仍死不退却。少尉有些被悍不畏死的中国军人感动了。这是真正的英雄所为。

但少尉内心还藏着秘密，就是站在土围子上指挥战斗的壮汉。他曾俘虏过那个中国男人，当时他全不是现在慷慨激昂的样子。他沮丧，迷惘，但也有不惧生死的平静。那天，高岛中佐的处决游戏，不知为何轮到了壮汉。少尉发现，一个八路俘虏，拼死替下了壮汉，被高岛生剜出了心脏。他听到他们在小声交谈，但并不明白。为什么八路愿意替不熟悉的陌生人送死？少尉了解，高岛处决犯人有禁忌，一般不超过三个人。壮汉是幸运儿。他是一个胸口文着白莲的男人。如果按照昙智法师的暗示，他应是命中注定决定鹤田生死的人。但认真想想，除了恐惧，鹤田竟生出滑稽的感觉。堂堂帝国军人，师范学校毕业的教师，竟也会相信荒诞不经的说法？但总有一种不安紧张潜伏在少尉内心深处。他几乎要克服自己的自尊和骄傲，马上处死这名中国俘虏。这种想法很快被放弃了。他虽是军人，以杀敌为本业，但绝不是高岛这样无聊的杀人魔。鹤田私下认为，斑斑劣迹的高岛，简直不能被称为人类。

少尉负责押送战俘回营房，手放在军刀上好几次，始终不能下决心杀死中国男人。他不禁扯住中国壮汉的锁链，问道，你想死，还是想活？

想活。壮汉很干脆地回答，这不禁让他颇感失望，如果中国壮汉逞强说想死，他就有理由说服自己杀死他。谁承想，这个看似不惧生死的人，竟这么痛快地妥协了。这甚至让他生出几分蔑视。这样软骨头的人，怎会威胁到他的生死？

少尉安排中国壮汉去沭河修建碉堡，做苦工劳役。少尉知道，他不过是会道门徒众，未和皇军直接对抗。当然，苦役的死亡率也很高，如果他死了，也是上天安排。做完决定，鹤田又有些愧疚。无论被杀或做苦工，都是日本人强加在中国壮汉身上的。但没有办法。后来，壮汉居然逃离苦工营，当少尉在这个村子发现他，真有些阴差阳错的荒诞感，但更多是宿命的无力。他主动要求担当阻击，大概是如此心理吧。

阻击战越来越激烈。天慢慢地黑下，火光和喊杀声愈发恐怖，周围黑黢黢的，少尉有些恐慌，不知还会有多少部队赶来增援，进村的士兵进展并不顺利，看样子也准备随时撤退，反正“膺惩”任务基本完成了。

天色愈发黯淡，双方筋疲力尽。军队遭遇村民殊死反抗，阻击也没有结束的迹象。军队慢慢地撤出土围子，准备返程。少尉也是疲惫不堪。远远地，他突然发现有发着光的东西，慢慢地飘浮在充溢着寒气、硝烟和尸体焦臭味的天空。光很微弱，渐渐变得乳白明亮，四周散射着紫红色光芒，然后一点点地打开。少尉蒙蒙眬眬地发现，那似乎是一朵浮空飞行的白莲，时大时小，时明时暗，就在厮杀众人的头顶，不断盘旋，似是对他发出邀请。

少尉欣慰地笑了。对眼前这一幕，他未感到惊恐，而是有了熟悉的感觉。那些子弹变慢了，似漫天游动的火虫，带着红亮的火屁股，“吱吱”地飞过，击中身边的兵士，有一颗还划过他的脸颊，带出腥甜的血迹。他愣愣地离开阵地，梦游般跟着莲花向村里走去，全不管身后兵士的呼喊、四周不断响起的爆炸声和枪炮声。从村口的阻击阵地，到被轰毁的土围子，距离不远，土围子里，抢劫和杀戮的部队还未最后完成任务。少尉双眼迷离，昏昏然地跟着那白莲走动着，村子里的日本部队觉得奇怪，但也没有阻拦。少尉看到中国农妇用铁叉刺穿日本士兵的喉咙，也看到几个被放火焚烧，在地上翻滚喊叫的中国孩子。白莲对一切熟视无睹，只是指引着他不断向前，直到停留在一个刚杀死对手、不断喘着粗气的中国巨汉身边。

少尉猜到是这样。他和那个中国男人，是解不开的孽缘。他恍惚地看到，白莲钻进中国男人的身体，合二为一。中国男人再次提刀，也发现了少尉。少尉浑身发冷，却不能移动分毫。他在梦中见到过这一幕，地点不对，但形势一样，不过他穿着古代武士服装，正指挥一群士兵向山上城堡攻杀，却迟迟不能攻破。城口也有一个身材高大的青年武士，戴着狰狞鬼面，看不清长相，只记得那双眼，似燃着两团炙热的炭火。

少尉突感脖颈发痛，仔细看时，才发现头颅已飞在半空。少尉的头，是被人用日本刀砍下的，技术不熟练，速度和力度都是够的，少尉不知是不是中国壮汉下的手。他总觉得不是，但无所谓了。他甚至欣慰，死在自家刀而不是中国人厚厚的鬼头刀下。头颅被砍掉，肯定不能轮回了，他只怕要进鬼畜道，但来生的事，谁又能说得准呢？鹤田少尉的头飞起来了，在半空中穿越正在变淡的硝烟，正好看到了远处萧瑟的中国山岭。少尉早就听高岛这个砍头专家说过，头颅被砍，短期还有知觉和记忆。这样神奇的体验，如果写成小说，恐怕后人也不会相信吧？他记得出征前，他去本愿禅寺访问，回来时也已是夕阳西下。昙智禅师还站在寺院门口，表情肃穆，念念有词，似是远远地为他送行祝福，又仿佛是为他哀悼。少尉回头，禅师的金黄色法杖环“哗哗”作响，清晰可闻。他飞也似的逃走了。月亮慢慢地升起，少尉来到开满血红色雾山杜鹃的湖边。他捡起块石子，顺着湖面飞快地甩去。湖水抖了抖，石子消失在远方。大朵白莲在湖面轻轻地摇曳着……

天赐跌坐在地上。日本军官的头，滚落在他的怀里。天赐累乏得没有气力，甚至不能把头颅踢走，但似乎有那么一瞬，天赐感到，人头似乎浅浅地叹息了一声。在失去知觉之前，天赐仿佛看见，灰暗的天幕，一只无头的巨鹤，正在对月而飞。

红　龙

终日乾乾，反复道也。或跃在渊，进无咎也。

——《易经·乾卦》

一

清晨醒来，易先生闻到无法识别的气味，像烧竹笋烧煳了锅、燃了半截的檀香，或被煮沸的梅酒。也可能是隔壁女人走过留下的香水味。香港的早晨在雾气中开始。先是从雾中钻出的晨星般寥落的单车铃声，接着是早点店夫妇蒸馒头的声音，福伯的收音机也开始“刺啦刺啦”地找粤语节目。易先生听到女人“吱呀”推开门，必是穿着木屐，不急不缓地走过窗口，兀地停顿住。易先生眯着眼，雾从窗棂渗透，沾着轻微水汽，眼中的一切愈发模糊了。他只能看到烫卷发、穿旗袍女人的影子，映衬在黎明的窗前。好一会儿，影子又挪动，伴随着木屐叩打小路的声音，渐远了。易先生睡意全消，躺在床上，在日记里记录这天发生的每个细微的气味、感受、声响，也包括女邻居蒋丽珍的影子。他需要不断记录。写下的记忆，不仅存在于大脑，更是存在了时间里。只要记录不断，时间就在继续，易先生最大的恐慌在于，他怎么也想不起很多从前的事了。他必须挽留当下的时间。他的过去一片朦胧……

1967年的夏天就要结束了，风已有了凉意，但香港的气氛却紧张异常且郁热，快爆了似的。易先生三十岁左右，中等偏瘦，皮肤白皙，浓眉下有双丹凤眼，亮是很亮，但不是含情脉脉，而是多了水笼雾罩的迷茫，让女人们多了点痛惜。他在《工商日报》做校对，此时却不急着赶电车。报馆工作松散，时局又乱，他很少准时坐班。易先生住在九龙塘筒子楼出租公寓，不算贵，嘈杂吵闹，面积也小。这片公寓听说要改造，市政局考察过几次了，但到那时恐怕房租又涨了。这也许都拜罢工所赐。市民似乎并不十分买账，传言左仔在无数地方，放置了真真假假的“菠萝炸弹”，并得到某种势力的支持，连带物价不断上涨，大家都叫苦不迭。

易先生整洁，常穿一套青色西装，系紫色领带，头发梳得一丝不苟。他工作平平，不马虎，也没什么出彩的地方。他独居公寓，规规矩矩上下班。他话少，吃过了饭，就在家抄书，写日记，听唱片。他不搓麻将，和同事、街坊也很少交往。公寓的人杂，有从内地逃来的人、深居简出的前高官大亨、专做投机买卖的生意人。但大部分是普通公司职员，或政府公务员。这就包括邻居蒋丽珍小姐。

蒋丽珍在市政局当班，是中日混血儿，父亲是日本小武官，母亲是歌女。她三岁那年，日本占领香港，没几年，日本投降，父亲自杀。母亲又嫁给了一个国民党的主任。谁料，主任跑去了台湾。好在他虽然跑了，却按时给她们母女寄钱，母亲在她读中四时过世了，她努力考上邮电专门学校，毕业后分配在那里工作。她三十岁，身材高挑，讨人喜欢，但不张扬。年轻那会儿身边围着很多男人，不免心高气傲，挑三拣四，后来围着她的男人年龄越来越大，她也就慢慢心灰意冷。时间好比是冰箱，让一切美好事物溜走的速度变慢，但不过是权宜之计。它的无情，在于展示“鲜活的衰老”。面子仍显水嫩，里子却被冰冻干瘪成烂棉絮。蒋丽珍照镜子，觉得自己就是冻在时间冰箱的女鬼，美丽依旧，但已透着衰败鬼气了。

易先生出门，蒋丽珍刚买早点回来，半披着紫色外套，脚上趿着木屐，头发也乱，但眉眼看去却不脏，似乎刚修整过。易先生冲她微笑，蒋丽珍立刻仰起头，长长的睫毛，扑闪扑闪的。她问：“易先生，出门去呀。”

“去报馆。”易先生回答，“蒋小姐，今天休班？”

“不是罢工吗？易先生的报馆没参加？”蒋丽珍说。

易先生没答话，闪身让过蒋丽珍，慢慢走下楼梯。他不关心这些，报馆也并没通知不去，那他只有去。外面的纷乱对他来说，不过是天空飞过的白鸽，总归要过去。易先生和蒋丽珍，没什么深入交往。易先生忧郁木讷，蒋丽珍目下无尘，偏偏这二人在外人看来，又都低调谦逊，不爱热闹。蒋丽珍毕竟主动些。两人见面，常是丽珍先打招呼，易先生才期期艾艾地应了，好似做了什么见不得人的事。蒋丽珍喜欢他彬彬有礼的样子。蒋丽珍第一次见到易先生，是在房东于太太的屋子。易先生去交房租，于太太是个胖得滚圆、多嘴好事的本港女人，当下介绍俩人认识，并插嘴说：“易阿生唔系本港人，但人和气，又有学问，喺报馆做事，宜家还系单身喽，和蒋小姐一样。”

蒋丽珍打量易先生两眼，慢慢地问：“《明报》还是《星岛日报》？或《大公报》？”

蒋丽珍喜欢读小说，读中三时，也写过模仿冰心的小诗。《明报》连载金庸的《天龙八部》，她每期都追着看。她认为刀光剑影的世界，人的情感才格外动人。她对才子格外有好感。易先生衣着体面整洁，对人和气尊重，不像很多男人，见到她眼睛发亮，喋喋不休。他有一种忧郁内敛的气质，对蒋的搭讪心不在焉。

易先生不看蒋丽珍，淡淡地说：“在家小馆，没什么学问，干校对。”

蒋丽珍有点失望，点头应着，易先生从她身边擦肩而过。不知为何，她的直觉告诉自己，这个男人没那么简单。看着易先生走远，蒋丽珍迅速地瞥了一眼他在房租簿的签名：易友恒。也是平常名字，但书法真棒，几个字用硬笔写来，有行云流水的飘逸感。

他是什么样的人？蒋丽珍翻着簿子，不知不觉地竟怔住了。于太太偷眼看蒋丽珍的神色，自以为得意，说：“易阿生一睇就系应分人，喺报馆只做事挣钱，不系左仔，也不系右仔，蒋小姐要把炮机会喔。”

蒋丽珍兀地脸红了，却不答话，只“唔”了声，冷着脸转身回房。于太太却追着出去，又说了句，听闻易阿生得闲闲，常去茉莉咖啡厅。

二

茉莉咖啡厅，是中环花园道一家并不高档的消遣之地。劣质咖啡难喝，好处是价格便宜，还可以续杯，女招待不赶人，也不甩脸色，只要给一点小费，就可以选喜欢的位置，慢慢地喝东西，谈事情，甚至发呆。平常的绿漆门，缠绕着闪闪烁烁、花花绿绿的霓虹灯，门口再贴上夏梦、陈思思、石慧等女明星的海报，就颇招得高朋满座了。进到里面，灯光永远昏暗，有男女来此幽会，也有谈黄金走私生意的。易先生总找个靠窗的僻静所在，望着窗外繁华热闹的东方明珠，一点点地从黄昏走入夜晚。LOTUS 乐队许冠杰的 *Just A Little*，有些欢快，但并不噪得讨人厌，只是不断回旋着。然后，就是数着点点灯火，似乎只有这个时候，他才能感到世界是被他抓在手里的。

每天早上起床，易先生都要发呆，似乎那不过是从死亡之地暂时还阳。他的眼前是一片空白，然后，赶紧看日记，才松了口气。他还活着，在这个世界苟延残喘，尽管他丢了宝贵的东西，那就是记忆。他的后脑有块银元大小的疤，被浓密头发挡住，不仔细看，很难看到。他记不清从前做什么，来自哪里。他应读过不少书，他去应聘校对，报馆看到他的中英文都不错，才留下了他。他似乎从前也干过报业，干校对工作总能看出错别字，但总编要提拔他到重要岗位，他拒绝了。他不能太过思虑，一想多了，脑袋就疼得裂开似的。

他依稀记得，有个伍先生，给他租过房子，并给了他一笔不大不小的钱。每隔一到两周，伍先生就会打电话，询问他记起什么。但似乎伍先生并不在意他记起什么，而在意他是否想起了过去。伍先生告诉他，他叫易友恒，江苏常州人，有很多人要杀他，而伍先生是他的朋友，叮嘱他每隔两年换一次地方。后来伍先生渐渐不打电话了。他只能依靠自己。他只记得一些模糊片段。他每天写日记，就是怕记忆再次遗失。失去了记忆的易先生，感觉时间似乎停止了。他每天走在人潮汹涌的街头，就像穿行在白棉花团，里面的东西，看得朦朦胧胧，到了外面，再看过去，依然是朦胧一片，不得要领。就像他黄昏坐在咖啡馆，听到下面嘈杂的人声，从一大团雾气透出，似长了灰暗的爪子，爬到楼上来。他仔细分辨，又依稀看到，下面灯光点点，不知是昏黄的街灯，还是小贩的绿汽灯、归家职员点的白亮手电，或商家五光十色的霓虹灯，飞虫般在雾气中左冲右突，时聚时散，但没有出路，更没有归宿。

伍先生是矮胖的中年人，每次来都给易先生带来生活品。他最后一次出现，是去年寒冬，当时易先生刚找到报馆的工作，伍先生听到消息，欣喜地流下眼泪。他哽咽着说："先生能正常生活，我死也瞑目了。今后我不会常来了，但会继续关注，您有事，我一定会出现，不要找我。"说完，伍先生告辞。易先生送到门口，忍不住问："我到底是谁？咱们是什么关系？我干过什么？你不能这样瞒我一辈子！"这些话，他问过无数次，还不死心。

伍先生默然半晌，才说："失去记忆不好受。但有时有记忆未必是最好的选择。您干过很多大事好事，也做过坏事错事，如果现在露面，很多势力不会放过您。环境再宽松些吧，总有一天，我会告诉您。"

"我将永远没有记忆地活下去？"易先生苦笑。

"又不缺胳膊少腿，"伍先生悠悠地说，"我恨不得像您，忘掉痛苦记忆，做报馆校对，然后找个话少的女人，安稳地活完下半生，不是很好吗？"

"我有没有家人？如果你死了我怎么办？"易先生绝望地喃喃自语。

伍先生没回答，很快消失在寒冷冬夜。易先生知道，他潜伏在四周，随时可能出现。但之后一年多，伍先生好像蒸发了，再也没有踪影。这些年，易先生最恐惧黑夜。每当他闭上眼，就好像进入了巨大黑洞。他时常做一个时断时续的梦。他和一个美丽的日本女孩，在一个叫北极阁的地方观赏樱花。女孩穿着漂亮的和服，依偎在他身边。他身后是一个面无表情的日本军官，跟着荷枪实弹的日本兵。女孩流着泪说："你不会有事，我永远等你，不要忘了千美……"他只记得这么多，他在梦里惊醒，摸着眼角的泪，不明白为什么哭泣。难道我是日本人？千美是谁？他不敢多想，也没把这些告诉伍先生。易先生也有些线索，但不敢查下去。他掏出铜钱，卜了一卦，看到："伤门落七宫，庚加庚"，此卦不利出行。

易先生忽听得耳边熟悉的声音问候，抬头看去，却是邻居蒋丽珍，正笑意盈盈地走过来。蒋丽珍穿了件月白色旗袍，身材曼妙高挑，衬托着含蓄秀美的山水，胸口则是一朵荷花，说不出的妩媚又雅致。易先生发现旗袍 Linva 裁缝店的标签。这家中环旗袍店刚开张一年多，生意火爆，但衣服也贵，做一件旗袍需要寻常人家一个月花销。

易先生勉强地笑着说："真是很巧。"

他补充说："旗袍很漂亮。Linva 的特点是每件旗袍都能将主人最大的美衬托出来。"

"易先生认为好看？那是买值了。"蒋丽珍眼睛发亮，很满意易先生的认同。

她接着说："我刚好等朋友，他临时失约，正想回去，不料见到了您。您等人吗？"

"不等人，闲着来坐坐。"

"失礼了。"蒋丽珍说着，竟坐到易先生对面，看到了桌上的铜钱，不禁又笑了，"先生是读洋书的，也信这些？"

易先生赶紧收起铜钱，讪笑说："随便玩玩。"

蒋丽珍却不依不饶，劈手抢了铜钱，说："易先生精通六爻八卦，帮我算算喽。"

易先生伸出去的手，停在空中，没了着落，只得应了。蒋丽珍这才将铜钱还他，却也不好好地还，只一个一个地按在他的手心，好像投掷下一个个带着诱惑与责任的炸弹，把易先生搞得心惊肉跳，只觉得蒋小姐的手指腻滑，好似涂了珍珠粉。

"就问姻缘吧，像我这样的老姑娘，最忧心这个。"蒋丽珍理了理旗袍，挺了挺胸，直向易先生眼前凑。

他拿起铜钱，问了蒋小姐的生辰八字，就在手心"哗啦、哗啦"地摇动，可爱的康熙通宝，欢快地鸣叫着，仿佛一群急不可耐的蜂鸟。

楼下突然一阵枪响，紧接着，就是连续的爆炸声。

三

易先生扶着蒋丽珍冲下餐厅，中环花园道已一片狼藉，散落的鞋、衣物、皮包和手杖遍地都是，很多女人尖叫，有些小童茫然呆立，动弹不得。更多的人在奔跑，四处奔跑，没有目的，迅速且疯狂，好似被滴在油锅的水珠。接着就是爆炸声，易先生的心脏似乎被人揪起，捏压，好似有鲜血从嗓子、鼻孔、眼角激射。他发现近旁一个垃圾箱盖被剧烈的气流冲到半空，一个满脸是血的孩子，穿着校服，倒在他身边，生死不知。

蒋丽珍却并不害怕，相反却兴致勃勃。她说："菠萝炸弹不是有'同胞勿近'的华文吗？怎么还炸到了中国人？"她全然没发现，易先生脸色苍白，步履踉跄，几乎要摔倒。广场周围，聚集了前来抗议的工人。他们在广场张贴领袖的标语和相片。他们拿着棍棒、石块、汽水瓶和警察对峙。人群不断呼喊口号，要对抗港英政府法西斯行径，要求赔偿死难工人安家费。有人叫骂，让港督戴麟趾对话，也有的说，大陆烧了鬼佬的代办处，放了氢弹，解放军杀过来，到时候片甲不留。

邵氏公司、机械部、中华煤气公司、胶业工会，各行各业的罢工旗帜，都在黑暗广场飘扬着。还有身穿黑衣的人，明显不是工人，也不喊口号，但各带棍棒刀子，维持游行秩序。蒋丽珍才想到，报纸上说，香港洪帮也支持工运。工人们唱着歌，一会儿《国际歌》，一会儿《义勇军进行曲》。还有一群人数较少的人，他们没武器，但挥舞各色小旗，唱着《自由游击队战士之歌》，看样子是自由派市民和知识分子团体。他们身后，是黑压压的警察。警察穿土黄色半袖制服，戴白色头盔，一律沉默着，橡胶警棍敲击着圆盾，发出沉闷声响。此起彼伏的昂扬歌声与缄默不语的武装警察队伍，形成了奇特的对峙。

易先生勉强地说："蒋小姐，赶紧回去吧。"蒋丽珍扶着易先生的手，旗袍被剐蹭得歪歪扭扭，却全然没有沮丧。她索性脱下高跟鞋，拎在手里，嗔怪地说："一个大男人，这么胆小！"说着，她咯咯地笑了。

突然，示威队伍安静下来，警察和围观市民不知何故，也都被唬得噤声，却见示威人群有组织地分到两边，旗帜收拢，中间拥出一队穿草绿色军装的青年。他们腰间别着白色搪瓷缸，胳膊套鲜艳红箍，胸前有红色像章。一个领头的，梳辫子的女青年，有力地挥手，队伍齐刷刷地伸出右手，都擎着本红色小书。队伍癫狂起来，无数人在喊，无数红色晃动，队伍爆发出超出刚才十倍百倍的巨大歌声。易先生站立不稳，连带蒋丽珍也心动神摇，只听歌声好似从圣堂中落到人间，分明是“东方红，太阳升……”

无数人高歌，无数人欢呼，广场成了红色海洋。警察忘记挥舞警棍，连抗议的自由分子、围观群众，都被红色理想光芒所窒息。易先生却想，这也许是一个大时代的结尾。他是一个失去记忆的人，但看那些蛛丝马迹，易先生猜测，也许，自己和这个时代交集很深。这些斗争、集会、示威游行、暗杀和爆炸，能否敌得住夏梦的笑容、舒服的现代整体厨房、莲花乐队的浅唱，或房地产一夜暴富的疯狂？

蒋丽珍从未见过这样的奇观，虽然有些可怖。她听到了低沉的枪声。人太多，声音嘈杂，枪声并不响脆，闷闷的。紧接着，有人倒在地上，人群四散，枪击声依然不绝于耳，她四下寻找易先生，却看见一簇火星，飞快地撞向她。她呆住了，却被人从旁边推出去，跌在路边。易先生掩护了她。她赶紧爬起，去扶易先生，却滑腻腻的，闻一下，满是血腥气。

易先生中枪了。蒋丽珍慌乱，但莫名地有点甜蜜。她帮易先生包扎，枪伤不重，擦破胳膊而已。蒋丽珍扶着易先生穿越乱哄哄的人群，小心地按着他渗血的胳膊，手指黏黏的，那简直不是血，而是咒语。她被这血咒语魇住了，对飞在头皮上的子弹和石块视而不见，她听不到任何声音，她的眼里只有易先生，只听到易先生一个人的呻吟。

他们返回公寓，已是凌晨。蒋丽珍终于有理由进入易先生的房间。易先生晕血，到了家，再也撑不住，躺在床上，乏得睡死过去。蒋丽珍却不困，她像女主妇，帮易先生脱了衣服，又要煲红枣兔肉汤，给他补气血。食材她房里都有，回去取了，在门口遇到探头探脑的于太太。于太太看到她身上的血，夸张地问：“蒋小姐，遇到游行嘅暴徒咗？有受伤咩？”

蒋丽珍摇头，自豪地说：“我和易先生喝咖啡，遇到了游行，易先生帮我挡子弹。”

“哇！”于太太夸张地张大嘴，又赶紧捂住，似是怕吵到屋里的伤号。她伸着大拇指说：“易阿生佢懂怜香惜玉，又试俾女人挡子弹，蒋小姐遇到呢样嘅好男人，让人羡慕煞！”

蒋丽珍含蓄地笑了笑，径直去易先生的厨房，上面落了不少灰，易先生一个单身汉，极少开火，大部分都是凑合。于太太那里可派包饭，但想来易先生也受不了她的过度热情和啰唆。蒋丽珍动手煲汤，汤煲好了，天光已大亮，她换下血污的旗袍，穿了件绸缎短衫，又下楼给易先生买了叉烧，等到她将饭和汤摆齐，这才觉出困乏，撑不住，用手肘托着腮，昏沉沉地进入梦乡……

四

“蒋小姐，你走吧。”不知何时，易先生醒了，正坐在桌前望着蒋丽珍。

蒋丽珍吃了一惊，从桌前惊醒，差点摔倒，听了没头没脑的一句话，脸腾地红了，只说：“易先生，你讲什么？我怕你的伤不舒服，留下照看你，你救我才受的伤。”

“那样，就好。”易先生哀哀地说着，一字一顿的。

蒋丽珍的脸更红了，走到门口，却不甘心地抓住门框，说：“先生认为我不配？”

“我不配，”易先生摇头说，“我是没有记忆的不祥之人。”

没有记忆？在易先生断断续续的讲述中，蒋丽珍了解了大概。当然，易先生隐藏了伍先生的事。但这也足够调动起蒋丽珍的好奇心。有一次，易先生在店里喝咖啡，遇到一个大陆口音的男子，那男人看到他，非常震惊，连滚带爬地下楼梯，大喊着：“不可能！是鬼！”像失心疯一般。他想跟着男人问究竟，第二天，报纸登出消息，那男子莫名其妙地跌到广场水池淹死了。易先生有些失望，更多的是恐惧和自责。是他害死了不知姓名的男子。易先生不知为什么，就告诉了蒋丽珍多年的秘密。可能秘密保存了太久，也像养在深闺的情人，总要不自觉地跑出来表达存在感。女人经不起岁月的摧残，秘密同样也是。

蒋丽珍表面冷傲，也有几分务实，但骨子里又充满冒险气质。她把和易先生的关系，当成了最大的挑战。她看了易先生收藏的线索。那里有一张照片，是易先生和一个日本军官，还有一个像中国官员的人一起的合影，还有个日本式布囊，绣着一个日本名字：菊池千美。

蒋丽珍问："这么多年，你为什么不自己去找回记忆？"

易先生苦笑着说："我只是无法面对真相吧。"

蒋丽珍离开易先生的房间，还蒙眬恍惚着，这一切如此不真实，像一场怪诞的梦。短短一个晚上，她和不熟悉的男子约会，差点死在警察镇压游行群众的中环花园道。回到住处，却发现彼此有些意思的男人，居然是一个她完全不了解的、深藏很多隐秘的家伙。她梳理了头绪，先从照片入手，利用在市政局的便利，找一个档案科同事帮忙。那个男人喜欢钻研抗战资料，被大家称为漫画"老夫子"的真人模型。其实他年龄不大，还是单身，只不过做事拖泥带水。"老夫子"对蒋丽珍有些暧昧，找他帮忙，自然是满口答应。"老夫子"通过研究照片背景、日本军官的军服等线索不断寻找，但又说信息难找，要和她约会，共同研究，蒋丽珍腻烦他，但也不得不敷衍，只说有了结果后，一定答应他。

这段时间，蒋丽珍每天都去看易先生，为他烧饭，陪他逛街。易先生倒也不刻意拒绝，但也没有格外欢喜。他还是按部就班上下班。易先生的报馆离公寓远，这几日，也受到罢工的冲击，但易先生还坚守工作。每当他慢慢地踱回公寓，总能在黄昏的阳光下，看到蒋丽珍忙碌的身影。炊烟不浓，但透着日常的香气，楼道有些暗，各家各户都忙碌着，易先生把自己藏在落日余晖下的昏暗中，从楼梯口看去，系着围裙的蒋丽珍，浑身上下被灯闪耀着，仿佛有无穷色彩，她曼妙的身体围着洁白的围裙，好像一个坠落凡间的"田螺姑娘"。易先生眼睛有些湿润，好像那一刻，所有烦恼都不见了。易先生甚至想，管什么失忆呀，能有个家庭，也是很美好的。他不知父母是什么人，也不知从前爱过的人在哪里，但似乎只要蒋丽珍在，一切都变得不重要了。

蒋丽珍的心都沉浸在易先生身上。这不是普通的爱情，她在和历史恋爱，神秘、诡异、刺激。人世的虚伪、残忍、冷漠，蒋丽珍从小就领教很多，母亲年轻时就忙着和不同男人应酬，继父也是色鬼。她唯一怀念的是生父，那个面色沉郁、话很少的日本男人。他不轻易流露情感，但对家庭尽到了责任，不动声色地疼爱着女儿。蒋丽珍忘不了自杀前的那一刻，父亲对她说："女儿呀，要做一个自尊坚强的人，加油！"说完，他就让小丽珍给他去买清酒，等她兴冲冲地回来，见到的只是父亲的尸体。蒋丽珍蔑视普通的爱情。易先生吸引她，也是因为他身上的神秘气息。蒋丽珍明白，父亲的死，除了日本战败的缘故，很大部分是因为母亲。母亲不是没爱过父亲，但人不能太近，无论多好的闺中密友，还是义气深重的拜把子兄弟，或那柔情蜜意的夫妇，彼此太近了，看得太清楚，当鼻毛都彼此纤毫毕见，情也就远了。母亲耐不住寂寞，而父亲又把这寂寞看得太过神圣，悲剧就不可避免了。

大约过了两周，进入初秋，环境慢慢平稳了，罢工的企业和商家陆陆续续开门，菠萝炸弹少了很多。但警察和工人依然对立，不时有警员受伤、工人被打死的新闻传出，连小说家金庸也受到恐吓，被迫出国避风头，好在蒋丽珍喜欢的《天龙八部》已写完，连载也快大结局了。周末下午，蒋丽珍约易先生买菜，易先生犹豫了一下，还是答应了。俩人自然地牵着手，走在和煦的风里，像多年的老夫妻。易先生最初不习惯，怯生生的，两人的手心贴在一起，有点潮湿。他们穿行在菜市场热闹嘈杂的人群，彼此却只看到对方眼中的关怀和笑意。

回到公寓，易先生累了，和蒋丽珍闲闲地说话，慢慢地打盹。蒋丽珍把他扶上床，替他盖上被子，走到镜子前，打量着自己，自言自语地说："我不比那个千美差吧。"说完，脸发红，"扑哧"一声笑了，难道吃醋了？

正想着，她听到楼下于太太喊："蒋小姐，有电话。"他们这层住户，只有包租婆于太太家里装了电话，大家有事都在那里用，但要另外收费。蒋丽珍的办公室有电话，很少用于太太的电话，听到于太太喊，急忙下去，却是"老夫子"打来的。

"老夫子"这次没有废话，直接告诉她调查结果。他说，照片拍摄于民国三十一年左右的南京，日本军官大致可肯定，是日本梅机关的机关长影佐祯昭，左边的中国男人，是76号汪伪特务头子李士群！

“老夫子”神秘地对蒋丽珍说：“你朋友十有八九是伪政府高官，可能与国共双方都有复杂关系，否则也不会受伤失去记忆，并安稳地活到现在。但有一点，我百思不得其解，按时间推算，你这朋友，起码五十岁，但按你的形容，这个人从来没老？怎么可能？”

蒋丽珍也糊涂了，心里说，难道他受伤失去记忆，连带时间在他身上也停止转动？他永远停留在三十岁？

“还有几种可能，”“老夫子”继续说，“那是一个疯子，他无意找到一个像自己的老照片，就编造了荒诞不经的鬼故事。他肯定是妄想症患者。”

蒋丽珍不认同这种看法，她说：“我能感受到他的真诚眼神，他不会撒谎，也不是疯子！”

电话那边无奈地笑了，说：“丽珍，你脑子也出问题了？找男人嫁了吧，你也可以考虑我，关键是脑子没问题。”

蒋丽珍气得想摔电话，“老夫子”收束了轻佻，疲惫地说：“假如那男人没疯，就是我们疯了。谁知道呢，这是一个疯狂的世界。昨天晚上，我的朋友，商业广播台的林彬，刚被人枪杀了。谁又晓得明天怎样？疯狂地幻想，也挺有意思……”

五

蒋丽珍放下电话，脸色发青，手不住颤抖，好像刚才握的不是听筒，而是一根陈年的枯骨。于太太关切地眏着眼说：“蒋小姐，有乜野事？系关于易阿生？我睇你面都青白得吓人耶。”

“唔使你管！”蒋丽珍吼着，眼泪都迸了出来。她跌跌撞撞地往回跑，于太太悻悻地在小声骂：“唔识好人心！老姑婆，无人要。”蒋丽珍却没有和于太太理论，她飞快地跑回房间，全然不管易先生还在小憩。

易先生醒来，已是黄昏时分，汤在灶上“咕嘟咕嘟”地煮着，切好的菜放在案板上，那个温柔可爱的女人却不见了。易先生满腹疑惑地开门，走到蒋丽珍房门前，发现房门紧闭，灯却亮着。易先生轻轻地敲门，无人应答。他再敲，却听到蒋小姐颤声说："易先生，你走吧，我不太舒服，改天看你。"

"你要不要紧？"易先生有些紧张，又敲了几遍门。蒋小姐仍不开门，易先生停在门外，那扇窄窄的门，将他的好运气和爱情，挡在了外面。然而，易先生也松了口气，他明白，他这样的人，不配拥有什么情感。易先生怅然若失地离开了。

蒋丽珍几天没睡好，翻来覆去地想。她看过易先生用毛笔抄的《庄子》，字迹清晰整洁，思路清楚，疯子怎能写得出？她后来又打电话到报社询问，同事们反映易先生仔细认真，虽不爱说话，但校对搞得好。一个思维混乱的疯子，怎么能干好校对？他要么故意欺骗她，要么他陈述的事就是真相。他为什么要欺骗她？图财还是图色？好像都不太说得过去，如果真是骗子，完全没必要编造这么荒诞不经的故事。如果是真的，那么这个故事更可怕。

蒋丽珍请了几天假，每天等易先生出门，小心翼翼地跟着他。然而，易先生的生活的确单调乏味，他每天按时上下班，没人给他做饭，他就在附近山东人开的鲁西南饺子馆吃饭，然后散步回家。回家后，他洗衣服、熨衣服，端坐在桌前读书、抄书。黄昏，他也会去茉莉咖啡厅小坐，但没特务接头，也没有类似《天龙八部》的逍遥子那样，鹤发童颜的世外高人。易先生是孤独的。这种庸俗的孤独，令人烦闷。

晚上睡觉前，蒋丽珍也要偷偷地贴在墙根，听易先生房间的动静。偶尔有低低的音乐声，她就从虚掩的窗缝看过去，却是一架旧式红木唱机，里面传来女人幽怨哀婉的歌声，好似日伪时的明星李香兰，听那曲词，分明是："夜深人静时，长空月如钩，勾起游子乡心，归梦到苏州，白芦高长岸上，红叶遍开山头，月下洞庭泛舟，山河处处锦绣。"易先生端坐书桌前，用毛笔抄写些什么。歌声飘荡，昏黄的电灯下，有焦焦的气味，好似海底游行的电鳗，妖冶，曲折，但低调隐秘，缓缓地将房间渲染成一片迟缓、摇荡的水域。桌椅、书桌、床铺连同旧式唱机，都缓缓地漂浮着，漂浮若海草，海草连着海星、贝壳和星星般闪烁的鱼群，鱼群也和着深沉低缓的磁性女生嗓音，漂浮在时间海洋的莫名空间。这空间里，只有易先生的影子不动，映衬在窗上，好似死在白屏风上的红龙。

他有五十岁？蒋丽珍忍不住想冲进屋，好好端详易先生，却听得“咔嗒”一声，歌声戛然而止，唱针“吱吱”地在唱片走着空针，绝似茫茫黑夜行路之人，刚探明些路径，找到出口，却兀地坠落到无底深渊。易先生起身，轻轻地走过去，摘下唱针，走到窗口说：“蒋小姐，你想进来，就聊聊吧。”

蒋丽珍顿觉窘迫，大声说：“你怎么知道我在这里？”

“你跟了我三天，”易先生说，“于太太都告诉我了。”

“长舌妇！”蒋丽珍有些愤愤，“我不是跟踪，主要是不放心你。”

“没关系，”易先生的影子没动，“你肯定发现了什么，但不好对我说。”

“这样也好，”易先生又说，“省却很多烦恼。我们还有希望吗？我给你留着钥匙，就放在窗台，如果你想来的话。”

易先生打开窗，出现在窗前。由于背着光，蒋丽珍看不清楚，但还是看到易先生棱角分明的脸庞，高挺的鼻梁。他的头发，还是梳得很整齐，似乎看不到白发。无论如何，这都是一个年轻男人，怎么可能是五十多岁的汪伪潜逃官员？易先生不再说话，他的影子隐退回房内。电灯关上，房间又陷入黑暗。那一夜，蒋丽珍想了很多，疯子如何？神秘失忆潜逃者又如何？也许，她爱的只是这个男人。这男人还欠着给她算一卦，无论吉凶，她都认命了。

蒋丽珍销了病假，恢复了和易先生的交往，正常去市政府上班。过了几天，蒋丽珍刚平静下来，又接到了“老夫子”的电话。

“找我什么事？”蒋丽珍没好气地说。

“你让我找的线索，我继续跟进，有新进展啦。”

“什么？”蒋丽珍的心提起来了。

“易先生叫易友恒，我查到他的底。他是广东人，在大陆读大学，出身不好，被打成右倾分子。他被干部打伤，脑袋出现问题。后来，他偷渡香港，前几年才领到居住许可，他怎可能是汪伪高官，或许高官是他父亲，就潜藏在香港，但并不想认这个失去记忆的儿子。”

蒋丽珍更相信这种说法，但也有一丝怅然失落。她曾相信易先生是汪伪潜逃高官，同时和国共双方做生意，隐藏大量黄金。日本即将失败，他离开深爱的妻子菊池千美，孤身潜伏香港……当然，这也是蒋丽珍的妄想。“老夫子”的解释更合理，也更合逻辑。

蒋丽珍下班后，又顺道在菜市场买了菜，准备回去烧给易先生吃。路过公寓门口，于太太探出头，露出了勉强的笑容。蒋丽珍没好气地白了她一眼，刚想上楼，于太太却喊住她，说有封信是给她的。蒋丽珍疑惑地接了信封，黄色牛皮纸，厚厚的，不知是什么。她摸出门框的钥匙，开了门。易先生早回来了，依然在床上小憩。她来到厨房，放下菜，去拆信封，却有些美金滑出来，散了一地，信封内瓤是张薄薄的纸，没有落款：

蒋丽珍小姐敬启：

易先生于三日后离港，勿念，也不必寻，恐对小姐不利。

小小敬仪，特此奉上，望小姐免开尊口，利人利己。

蒋丽珍骇得将信连同信封丢在地上，却听得金属的声响，信封骨碌碌滚出两粒黄澄澄的手枪子弹。蒋丽珍弯腰，捡起那信，细细看了一遍，瞧不出破绽，看邮戳却是旺角邮局今天寄出的。她收拢了美金，依旧塞在信封。她急急地到里屋寻易先生，意外地扭到了脚。她一瘸一拐地走到卧室，床上还躺着那个昏睡的失忆者。或许，失忆是别人刻意造成的？包括大陆偷渡客的身份也是伪造的？那些人到底在隐藏什么见不得人的秘密？

易先生紧闭着眼，牙关咬着，眼球却急速转动，额头是密密麻麻如虱虫般的冷汗。他梦到了什么呢？易先生忘记告诉蒋丽珍，他前几日，又给自己算了卦，坎卦为水，主颠沛，犯小人，大凶，如无奇遇，可能过不了今年。

蒋丽珍走到易先生的书桌前，悄悄打开抽屉，仔细寻找着，她在夹层找到一份旧公文，上写：“奉行政院命令，通缉梅哲之、陈中孚、樊仲云等，附逆有据，一案令仰一体严缉，务获归案究办。”落款为：滇黔绥靖公署训令，民国二十九年四月。还有一份民国旧刊《天地》剪报，文章为《和与战》，作者姓名已被涂去，文章中赫然有一段被涂红为：“所以感情与事实二者，必须慎重斟酌，度量轻重。屈己求和，诚不免于耻辱，尚得救亡图存，乘时自振。若其不然，贸然出于一战，则直亡国耳，岂有他哉！”

最令蒋丽珍震惊的，是一本褐色皮的日记本，上面的字迹潦草疯狂，完全不像他平时的风格。昨天的日记，易先生写道：“我梦到一个地方，很寒冷，黑暗，好像地下车场，又全然不是。千美就在那里走来走去，浑身是血，她叫我救她，我却无能为力……”

蒋丽珍浑身发冷，冷到了骨髓。那些看似光明正大的历史之中，到底掩藏着多少见不得光的东西？易先生是不是也见不得光？他是不是故意隐瞒了什么？但一想到，那些在中环花园道冒着警察的橡皮子弹，勇敢前进的少男少女，想到他们崇高圣洁的面孔背后，居然也会有无数阴谋，她不禁胃里痉挛，想呕吐。到底还有没有能让人坚守无疑的东西？蒋丽珍早就不相信这个世界了，她只不过想比较有趣地活下去，现在看来，这也不过是妄想罢了。

蒋丽珍斜跷着红肿的脚踝，用万金油抹上，感觉好了点。她颤抖抖地掏出金牌香烟，用镀金防风打火机，点了几次，不知为何，却怎么也打不着。她丢了打火机，摸过洋火，擦着了，狠狠地吸了几口，这才叹了口气，悠然地吐出几个烟圈。烟圈浮动在尘埃中，似一朵朵漂浮的透明水母。穿堂风吹过，烟圈也就布不成阵，慢慢弥散了。易先生英俊的面孔，仿佛沉睡的鬼魂，在摇曳的灯光下熟睡着，忽明忽暗，有说不出的诡异。蒋丽珍精神恍惚，她仿佛看到，易先生的皮肤生出层层红色鳞片，头上长出肉角，指甲也慢慢变得黑长，显出狰狞的样子。蒋丽珍明白，那大概是幻觉。人生的大奸大恶，大善大美，叱咤风云，惨烈无比，总归要流散，带着皮囊，连着骨肉，消失在无法言说的深渊。一个大时代，成全了多少痴男怨女，她和易先生，不过是难看的尾声余韵。如此说来，真相也罢，幻觉也罢，都不如现在更有价值；失忆也罢，妖孽也罢，都抵不过肉体的叫喊。蒋丽珍将易先生摁倒在床上，慢慢地吻着。她要把自己缝入易先生长满谜语般鳞甲的躯体，在腐朽之前……

起　义

一

仲夏的热浪拍过来，伴随着刺耳的蝉鸣，师长半躺在床上，脸上淌汗，却不感觉热。他半梦半醒之间，感到脸上似乎有轻盈的雪花，凉凉的，触到皮肤，就软软地化成水。

师长在梦中又回到了海城三台屯的那个飘着小雪的夜晚。那是他们停留在家乡的最后一个晚上。家乡的雪，比山东的雪要大很多，厚很多，鹅掌似的，他在老林子里穿梭，那雪就跟在他身后，咬着他的脚。他还梦到了家乡的吃食。热气腾腾的猪肉炖粉条、大烙饼、黄澄澄的大鹅蛋，烧得暖烘烘的炕上，一家人守岁多么惬意。可那天晚上，他们东北军败退，时局乱，他赶回家乡住了一晚。父母都不想离开老家，有什么办法？他无法面对屯子乡亲们能杀死人的眼神。师长入讲武堂之前，曾短暂地做过乡村教师。他在初级师范学校读过三年书，当时的理想是教育救国。他亲见军阀混战的惨烈，溃兵劫掠的无耻凶残，于是毅然投笔从戎，希冀军事救国。谁料内战多年，日寇侵略，他平生最大耻辱，就是坐看家乡沦陷。

“惊我还乡梦，恨未到辽东”“谁识征夫意，共整旧河山！”这是他的诗句。他彻夜忧愤，患有严重的失眠。他才四十多岁，正值壮年，本不该想死亡的事，然而，战乱频仍，戎马倥偬，他的身体不断衰弱，多少个夜晚，他瞪着眼，看着窗外浓墨般的黑夜，有无数哭泣的亡灵，在他的窗前低低地倾诉，用尖尖的指甲划着薄薄的玻璃，发出“吱吱”的刺耳声响。那是屈死的中国人的灵魂，他们冤枉，无故被日本人夺了命。他们在等着报应，等着他这个师长杀敌，让日本人偿命，让灵魂安息。但他没用，辜负了这些枉死的人。他只能在师部的作战沙盘前发愣，看着他身边那几个居心叵测的将军。刚来到鲁南，他们结结实实地和日本打了几仗，特别是在临沂车站，他们和八路军山纵合作，杀了几百个鬼子。那天，从来不饮酒的他，高兴地喝醉了。他的想法很简单，他就是想杀鬼子，报仇，把这些日本人赶回他们家乡的那些小岛去。可这些却是难以实现的。他们是东北军，蒋怀疑他的忠诚。他也深恨蒋囚禁了少帅。当年，他主动扼守渭南，呼应少帅的西安行动，主张杀死蒋介石以谢天下。这些也就罢了，可怕的是蒋不让他抗日，只想让他监视、限制八路军，还不断在他的部队安插很多眼线。西安事变后，他就多次联络共产党。他多次希望能早日和这些好汉们一起作战。但中央希望他能在东北军里发挥作用，可以联络更多的同志。

他的屋子并不很亮，但为了保健，防止夏日暴烈的强光，还是做了些阻挡。他整日躺着静养，师部的杂事，都交给了郭主任和副官打理，遇到大事才一起商量。党指示他，可在适当时机宣布起义。但他手下的爱将，如今还被关在战区，他正找人设法营救，师部内外龙蛇混杂，他如现在举事，不仅将军性命不保，而且军队有哗变的危险。因此，他现在只能等待，做梦，预备着和死亡的搏战。

前些日子，他接待了一位不速之客。那时他还能强撑着见客。此人戴着礼帽，身材瘦削，他看着有些眼熟，待来人摘下帽子，他才看出，是他当兵时的老长官，后来投靠汪精卫，担任军政部次长。他冷着脸问老长官，有什么事。那人倒也平静，坐而论道，侃侃而谈，分析时局不能说没有道理，但出发点无非是个人利益、利弊长短罢了。他听完，平静地说，对不住了，我最后叫你一声老长官，我最恨汉奸。随后，他下令副官将那人拖下去枪毙了。他还清晰地记着老长官惊愕的表情。他大概很惊讶，这世界竟有如此不识时务之人。但师长恨死日本人，他不会妥协。

可是，惩罚汉奸带来的快乐是短暂的。病魔还在肆虐。他的肺正在成为杀死肉身的凶手，就像潜入极深的水，喘不上气，等他要浮出来，却又猛地被扼住了咽喉。一口气，游到喉咙口，就遇到了极大的阻碍，仿佛千军万马过城关，先是“轰隆轰隆”的雷响，到此却变成了丝丝缕缕的游须，关口极狭隘窄小，纵有多少勇武和豪情，却只能小心翼翼，委屈谨慎，收敛着威猛生气，极力地忍耐。每一次呼吸，在师长看来，似乎都变成了极为细致痛楚的考验。

他和蒋几近决裂，是在去年秋天。他突然发动袭击，逮捕了想要叛逃的军长和几个上司，并通电全国。蒋在电令里竟然斥责了他，还放了那几个狗家伙。几个月后，蒋还下令要战区长官于学忠枪毙他麾下的抗日将领。他悲愤至极，拒绝执行。如今，那个将军还被拘押在战区。他明白，那个将领也是共产党，但那又怎样？只要抗击日本不就可以吗？共产党的主张，是真正解救中国的，他要坚持活下去，活到将部队带到八路的根据地。

然而，这也是同样艰难的任务。开始，他只是体弱、咳嗽、冒冷汗，他以为是彻夜的劳累和忧虑悲愤所致。但很快，就是全身无力，咳得厉害，整夜不能睡觉。再后来，就是吐血。当他第一次看到咯出的鲜血，他很快地意识到，属于他的时间不多了，甚至是倒计时了。他必须咬牙挺住，打好这最后一仗。不同的是，他的敌人不再仅仅是日本人、和日本人眉来眼去的下属，还有时间。他必须打赢时间。这是一场注定要输的战争，不过是输的时辰对不对罢了。如果输得早了，那就是满盘皆输，如果拖得久，输了也是赢了。他拿命来拖延时间，命没了，是注定的事。但拖到起义成功，命没了，也值得。

二

他开始一点点地算计，如何平稳每口气，如何保存体力，如何躺得舒服，不得褥疮，如何调整呼吸和睡眠，如何尽量吃点东西，能消化吸收，又不能因为吃得太多而呕吐。他在算计时间，他就像个精明的老守财奴，越是到了临近死亡，越是希望能抓住些什么，将这吝啬发挥到极致。世人都嘲笑濒临死亡的守财奴，面对财富的那种可怜的贪恋。但他们不明白，这守财奴躺倒在床上才发现，原来他拼命节俭下来的金银财宝、房屋田产，都是不能带走的，甚至不能在他生命的最后时刻，安慰他的心灵。他剩下的只有那贪婪算计的心思了。它们为他带来成就感和满足感，并会在人生最后时刻，对他不离不弃。作为唯物主义信徒，他不相信鬼神之说，但他从小就见过跳老仙的仙姑神汉，虽不信但也有几分敬意。他想，人如死后有知，当善恶有断。善者被尊，恶者被罚。但这世上不公平的事太多，也许，将来赶走日本人，建立新中国，这一切都会好起来。

有时他连续躺好几天，突然有了点精神，咳嗽减轻了，竟然自负起来，忘记了医生的嘱咐，他有些天真乐观地想，也许，那咯血的毛病是老天的玩笑，他好好吃药，好好休息，就会好起来啦，这根本不是什么不治之症。他贪婪地要吃东西，吃甜甜的葡萄、酸酸的梅子、有点辣的豆腐脑、油腻的烤鸭烧鹅，还有炖得软烂可口的猪肘子。部下劝他不要这样，他全然不听，好像一个死过一次又突然还阳的饿鬼，要吃尽天下美食。但很快，他又剧烈地咳嗽，鲜血从嘴角溢出，染红了那些精致的食物。他这才再次醒悟，原来那些所谓“慢慢好起来啦”之类的想法，不过是上天对他的玩弄，让他以为自己还能活，又在他一点点树立信心的时刻，再次出手击倒他，并嘲弄他的软弱苟且，践踏他那脆弱可怜的自尊心，

他哭了。他从未想过，自己这样一个坚忍的男人，居然因羞愧绝望而哭泣。他曾经带着士兵，和敌人连续战斗两天两夜，流弹在他的身边不断飞行，有的击中了他的左臂，有的擦伤了他的脸，鲜血喷涌，但他丝毫不为所动。但面对时间的威胁，他居然丢脸地哭了，还哭得那么伤心。在师长的记忆里，只有九岁那年，他因为背书错误，被老师赶出学堂，独自徘徊在冰天雪地的原野，面对着严峻的大自然，他也曾那样无助地哭泣。

他擦干眼泪，在卫兵的帮助下，缓缓地爬上床，冷静了许多，继续这最后的战斗。参谋长探头探脑地凑过来，他闭着眼，不予理睬。这也是他的敌人。参谋长原是南京派来的，但又秘密和汪政府联络，这半年趁着他生病，悄悄地策反了他手下的好几个团长，也控制了些部队。他

本来想效法鄂中的王劲哉，悄悄活埋了这家伙。但他始终下不了决心。有一次，他的手已经放在了勃朗宁枪套上，可看到参谋长虽然有些虚伪但年轻健康的脸庞，看到参谋长帽徽上的青天白日，他还是忍住了。国破家亡之际，他实在不想杀死中国的军人。这简直是犯罪，尽管眼前这个军人正在威胁着抗战事业和自己的安全。他因此被军队里特派员严肃地谈了几次话，尽管特派员不赞成活埋，但也不同意他的妇人之仁，还是催促他要尽快赶走或解决参谋长。可惜，他还没有动手，就病倒了。

参谋长每天都来看望他，说的都是一样的话："师长，你好些了吗？"

他微微点头，但并不答话，就是让参谋长无法窥探他的虚实。如果参谋长见到他病情恶化，会加快分裂行动，如果他真的好转，也许他下一步又会有其他的计谋。这样虚虚实实，真真假假，也会让参谋长举棋不定。他偷眼望去，参谋长脱下雪白的军官手套，在他的房间里，轻轻地踱着步子。他在想办法，弄清楚真实的情况。房间弥漫着中药的味道。他生病后，也曾去战区医院检查，负责那里的唐院长，是从美国回来的爱国医生，对每个病人都尽职尽责。他认真检查了师长的身体，满脸忧虑地说，您应该立即住院，这样也许您还能多活一些日子。这病耽误太久了。

他的心沉了一下，但这结局也是他早料到的。于是，他安静地说，多给我开些药吧，实在不行，你再给我弄点氰化钾。我就解决了自己。

不行，唐院长使劲摇着手，这违反我的医生准则。我不能这样干。

我要回部队，师长诚挚地说，我必须回去，哪怕死在部队。如果我死在这里，部队就要出大事。这要妨碍抗战大局。

唐院长盯着师长看了许久，默默地点头，又叹了口气说，你为何这么不在意自己的身体。

师长苦笑着，谁能不在意自己，可他知道，现在如果不撑住了，大局崩溃，整个师就有被参谋长拉走的可能。参谋长拉着他们回到五战区并不可怕，可怕的是，把他们拉到日本人的队伍。他绝不能允许这样的事出现——除非他死了。

我恳求您，我的病情，您千万不能和别人讲。就是长官也不能。师长又说。

唐院长愣住，想了又想，说，我只能暂时保密，如果战区长官处问我，我还是要说的。

师长明白他的难处，也不再难为他。战区其实也是在观望他的病情，虽说战区最高长官于学忠司令是他的老上级，也是东北军出身，但立场毕竟和他不同。如果他死了，也许战区很快会派人接手部队，把这支精兵队伍，牢牢掌握在于司令的手上。他了解，部队里也有战区长官的人，只是悄悄潜伏着，暂时没有发作罢了。也许，他们也在盼望着他早点升天。

三

自从师长回到部队，就这样一天天地熬着。特派员已联系好了上级，只等命令来了，就带着队伍马上起义。参谋长似乎也嗅出了点危险的气息，不断地和外界联络。为了让他好起来，部队的医生，不但找西医，还给他找了很多有名望的中医，可很多方子开出去，稀奇古怪的药引子和中药喝下去，病情却不见好。但他还必须等待。师长秘密安排副官去营救万旅长。那是他过命的交情，如果万旅长没救出，他是不会轻举妄动的。他还必须和那些人敷衍。

参谋长继续在房间里焦虑地踱着步子。参谋长年龄不大，喜欢穿着，他锃亮的马靴，敲打在师长充满死亡气息的卧室的地板上，发出“叮叮”的有节奏的响动，仿佛地狱里黑白无常催促亡人的脚步。这脚步声充满欲望和焦虑。师长不禁在心里冷笑了几声，又感到了愤怒。如果在从前，遇到了这样的事，他会不顾一切地冲过去，和对方火并。年轻的时候，他是多么疾恶如仇的汉子。离开东北，他就变得迟缓拘谨了，但热血还在。如今连这热血也生了病菌，他也从龙精虎猛，几天几夜不睡觉，以善打恶仗著称的“老虎”变成了“病夫”。但他活着，就要和这些人战斗下去。他必须更加小心谨慎。他吃的药、平时的饮食，全是信得过的亲兵卫队亲自配制的，这些人和他都有着恩义和很深的感情，不易被参谋长渗透。只要有怀疑，他也是坚持不吃的。这有时让手下人觉得他喜怒无常，难以揣摩。他从前的性情，是出了名的豪爽仗义，如今这疑神疑鬼的脾气，也是自己所厌恶的，但这又有什么办法？这是最后的战役，他只有一次机会，他不能输，也输不起。

参谋长乱走了一通，看没有什么结果，就回去了，临走还不忘说，您安心养病，我明天再来看您。他依然只是点头，没有说话。等参谋长走后，他长长地舒了口气，额角满是汗珠。他刚才也怕参谋长不顾一切，冲过来打死他，那就一切都完了。所幸，参谋长和他一样，也是优柔寡断的人。参谋长是在衡量利弊罢了。

他又昏沉沉地睡去，但他提醒自己，不能睡得太死，否则真会长眠不醒。

特派员也来了。他走到床头，默默地坐下，师长听到了他平稳的呼吸声。他目前在师部的公开身份是战区长官处的秘书主任。特派员是老成持重之人，在部队也多有谋划，他枯坐在师长的床前，几次欲言又止，不能说出一句话。师长用眼角余光观察，心里明白，他既担心他的病情，也忧心部队现在人心惶惶的情况。前几天，又有几个战士逃亡了，说是师长要死了，部队要投日本，他们不想当汉奸，只能逃亡。局势是越来越紧张了，如果不能制止，将会非常严重。

师长，你……特派员说了半句，紧紧地握着他的手，不能再说下去。

他的内心烦躁焦虑，难道特派员不相信他了？特派员多次催促他起义，想来怕迟则生变，但他不能放弃好兄弟。做大事不能太急。莫非特派员认为他将死，失去了对军队的指挥力，想多和他的手下联络？他猛地悲愤起来，但细一想，又认为自己过于怀疑，喜怒无常。这都是病魔留下的痕迹。

你放心，就是死，我也要把队伍带出去。我不会，当民族罪人。师长睁开眼，缓缓地说。

师长安心养病吧。特派员讪讪的，有些怕他误解似的，拍了拍手，迅速走出了房门。

师长的心里泛起了些悲凉。他们都在逼他。有人逼他死，有的人逼他活着。有的人还要逼他做决定。怎么就没有人真正考虑一下他的心情？

人都离开了，世界又恢复了平静。帘子又被放了下来，短暂地隔绝了窗外的私语声和滚滚的热浪。师长不断地深呼吸，调整着情绪。刚才说话太多，感觉心神都被耗尽了，好似血流干了那种枯枯涩涩的感觉。两片嘴唇，像坠了铅锤，格外沉重。他不知道特派员在和刘副官讲些什么，也不想知道了。他现在的斗争对象是时间。他要努力活到万旅长逃出生天的那一天。

如果万旅长死了怎么办？万旅长是蒋介石亲自点名抓的。他为此还几次对蒋抗命。放人是不太可能那么快，但处死的可能性很大。如果万旅长死了，他跟着也死了，撑不到部队起义的那天，那要如何是好？猛然想到这些，他感到血向上涌，吐了出来，又昏死过去。

四

师长，师长……

昏迷中，他好像听到有人喊，强撑着睁开眼，好似在很深的洞穴，看到一点光明，但又刺目得不敢多接触。

好一会儿，他更清醒了，才看清来人是特派员。特派员凑近悄悄地说，万旅长已经逃出来了。刘副官也摸清楚了情况，制订了计划。

师长的眼睛猛地一亮，发射出动人的光彩，好像所有的生命力量瞬间又回到了身体。大量的汗从身体涌了出来，他感到身体清爽了不少。外面还是热得怕人，阳光明晃晃的，他多想出去走走，再亲眼看看那些生龙活虎的战士。但时间太宝贵了，这场战役也到了关键时刻。他在好消息的支撑下，竟然站立起来，走到了久未亲近的书桌前。

我的时间不多了，必须马上行动，不能再等了。他毅然地说。

特派员扶着他，他缓缓地走到卧室前方，书桌前悬挂着鲁迅先生喜欢的《离骚》名联："望崦嵫而勿迫，恐鹈鴂之先鸣。"杜鹃啼春，崦嵫归日，时不我待。真是好遗憾，不能看到将日本赶出中国的欢庆岁月了。他多想那时美美地喝上几杯酒。他颤抖着用毛笔写下："欲求民族解放，除打倒日本侵略者外，尚需铲除国内封建余毒……希'九·二二'精神贯彻到底。余病已不治，实不愿徒作消耗者。”

师长紧紧地握着笔杆，仿佛手中握着一杆沉重的铁枪。他终于要胜利了，也终于要失败了。他直视着远方，喃喃自语着“回老家去”，仿佛又回到了那个风雪飘舞的北国。母亲殷切期盼的目光下，他套好一匹老马，去永安镇准备年货。母亲系紧他的衣领，低声嘱咐着他，他羞涩地笑着，“啪啪”地打着响鞭，那声音真脆，真响亮，好似刚拆封的油纸包里的子弹，掉在了地上……

下午两点，师长卫队向师部各直属的旅、团、特务营等单位军事主官下达命令，说师长有最后的嘱托要托付大家。参谋长以及两位副师长，喜形于色，认为师长去世，投奔汪主席的机会来了。谁知，来到师长病榻前，师长竟陡然坐起，怒斥投敌之行径，并下令卫队逮捕欲投敌之人，并让郭主任宣读了《东北挺进军宣言》，宣布“贯彻张汉卿公主张，杀敌锄奸，本师官兵须知”。抗战的官兵都很支持，但也有几个中央系的、军区派系的团长听到风声逃走了。师部却没有再追击，只是肃清了其中的亲日分子。

过了几天，特派员郭主任带领着2000多名官兵，携步枪1000余支，轻、重机枪60多挺，迫击炮两门等武器，以及电台20余部，转移到八路军滨海抗日根据地。师长一直被放在担架上行军，等到达目的地，众人发觉，师长早已没了气息。也有士兵奇怪地看到，师长的担架上放了不少冰块。有传言说，师长早已去世，但为了全师官兵的前途，一股真灵附体，怒斥群贼，逮捕宵小，又在酷热之际，维持着肉身不腐，直到接收人员的到来。这也就近乎无稽怪谈了，为史家所不取。

手　脊

我希望读者想象，日本占领中国的历史也是一部合作的历史。尽管迄今为止人们只讲述抵抗的故事，但历史确实是这样。当日军向长江三角洲地区进犯时，一些中国人在抵抗，更多的人逃离，大多数人留在原地，设法应付所处的环境。

——〔加〕卜正民《秩序的沦陷——
抗战初期的江南五城》

一

我还没有死。

我从昏迷中醒来，全身疼痛，特别是下身，疼得站不住，但我还是屏住呼吸，尽量不触碰任何东西，引发响动。街道一片狼藉，随处可见被遗落的鞋、箱子和日用品，还有四散的军用物资。最多的还是尸体，军人，也有平民。我刚走几步，就摔倒在一具尸体上。尸体腹部干涸着红褐色的肠子。我惊恐地爬起，却发现身体压在一截断手上。

我猛地挣脱，那只断手却紧紧地扯着我。断手来自女人，指节纤长优雅，但腕骨像被军刀生生地砍下，苍白失血的断碴，还露着青紫经络。我撕下它，丢在地上，但转过脸，又被它扯住了，仿佛活了一般。我惊恐至极，使劲地掰开一节节手指。我把断手丢在地上，干呕了几声，但没任何内容，我一整天没吃什么了。

我从一具男尸身上扒下衣服，瑟瑟地换上。我还捡到一把残缺的中国军刺，毫不犹豫地割掉长发，并把污泥涂在脸上。几小时前，四个日本兵强暴了我，他们把我按在冰冷的马路上。我昏过去，只能隐约感受到日本兵在我身上活动。他们带着汗臭和血腥味及浓重的体液味道。他们黑硬粗野的手，紧紧地按住我……

我穿过一条小巷，转到江苏路转盘口，那里有日本兵的检查站，正在盘查一批批青壮年。他们都被绳子拴着，有的被穿了锁骨，都默默地排着队，等待检查。路口安置了路障和厚厚的铁丝网，一张不知从何处拖来的条桌，两个日本兵坐在桌后登记，旁边还有个穿棉布袍的中国老人。老人面无表情地验看着那些男青年，只见他低声问两句，就挥挥手，旁边的日本士兵，就会把那个青年拖到军用卡车上。距离太远，我听不清老人讲什么话，大致是查找混入人群的外地军人。老人中等身材，留着整洁的胡子，穿着气度，似乎是有文化的南京本地人。他只是挥手，不断地挥手，就不断地有中国男人被拖上车，我恍惚了，那是一双干枯的手，却仿佛有无尽魔力，牵引着无数健康生命走向地狱。我眯起眼，只见那瘦削的肢体，在灰暗的天空下，还在轻轻地挥动着，一下又一下，好似在火海跳舞的青鱼。

我的泪涌了出来，也不知为何。我小心地躲避日军，终于在快天黑时，摸到了表哥在玄武湖与苏州路交界处石榴巷的住宅。表哥毕业于东吴大学国文系，但毕业后，却在几家古董行当掮客，和三教九流都有交集。

从金陵女子学院逃出来，我无处可去。

二

门虚掩着，四下无人，天井倒映着一株被斩断的扶芳藤。我突然发现，表哥在院子的青石板上爬着。他爬到井旁，把头垂在井边，一身淡蓝色厚长衫浸着暗色血污。枯藤缠着他，我低声呼唤，他不理，只呆呆地靠着井口。天空中，厚厚的灰，黯淡地飘荡着。

我向正厅望去，那里也暗着，正对着天井的，是厅口一排排黄泥封的老酒，上面细致地标定年份。黑亮亮的酒瓮，散发着淡淡的酒糟香气。再往里看去，黑洞洞的，似乎看到有个人影悬在梁下。我吃了一吓，跌倒在地上。表哥的声音，幽幽地传过来，仿佛来自地狱，不带一丝情感气息。

“那是你表嫂，见老祖宗去了。”

冬日残阳中，我看到表哥的双手不断变换着各种姿势。老屋正厅透着股老檀香木的霉味，城中不断响起的枪声、喊杀声和持续的爆炸声，似乎是另一个世界的事了。那双男人的手，有时一起轮转，有时又快乐舞蹈，有时像佛教手印，有时又好似拿着刀。激烈，或优雅，迟缓悲伤，或活跃亢奋。光线仿佛缕缕透着亮的蚕丝，表哥细长白皙的手指，根根都系在丝线上，他像一个陶醉于演出的演奏家，又好像一个水平高超的医生。

“表哥，你干什么？”我嘶哑着嗓子问。

表哥缓缓地从井旁爬起。我这才看清，他的半边脸肿了，眼镜也不知被丢到何处，头皮被削掉了一块，眉毛上挂着涔涔渗出的血迹。他的眼神，好似碎了的松子，硬碴碴的，但狼狈地碎了，在这个充满血腥气的冬天格外令人不安。

表哥喃喃地说：“这双手现在能干什么？唱戏？杀人？救人？”

“我不过是个算账的。”表哥落寞地说，“我连老婆都救不了。”

“我们要报仇！”我流着眼泪说。

“报仇？”表哥站起来，扶着我，脸色茫然，“南京城现在有无数日军，怎么报仇？”

我坚定地说：“老师说了，只要中国人都反抗，我们就有希望。”

表哥想了想，又说，他要走出去，参加日本人的自治会。

“你有没有良心！”我嘶喊着，“表嫂尸骨未寒，你要当汉奸？”

表哥那天的分辩，我不理解。他告诉我，人总是要死的，我们作为舞台的演员，生逢灭国末世，太过执着喜怒哀乐，应当看透这些东西，为活人多留些“活下去”的机会。这就是大功德。表哥的脸色灰暗，血污涂满嘴唇，渗入他细密的牙缝，好像钻入了异样的光芒。很多次了，只要我想起表哥古怪的念头，总怀疑是那光芒作祟。

“我不听！”我堵着耳朵，颤抖着缩在屋角。

不过一天，我的世界坍塌了。城破的时候，我和同学们在给守城将士赶制棉衣。日本人闯进教室，他们抓母鸡一样，挨个将我们掳走。我拼命逃，但依然不能摆脱受侮辱的处境。谁料，我九死一生逃出来，表哥竟要做汉奸……

表哥将表嫂从房梁放下，给我丢下两块面包。

飘满建筑物灰烬和尸灰的天空，愈发沉重郁黑。表哥将表嫂轻轻地抱到院里，打来井水，系紧她松开的裤带，将污浊的脸擦净。他还用梳子仔细梳好表嫂的发髻。

突然，点点白亮的雨滴，偷袭了表哥的工作。它们强暴着大地所有的事物。它们由小变大，先是小米粒，后来变成黄豆大小，再后来简直像一坨又一坨的口水，恶心地洗劫着世界最后的体面。表嫂再次恢复了衣衫不整的狼狈模样。

表哥仰起头，立于冬夜的暴雨，高高地举起双手。

三

我在表哥家昏睡了三天，折磨，饥饿，寒冷，我发起了高烧。安葬了表嫂，表哥似乎又恢复了往昔八面玲珑、笑嘻嘻的模样。他参加了自治会。那里有失意的北洋政客、南京有名望的士绅，还有在日本留学的亲日分子。当然，还有些地痞流氓。表哥属于哪种情况？我不太清楚。他不属于名望士绅，也不是政客、心狠手辣的流氓，严格说来，他只是一个商人，一个好脾气的掮客。

我不敢出门。日军设立了关卡，羞辱每个经过的中国百姓。为什么这些二十出头的日本青年，在中国变成了恶魔？他们让每个人鞠躬，不鞠躬的就会被活活打死。他们摸每个人的裤裆，只要发现是女人就拖走。他们抓住女人，在她们的下体塞入黄瓜，并令男人们吃掉。

我还是发噩梦。我恐惧黑夜。我尖叫，我疼，我不断清洗下身。睡梦中，我似乎都能感到有东西插在我的身体里。它们像锋利的刺刀，沉重的石条。它们让我变成了耻辱。但更多的，我梦到的是手，日本兵的手，它们像老虎、豹子、饿狼，它们紧紧地抓住我，蹂躏我……梦醒的时候，我的手上都是冷汗。我拼命地洗手，似乎总也洗不干净。

表哥常不在家，他来去匆匆，胳膊戴着日本国旗标志的袖箍。他给我带来了充足的食物，有大米、粽子，还有珍贵的蔬菜。他甚至用几十面日本旗保护了巷子数十户人家。但还有日本兵上门骚扰，家里又被抢了几次，但因有日本国旗和自治会日语告示，总算没遭到太大破坏。每当听到叽里咕噜的日本话、日本兵沉重的猪皮靴声音，还有那嚣张的砸门声，我都会躲到表哥家的夹壁墙里，紧张得浑身冒冷汗。表哥为防不测，在正屋修建了一个夹壁墙。我就躲在这里，听日本人翻箱倒柜找东西。

表哥也会领人回家吃饭，大多是各式汉奸。看到他们大呼小叫，划拳斗酒，我恨不得毒死他们。这里有青洪帮的高胖子、菜市口的荣三、翻译官冯介民。高胖子是人贩子，荣三是菜霸，冯介民有文化，曾就读于日本的大学。这些人喝酒时很奇怪，开始小心谨慎，后来热烈奔放，最后总有人痛哭流涕，也不知他们为何流泪。他们有的小声啜泣，有的号啕大哭，状如疯魔。我躲在夹壁墙，能在墙缝看到他们。他们舞动着手，又捂住自己的嘴表示谨慎。他们还连连摆手，否认自己说过的话。他们的手有的细短暗黑，好似干皱的萝卜；有的瘦骨嶙峋，像鸡爪或鸟足；有的白白胖胖，却透着邪恶的潮红，仿佛酒精泡着的动物残肢。

通过表哥，我也了解了汉奸们的倒霉事。高胖子的老婆被参谋部的小野少佐看上了。当着高胖子的面，她就被强暴了。荣三年逾八旬的老父，站在墙头看日军入城式，愣是被日本军揪光胡子，打成重伤。冯介民更惨，他到处领着日本人搜残败兵，谁料，一个国民党伤兵躲到他家，日本兵不由分说，烧光了他家。家里几口人，一个都没跑出来。一次，冯介民喝醉了，在表哥家里的书桌写下这样的句子："上悲华夏，内恸友于，旁惨素友，痛当奈何！痛当奈何！苟且亦复何赖？"

第二天，冯介民酒醒了，赶紧央求表哥销毁字迹。表哥照办了，算卖了他一个人情，冯吓得浑身冒冷汗。这些口是心非的胆小鬼，被日本人吓破了胆。他们找出北洋政府的旗子，在鼓楼公园举行自治会成立仪式，还强令居民们参加。汉奸被要求搜寻资源、维持南京基本秩序，但在横暴的日本兵面前，这两项工作，都不可能完成。自治会多次要求德国人拉贝等人建立安全区，将管理权交给他们，但遭到了拒绝。日本人将安全区的粮食供应等事宜交给自治会。几个主要管事人，立刻开始争夺资源。当然，他们做得最多的事，还是收尸，帮日本人抓中国青壮，还有，就是给日本兵找女人。

这群汉奸印证了“亡国奴”三个字，不过是行尸走肉罢了。表哥又比他们好到哪里去呢？他巧妙地推却了派发良民证，指认非南京居民的勾当，却选择了最“恶心卑贱”的活儿。他每天领着红十字会、崇善堂等机构的人登记收尸，清理街道，清洗血污，掩盖飘散不尽的尸臭，雇用工人将废墟杂物拉走。他工作认真负责，得到了日军宣抚班的好评，据说这些工作减少了瘟疫。但往往刚掩埋了尸体，又有了新尸体出现在原来的地方。表哥身上也总带着伤痕，原因是他没按某些日本人的要求，找到足够的“花姑娘”。每当他浑身尸臭地回家，我对他不理不睬。他也只苦笑几声，独自一人饮酒。

四

我很多天没有出门了。零星枪声，还是不断响起，日军挨家挨户打砸抢。他们有时成群结队，有时三三两两。我闷得无聊。有时就趴在阁楼窗户边，看着这些恶魔士兵的举动。我趴在阁楼观察，非常危险，如果日本兵破门而入，我必须飞快地躲入楼下夹壁墙，但我顾不上许多了。我看到很多日本兵，骑着自行车，满载抢劫来的东西，兴高采烈地回驻地。他们唱着歌，喝着酒，身上却大包小包，什么都有，有丝绸、座钟、古玩，一个日本兵头上戴了好几顶呢子礼帽，身上插了数十支钢笔，仿佛金光闪闪的勋章。他还拖着一辆婴儿车，上面满载孩子用的衣物和玩具。想来这些日本兵刚抢劫了一家育婴机构。日本兵要这些干什么？难道回日本开幼稚园？我不禁对这些卑劣家伙无穷无尽的贪婪，感到又好气又好笑。

接着，我笑不出声了。寒冬日头下，我看到阳光像薄薄的血迹，飘散在空旷的废墟之间，一切事物都变得稠密，可疑，有着不真实的腥味。婴儿车的后面，是一个东倒西歪的日本兵。他开心极了，滑稽地跳着不知名的舞蹈，嘴里还哼唱着轻快的曲调。他没穿军装，军装反搭在前面的婴儿车上，但他的胸前，有一个黑铁丝编的铁环。铁环上赫然是一串小小的手！想来是中国孩子的手，刚被砍下不久，就被穿在铁环上，大一点的像大块红枫叶，愤怒地伸展着，小一点的还带着婴儿肥白，但也有些枯萎蜷缩。它们一朵又一朵，在灰红色的天空下迎风招展。手的血迹，“吧嗒吧嗒”地滴在日本兵前胸，竟已染红了……

中午，我独自在家，听到有人讲话，又似是“呜呜”风声。我翻身起来，走到门口，却见门闩被一点点地拨动，“哗啦”一下，掉了下来，先是伸进一只黑硬的脏手，一把推开门，随后是一个穿日本军装的矮个子男人，站在了我面前。我待要躲避，竟来不及了。

日本军人又瘦又矮，只有不到一米六的样子。他走路摇晃，有些醉态，手里倒提着一把军刀。见到我，他眉开眼笑地用生硬的汉语说：“女人，屁来摸摸！”

我的心“怦怦”地跳得厉害，强忍恐惧和怒火。我的身体不太抖动了，但还装出恐惧的样子。我缓缓地蹲下，假装害怕地哭泣，但慢慢向里屋退，直到退到床脚。

日本兵有些迟疑。他跟着我进了里屋，先四处张望，看有没有人。我趴在床上不动，他还是不敢近前，而是慢慢地说起日本话，像劝慰，又像倾诉。

我只是不动。许久，只听到长吁短叹的声音，回头看去，只见他跌坐床下，打着酒嗝，擎着刺刀的手，慢慢地垂下。他竟在我家的青砖地上，用军刀比比画画起来，样子有些顽皮，又格外认真，好像中学生在记录老师笔记。他似乎忘记了躺在床上的“花姑娘”。

不能再等了，我再次发出哭泣声。日本兵看了看捂着脸假哭的我。他站起身，想了想，放下军刀，开始脱衣服。他从后面把我抱住，我能感到他黑硬且瘦小的手，慢慢地抚摸我的乳房，并不凶狠，倒有些孤独动情的意思。一时间，我大脑一片空白，竟忘了反抗。我这是怎么了？难道忘记这些恶魔做的恶事？

我定了定心神，从枕头下抽出街上捡的刺刀，很顺畅地捅进那瘦小的身体。他抽搐几下，血从身体逃出来，逃进床褥里、床下，逃得兵荒马乱，惊心动魄。但日本兵没喊，因为第二刀已割开了他的喉咙。我亲眼见过，一个日本兵就这样弄死了我的女同学。她像洁白的羊羔，无声无息地死去了。如今，我要复仇，要对日本人以牙还牙。

我猛烈地呕吐起来。

五

天气越来越寒冷，表哥又接了新差事，帮日本人配发粮食给安全区。前任发粮食的自治会委员，由于贪污，被日本人撤了职。日本人欣赏奉公勤勉的表哥。特别是表哥劝说安全区的几十名妓女，主动给日本人做慰安妇，更得到了日本人的信任。宣抚官岩佐信介中尉，来自大阪，也是自治会顾问，但从前只是满铁下属中学的一名教师。七七事变后，才被临时征召入伍。他信任表哥，就把“有油水”的活儿交给了表哥。

表哥为何甘愿受日本人的驱使？对此，我十分不理解。表哥是个生意人，但生性善良温和，虽然有时有些狡猾，但从不伤害别人。一次，我看到表哥在练书法的宣纸上写着：“君子饿死而节不见，舍身而义不获，将若何？盖君子不能枉义而生，亦不能枉义而死，惟有存生以求节，忍辱以待义。”这是什么混账逻辑？国民政府也不用抵抗日本了，岳飞成了蠢人，秦桧倒成了悲情英雄，这世界还有没有天理？

但安全区的琼特博士和马修牧师，经常夸赞表哥，说他是“中国好人”。他们也来家里找表哥。琼特博士是矮壮的美国人。他原是发电厂工程师，现在每天为安全区如何能少死一个人忧心忡忡。马修牧师是德国人，在安全区主席拉贝先生安排下，负责难民生计。这些安全区管理人员，不愿找日本人交涉，倒喜欢和表哥这个汉奸打交道。安全区需要粮食、被服、医药，表哥总有门路弄到。

日军占领南京大半个月，形势没有好转，却继续恶化。由于安全区集中了大量难民，那里成了日军骚扰的重点。深夜，我被一阵急促的敲门声吵醒。我迅速躲进夹壁墙，表哥出门去看，却是琼特和马修来了。他们焦虑地拉着表哥的手，恳求他再弄些粮食。表哥面露难色。

“你不能这样，你是在帮助你的国民。”琼特博士很愤怒。

“我的确无能为力。”表哥叹息着，垂着头。

“每天都在死人，上帝，救救他们吧！”马修牧师带着哭腔。

“我必须说服日本人，”表哥耐心地说，“说服他们拿出更多的粮食。”

琼特和马修面面相觑。他们无奈地拿出了银元、金笔、贵重首饰。这些都是难民身上的。他们只能通过中国人，贿赂个别占领者，希望这些恶魔大发慈悲。我冲动地跑出来，希望帮助外国人说服表哥。

“这是你的妹妹？”马修看到我，情绪更激动，“你把她藏在家里，躲过日本人，但安全区有成千上万的中国女孩。如果她们不能躲避强暴，至少她们应避免被饿死。”

我惭愧地低下头，为接受汉奸的庇护感到耻辱。表哥终于答应多给安全区搞些粮食，外国人千恩万谢地走了。临走，马修牧师拥抱了我，哭泣着说：“孩子，原谅我出言不逊。我要那些中国女孩活着。”我也哭着拥抱了他。马修是善良、有正义感的西方人。

我怒斥了表哥，因为发现他悄悄把几块金表放进了存钱柜。

他平静地说，他要通过冯介民这些人办事，也不容易。“我还要为你的将来打算。日本兵总会安顿，日子还要过，你也要嫁人。”

“嫁人？我吗？”

“活着，你必须活。”

“为了活着，你就当汉奸？就出卖同胞？”

我愤怒地打了表哥一耳光。我要走出这个肮脏的家，去安全区和受苦的姐妹在一起。

表哥凶狠地抱住了我，把我弄到阁楼，绑在了床上。我大声咒骂。

表哥落寞地看着我，等我骂累了，他缓缓地说：“我会让更多的人活。我必须用各种手段，让日军多拨些粮食。哪怕是一条狗，一只蚂蚁，哪怕再屈辱卑贱，都要活下去。”

很快，日本人知道了表哥的事。一个漆黑的夜晚，日本士兵包围了我们的住宅，带头的正是岩佐中尉。他是一个体态瘦削精干，但面貌温和的日本军官。告密的是荣三，他嫉妒表哥的差事。这个常在我们家吃吃喝喝的汉奸，早忘记了老父亲被日本人打成重伤的仇恨，他领着日本人抄了我的家，并从阁楼搜出来不及躲藏的我。他肆意撕扯我的衣服，并将阻拦的表哥打得满脸是血。翻译官冯介民也跟着来了，他很尴尬，看样子很怕表哥捅破粮食的事，但又不敢上前劝阻。

宣抚官岩佐中尉阻止了荣三。我一直不能忘记，他冷静平和的语气，略带着懒洋洋的冷淡，似乎这一切都与他无关。天色黑沉沉的，院子里站满了荷枪实弹的日本军人，他们面无表情地举着枪或熊熊的火把，似乎这小小的庭院，就是即将血流满地的修罗场。岩佐中尉的脸，在火光下摇曳不定。但他终于脱下手套，用纸擦拭着表哥脸上的血。他说，他以为表哥和那些贪污犯不一样，表哥是有尊严的中国人。

“尊严？”表哥迎着岩佐的目光，“妻子死后，我就没什么尊严了，不过苟活罢了。”

岩佐命令士兵放开了我和表哥。表哥与岩佐进行了一番意味深长的交谈。接下来的结果，非常出乎大家的意料。岩佐非但没有追查表哥的失责，反而增加了对安全区粮食的配给。我也并没有被抓走做慰安妇。相反，告密的荣三却被岩佐斥责了一番，灰溜溜地走了。

事情过后，冯介民来到我家，安慰表哥，也提出了疑问。表哥笑着说，他只是告诉岩佐，他的确多领了粮食，但那只是为了救更多的人。仅仅是这样？冯介民表示不相信，我也半信半疑。表哥没有看我们，而是把目光投向了远方。他说，那天夜里，他告诉岩佐中尉，如果不相信，就请杀了他。

六

岩佐和表哥的关系日渐亲密。他们谈论文学与艺术、苏州园林、江南的茶叶。岩佐有时不穿军装，而是藏青色和服。他和表哥喝茶，饮酒，也讲在满铁的经历，慨叹战争残酷。天气一天天转暖，街道被清理得差不多了，安全区慢慢解散，日本兵也收敛了很多。街道的店铺开始重新开张，人们拿着良民证出来找工作。似乎残忍的屠杀正远离我们，被我们忘却。

然而，我没告诉表哥，这个亲善的岩佐，就是强暴并杀死我同学的凶手之一。我亲眼看着他带领着一队日军士兵，打入我们学校。他微笑着，杀死一个又一个可爱的花季女孩。他竟然还吹着口哨。他的模样我一辈子也不会忘。我要杀死这个日本军官。如果一个女人下决心杀人，不会有什么能阻挡她的意志，就像水注定要流向地缝，火注定要熄灭在灰烬旁。

黄昏之时，春雨悄悄飘过南京的街头巷尾，滋润大地万物，有着莫名的欢欣。表哥在院子里种下很多灌木花草，有紫露草、刺果毛茛、虎耳草、凹叶景天和矮山麦冬，还有开紫花的二月兰，是岩佐从日本带来的，生命力很强，正慢慢地爬满院子。我搬来一把竹椅，看着牛毛般雨丝，无声地绽放在青石板。黄昏的天边还带着灰红余烬，不很亮，但染在这雨水里，又仿佛带着些柔情，照得古朴典雅小院的水井、亭台，还有欣欣向荣的植物，都如映在深海底的版画。有一瞬间，我有种错觉，似乎战争从没来，似乎时光倒流，我又回到安静祥和的南京。我来表哥家玩，也常坐在天井旁发呆，看黄昏，想心事，听雨点打在井台沿发出“噼噼啪啪”的脆响，升腾起点点尘雾。表嫂一定在厨房，为我和还未归家的表哥，做一桌可口饭菜，有我喜欢的鸭血粉丝汤、清蒸鳜鱼，还有表哥百吃不厌的鲜荠菜馄饨……

永远不可能了。我们都是亡国之人。表嫂化为灰烬，表哥不过是行尸走肉，而我也只剩一具躯壳。我忙了一个下午，为招待岩佐精心准备。一会儿，表哥陪着岩佐回来了。岩佐穿着和服，青亮亮的木屐敲打在我家的石门沿上，发出“咔嗒、咔嗒”的声音，非常好听。岩佐戴着圆眼镜，面貌儒雅，如果没人看到他穿军装的样子，定会把他看作学者。

中厅的花梨木桌前，表哥和岩佐小声交谈，喝着龙井茶。岩佐还拿来一张古琴，让表哥品鉴。表哥从前是古董行中间商，对古琴有些研究。俩人说着说着，又轻轻地笑起来，龙井淡雅的茶香飘散在空中。他们神情惬意，好像多年故交。岩佐的手不时抚弄过琴弦，发出低沉的琴声，在静谧的院子里扩散，浸润，渲染着磁性的魔力。这些日子，表哥的气色日渐滋润，我还听说，岩佐介绍故交的女儿给表哥续弦。也许，表哥现在早忘了惨死的表嫂。

我催促表哥和岩佐入席。岩佐和表哥来到饭厅。他认真地打量我，好像若有所思。表哥打趣地说："中尉，是不是看到小妹如花美颜，有些走神啦。"岩佐失笑，有些尴尬，我猜他肯定是在怀疑我是不是从他枪下逃走的女学生，不过不肯定罢了。

饭菜很快端了上来，有清蒸桂花鸭、红烧猪耳、清炖甲鱼、鸡汁煮干丝、太湖银鱼、枣泥糕甜品。岩佐吃得不亦乐乎，表哥在旁边给他斟着黄酒，岩佐喝了几口，放下酒杯，感慨地说："日支战争旷日持久，很难吃到这么精美的淮扬菜了。"

表哥也说："是呀，如果没有战争，该有多好。"

我看冷了场，连忙端上碗说："感谢岩佐先生的救命之恩，先生再尝尝这道'水晶肴蹄'，正宗徐州做法，用硝腌制，我又用陈年绍兴黄酒浸泡，味道不同呢。"

岩佐有了兴趣，我打开碗，岩佐忙不迭地夹上一块，送到嘴里，显出享受的样子。他点头说："松嫩，筋道，还有酒香气，小姐果然是厨艺高手。"我笑着问："中尉大人再尝尝，还有什么味道？"岩佐疑惑，他又扒了几下菜肴，那掌被炖得软烂，森森的骨露在外面，发出阵阵奇特的香气。岩佐用筷子夹起一物，仔细辨认，叫着丢到地上，赫然是一截人的手指！表哥也大惊，忙问我到底做的什么菜。我不紧不慢地靠近岩佐。

那个跑到家的日本兵，我把他的尸体用白布扎紧，砌在了夹壁墙里。我还剁下了他的手，浸泡在黄酒坛子里，如今这道水晶肴蹄总算派上了用场。岩佐怒骂着，奋力爬起，但终于抽搐着躺在地上。我已在给他的汤里下毒。我不会让他活着离开这里。我从饭桌后抽出军刀，一点点地逼近岩佐。表哥却挡在岩佐身边，苦苦哀求我："岩佐死了，咱们石榴巷一条街的人都要给他陪葬！战争结束了，我们失败了，但我们要活下去，岩佐对中国人很友善。"

“友善？”我冷冷地说，“就是他带人杀死了我的同学，我不会忘记他。”

“我什么时候杀死了你的同学？”岩佐显出迷茫的样子，“我在南京没杀过人！”

我管不了许多了。也许，真的不是他，但这还有什么分别吗？战争让我们一起疯狂。我向岩佐砍去，一刀劈中他的前胸，一刀却劈在了表哥的手腕上。表哥的左手顿时耷拉下来，血喷溅而出，染红了我的脸，那只手也迅速失去血色，灰死，连指甲都变得黑硬了。

表哥握着手腕，躺倒在地。岩佐也慢慢平静下来，没有了气息。我丢掉刀，紧紧地抱着表哥，号啕大哭。表哥是我在世界上唯一的亲人了，虽然他是让我痛恨的汉奸。我的世界即将沉入地狱般的黑暗。然而，在这之前，我希望能拖着日本军官岩佐一起沉沦。并不是光，而是对于一种更深刻的黑暗的冲击，才引诱着人们放弃道德，屈从于内心的邪恶。这一刻，我也是邪恶的。我恍惚间，仿佛看到无数亡灵的手掌，好似立于血海之中的怪石，乞求似的伸向我，我屹立其间，冷酷而绝望。

表哥平静地央求我放下他，赶紧逃命。我哭泣着摇头，将表哥抱得更紧。表哥举着沾满血迹的空袖管说：“可惜，有手时应多弹奏几曲《哀郢》，不知为何，我觉得没手的人，临死的刹那，头脑都会有这样悲凉的旋律。”

猎舌师

一

行动定在晚上 7 点整。骆宁安下午 1 点 20 分，到回龙街住处，最后一次看望妻女。她们正收拾行囊。宁安点燃香烟，蹲坐于青石板，看着负责行程的老鲁将行李一件件地搬出，放在院子天井旁。绿萝郁郁葱葱，散发出香气。不到盛夏，天不够长，天边有了些影子，皴皴地染去，映衬着祥和安宁。院子不大，宁安花了不少心思，种满花花草草，有虎耳草、二月兰、月季，还有株黑皮桑树，有些稚嫩，但已舒展开身子，不用几年，就是一番亭亭如盖的景致了。雨天在屋檐下，喝清香的龙井，听听雨声，给女儿梳头，读几卷《文选》，晚间烧锅爽滑可口的豆腐，想来是惬意的事。

今夜过后，如果骆宁安还活着，等待他的将是艰苦的流亡生涯。如果不走运，小院将是他最后的美好回忆。宁安贪婪地望着这两年辛辛苦苦积攒的小家当，内心充满苦涩。人是向往安逸的动物，哪怕承受极大的苦痛屈辱，人也要寻找活下去的借口。就在这个小院，两年前的冬天，母亲和兄长一家，被日本人的刺刀挑死。母亲被刺穿喉咙，血流了一地，渗入青石砖缝，不管怎么冲洗，他都能看到小小的、刺眼的红点，闻到刺鼻血腥味。那是生养他的母亲的血，任何园林美景都无法遮蔽。骆宁安闲下来，常在这院子坐到天亮，不停地抽烟。他没告诉妻女，无数黑夜，他都能看到血色像油漆般堆积在夜空，老母和兄长、嫂子、侄儿，横七竖八地躺在院子，血淋淋的。兄长被井绳活活勒死，双手愤怒地伸向天空。嫂子下身赤裸，仰面朝天，葱绿的棉袄破烂不堪，肚皮上残留着日本人臊臭的尿液。侄儿一大截粉红色肠子被日军生生地拽出，就横亘在他的脚边，慢慢变得黑紫。死去的亲人一言不发，就这样定格在惨烈瞬间，在他的眼前不断重复播放。

二

骆宁安成为南京日本总领事馆的厨师，有一年多了。南京被占领之前，他就是松涛楼颇有名气的淮扬菜厨师。骆家祖上在金陵也是读书人，出过举人秀才，但到了宁安父亲这辈，败落得厉害，只在国小当语文教员，勉强糊口。宁安幼时聪颖，旧学颇有底子，后来到新式国中读过几年。不知为何，宁安突然退学了。众人都劝，但也有明白人，知道宁安父亲突然过世，大哥做布匹生意，又被贼偷了几回，家里非常困难。宁安避过乱哄哄学潮，安心去松涛楼学厨艺。对读书人来说，无论新旧，君子远庖厨的看法都存在。很多人认为宁安是堕落贱业。南京餐饮业，规矩也多，有严格师承关系和厨艺派系，但几年时间，宁安硬生生地从一个门外汉成了技艺精湛的名厨。他娶妻生女，生活也算自在。

民国二十六年，日本打南京城，母亲和兄长一家死难。宁安的妻子和女儿，侥幸逃过劫难。宁安在中华门附近的房子毁于战火，只能搬到回龙街兄长原来住处。日本占领南京，六个星期不封刀，大部分难民逃到国际安全区。母亲和兄长一家，死在宁安眼前。宁安泣血哭号，几天不吃不喝。妻子和女儿担心他被灾难击垮。谁知宁安某日突然停止绝食，走出家门，意外地在日本领事馆谋到厨师职位。领事馆对挑选服务人员非常严格，需要两代以上南京本地人，且有当地绅士做铺保。这些中国人要不懂日语，这样不能泄露领事馆机密，但要聪明伶俐，长相顺眼。宁安去面试，副领事对他非常满意。宁安向领事馆讨要了良民证，暂保妻女平安，在血腥乱世挣扎下去。

寒冬过去，宁安第一次见到领事馆的厨师长虎太郎辽。日本人成立维持会，后来又有梁鸿志政府，南京秩序慢慢稳定，但宁安看到日本兵，还是忍不住哆嗦，不知是气愤还是胆怯。领事馆后厨，宁安和一群刚应聘的厨师，忐忑不安地等待着厨师长。宁安个子中等，面白身长，算是标准的中国美男子，但遭逢亲人大难，此刻憔悴消沉。宁安站在人群中，听到“咔嗒、咔嗒”缓慢的木屐声。循声看去，一个精瘦的老头，穿着日式料理服装，向他们走来。老人个子矮，腰杆异常挺拔。他的头昂着，目光沉稳威严，脸如刀砍斧削般硬朗。他走路也一丝不苟，似乎不会踏错一步似的。

谁能告诉我，料理奥义是什么？老人突然用生硬的中文发问。

厨师们窃窃私语。这些厨师大多来自中国，也有少部分日本料理师和欧美西餐厨师。大家交头接耳，对日本老头的发问，感到迷惑、好奇。每个人都对厨艺有不同理解，但当众讲出来，还颇让人踌躇。

老人点了几个厨师的将，回答无非“让人尝到美味”“感到满足”“人生美满幸福”之类，老人皱着眉，并不满意。最后，他看向了宁安。

宁安想了想说，名厨王小余，曾协力袁枚做《随园食单》，以味媚人者，物之性也。尽物之性以表其美于人，是为厨之道。

老人目光闪烁，说，你这中国厨子有些文化。以物悦人，还是以人悦于人，尽物之性以表其美，不过伺候人的功夫。只有日本料理，才真正接近厨艺奥义。

宁安不置可否。老人见他似有不服之意，又转脸向众厨师说，我是你们的厨师长，日本京都的虎太郎辽。今后要和诸位共同服务于领事馆。诸位辛苦了。

虎太郎恭敬地向大家行礼。

他又对宁安说，这位中国师傅，我们各自做道菜给大家品尝，再讨论这个问题吧。

宁安百般推托，虎太郎执意要比，只能定下题目，比肉类烧制。宁安索性也不再想其他。人为刀俎，我为鱼肉，怎能违拗这日本家伙呢。他自应了这营生，不过行尸走肉罢了。但日本人如此嚣张，只好豁出命来应付。

三

宁安做的是泥炉烤鸭。副领事爱淮扬菜，尤喜松鹤楼泥炉烤鸭，宁安恰是做鸭子的高手。上选一岁苏北鸭，又肥又嫩。宰杀完，去毛，洗净，腌制，天香斋上好酱油，腌制半小时。宁安拿出特制烤炉，点上炭火，将鸭子从下到上穿在戟形铁叉，左手运转如飞，不停翻动铁叉，右手根据火候不断在鸭身上刷蜂蜜、植物油。这手绝活儿，是一心二用，考验厨师对火候的把握。鸭子烤透，宁安开炉子。喷香的鸭子，色泽金黄。

宁安又要起刀工，用锋利小刀揭鸭皮，待肥鸭焦酥酥的皮剥落，鸭子像洁白天真的少女显露了胸怀。宁安再用大一点的刀，专门削肉。他的速度很快，刀随腕转，如乱雪纷飞，不多时鸭子变成骨架。他把鸭肉放盘，搭配香葱、姜丝等佐料，骨架做了汤，这就是“一鸭三吃”，周围一片喝彩。宁安听出，喝彩的大多数是中国厨师。泥炉烤鸭虽是烤，但方法和风味全不同于北方烤鸭，也算淮扬菜精品。

虎太郎也已完成。他的料理，相比宁安，简单了很多。这个瘦小的日本厨师，将一块上好的奈良牛腰肉，先进行简单处理，配以大料腌制，然后以陶制器具进行反复捶打，再加以刀工处理，酒精炉爆火炙烤，端了上来。

中国厨师都撇嘴。不就是烤肉？大家先吃宁安的鸭子，肥而不腻，皮焦脆，肉软糯，汤清爽。大家赞不绝口。待要吃虎太郎的烤牛肉，虎太郎却喊，先等一下。只见他飞快端上火炉，一盘冰屑，搭配芥末、辣酱等十余种日本佐味品。大家伸着筷子欲夹牛肉，谁料，虎太郎刀工极快，看似仍为成块牛肉，却幻化成透明蝉翼似的极薄的肉衣。

虎太郎飞快夹起肉，先以火炭速烤，然后包裹冰雪，蘸上调料，填送到嘴里。大家依样学来，立刻感到，鲜嫩的带点血丝的牛肉，甜美生鲜，入口即化，二次炙烤的热度，搭配冰雪和刺激性调料，仿佛在舌头上开“冰火两重天”的舞会，牛肉本身丰富的滋味都绽放在味蕾之上。大家仿佛能感到，狂牛奔于火场的狂悍霸气，猛虎笑傲雪原的无上自尊……

料理被大家吃光了。但对两道菜的优劣，大家并未出声，而是一起看向虎太郎。只见他缓缓地说，优秀的厨师，要有杀手的冷静和屠夫的坚忍。你们不是揣摩客人口味的、谄媚的厨子，你们要做舌尖的征服者，美食的王者！

厨师们都吃了一惊，未理解虎太郎的意思。他又说，中华料理博大精深，依靠中国丰富无比、变化多端的食材，更是花样繁多。可惜，中华料理失去创造力，一味腐败奢华，不重营养，而重油、重繁琐工序。料理不仅应满足口舌之欲，更应让人清洁，严肃，奋发……

虎太郎拿出把银灿灿的日式小厨刀，说，这是我的老师，京都料理大师五十岚本辉赏我的。将来哪位师傅能做出令我敬佩的料理，我将转赠于他。

虎太郎用眼角余光扫了一下宁安。

屈辱，这是彻底的羞辱！宁安呆立现场，脸色惨白，内心有声音在狂喊，我不服！不就是烤牛肉吗？几句轻飘飘的话，就把我十几年精通的手艺否定了。这算什么？但冷静下来，宁安又不得不承认，这个讨厌的日本厨师，说得有几分道理。但将厨艺和亡国联系，让人的自尊心难以接受，更何况，骆家刚有至亲死于日本屠刀。

宁安用指甲抠掌心，鲜血溢出。他本恬淡随和，却第一次有了和人争胜的心。

四

老鲁拉了宁安一把，示意他该走了。

宁安丢了烟头，迅速离开小院。他甚至不敢回头，他很怕妻担惊受怕的眼神，更害怕女儿稚嫩的呼喊。他们悄悄走到街角，老鲁握着他的手说，猎刀，领事馆门口见。

俩人分开，宁安独自走去。下午阳光正好，天蓝蓝的，行人慢吞吞的，小贩们懒洋洋地叫卖着小吃，毗邻的小商铺，各式烟卷也摆了不少，似乎风光还好。南京似乎还是那个南京，丝毫没有两年前人间地狱的模样。但宁安知道，那只是表象，满街飘扬的日本小旗，提醒他屈辱的经历。宁安的步子越来越沉重。他本不必这样。他可以安逸苟且地活下去，凭着手艺，他还能在乱世活着……

宁安思绪乱如麻团。他深深地呼了一口气。他必须和敌人战斗。此刻，他仿佛看到母亲和兄长一家人，正在云彩旁边，冷冷地望着他，似是责备，又似是鼓励。

他不能原谅自己。他打破了厨师的底线。今晚，他将害死很多人。尽管，这些都是该死的日本人。他还记得，当初他拜在松鹤楼最有名的师傅顾八爷门下，面对祖师爷易牙的画像，他的第一个誓言即：身为飨子，绝不以厨艺害人！如今师傅过世，他却成了顾氏淮扬菜门里的败类。想到师傅对他的殷殷期盼，宁安心如刀绞。

他进入领事馆，不是那么简单。他从未干过这样的事，但老鲁找上他，他还是毫不犹豫地答应，加入军统，代号为“猎刀”。他要为惨死的中国人复仇。

老鲁三十多岁，公开身份是调料店老板，常年穿件油渍麻花的大褂，身上有股酱菜、花椒味。他的“宝瑞调料园”也在南京城开了快十年，颇有信誉。宁安当厨师，没少和他打交道，但谈不上是朋友。宁安瞧不上他猥琐的劲头。老鲁有个绰号叫“鲁大料”，人胖，眼小，见人就弯腰作揖，讲恭维话，还兼任自治会保甲长。这么滑头滑脑的小商人，谁也想不到，竟是隐藏极深的军统南京区的特务。老鲁向他表明身份，他还以为开玩笑。当老鲁拿出对宁安的委任状，他再也不敢说“鲁大料”是个肤浅的家伙了。

“啪”，老鲁将一把黑黝黝的手枪，拍在桌子上，笑嘻嘻地说，骆师傅，你有三条路，一条是杀了我，向日本人领赏；一条是我们一起杀鬼子；最后一条，是我枪毙了你。我们军统在敌后提头过日子，你了解我的秘密。不是自己人，只能处理了。

宁安想到惨死的家人，把牙一咬，答应了。

你要隐藏好，给冤死的同胞报仇！老鲁紧紧地握着他的手。宁安却感觉那双浸泡酱菜的手，臭烘烘的。老鲁也看出了宁安的嫌弃，尴尬地抽出手，自嘲地说，你这读过圣贤书的厨子，别瞧不起人。大家都是庖丁、易牙的门人。你们上了锅台，我们在后厨罢了。宁安连忙摆手，说只是不习惯罢了。老鲁狡黠地笑了，又说，大厨还是老实人。咱们往后都是同志，管他前厨后厨。哪天我要是牺牲了，你可要给我做道大菜，好好祭奠一下。

五

宁安进入领事馆，跟老鲁学习了很多特工技能，如开锁、盯梢、显影等。宁安在这方面远不如他的厨艺。他观察领事馆来往人等，画出领事馆内部构造图。他甚至溜入领事办公室，拍下了一些文件。当时非常凶险，领事回来，遇到他在办公室门口，非常怀疑。好在他平时为人低调，厨艺精湛，领事对他印象不错，这才盘问几句，就放行了。这让他的后背衣服几乎湿透。他常将情报用明矾水写在白纸上，送到关帝庙神像后的一个小洞。

显然，宁安不适合当间谍。他胆子不大，不够机警灵活。“猎刀”是赝品，到底只是“厨刀”。早上，宁安 5 点半就进入领事馆准备早饭。他总能第一个看到虎太郎。如果抛却民族仇恨，宁安很佩服虎太郎的敬业精神。他满头银发，严肃认真，年过五旬，异常注意仪表。他说厨师的仪表，决定食客的心情。虎太郎不抽烟，不喝酒，除了做饭，钻研做饭，没有太多嗜好。他的厨师服一尘不染，做料理时准备手套和口罩，不让脏东西污染自己和食材。每次吃完饭，他和大家打扫厨房，将每个脏盘子和碗，弄得干净闪亮才罢休。他令人发指地敬业，让领事馆所有厨师对他既敬畏又害怕。没人和他亲近，他也不在乎。他只在乎食客的评价。宴席散罢，个子矮小却异常挺拔骄傲的虎太郎，背着手，笑着走过每个食客，询问他们的就餐感受。

虎太郎仅有的爱好，就是清晨锻炼刀术。虎太郎夫人早亡，有两个儿子，参加日本陆军，都已死在华北战场。虎太郎丝毫看不出老鳏夫的颓唐，反而多了几分决绝气息。虎太郎的刀法不坏，据说得到三刀流大师黑木重信的训练，有较专业的身手。他用刀术锻炼身体，也磨砺心志。晨曦中，领事馆后院翠绿的草坪上，宁安总能看到老厨师挥舞着日本刀，不停地旋转，劈砍，飞舞。他的手腕灵活地抖动，无数尘埃，在清冷寒气之中，飘浮在他的四周，仿佛飞奔舞蹈的野马，被快如闪电的刀，分割成无数染着红光的残影。想来虎太郎神乎其神的厨艺刀工，也得益于此。宁安在他练刀结束后，上前询问料理安排事宜。

虎太郎讲述了几句，突然问宁安，骆师傅，你进入厨界多少年了？

宁安说，大概有十年了。

听说你是读书人出身？

我读过中学，但家境不好，就退学了。

想没想过，学习日式料理精华？

宁安想也没想，就说，我出身江南淮扬菜顾氏，没想另投名师。虎太郎师傅，我是佩服的，但骆某不才，并不等于中华料理无人。您的料理奥义精深，也只是在日本罢了。

愿闻其详。虎太郎来了兴致。

宁安侃侃而谈，料理有地方性和世代性，如人有种之差别，古今之别。唐宋喜鱼脍，那时日本尚无刺身。明清八大菜系，已成规模，皆为各地域和世代之精华荟萃。川喜辣，鲁爱咸，粤好甜，原于各地口味和地理气候风物不同。无辣，则无以祛除湿热，川人的体质就会受损。怎能用繁复腐败概括？

宁安吃惊的是，虎太郎并不生气，而是略带欣赏：美食不可媚人，而只能魅于人。我无贬低中华料理之意，只为激发你的斗志。强者的美食，有容纳百川之力，日本和食，是对中华、欧洲、日本本土美食延绵数百年的汲取，是强有力的包容吸纳成就了今天的日式料理。

我才疏学浅，不能领悟您的微言大义。宁安再鞠躬，却颇有些意动。中国厨师，大多在名贵食材和花样翻新上做文章，少有人深究其内在玄理。

那您是不能学习日本料理了？

宁安沉默着，气氛有些难堪。

虎太郎冷冷地摇头：这便是故步自封。我二十岁成为高级板前师傅，在京都菊见楼指挥十几个调理师，曾为朝香宫亲王做寿宴。我以苦练多年的刀功和对食材、时节和自然的协调，著称于日本。你要学，还要看我是否肯教！

虎太郎擦干汗，昂首步入领事馆的后厨。

六

宁安在领事馆度日如年，但毕竟有了稳定工作。收入稳定，妻子便重新收拾兄长家的小院，女儿也嚷着去复课的小学上课。每天宁安回家，都能闻到诱人的烟火气，看到女儿天真的笑脸。不同的是，宁安每次上下班，都要受到日本兵盘查。女儿的小学，也开设日语课程。他们是“亡国奴”了。

任务一次次传来，宁安不堪重负。新鲜劲头过了，每天提心吊胆。他晚上做噩梦，梦到被日本兵抓走，被日本刀砍断脖子。他想报仇，妻儿却让他牵肠挂肚。他想杀日本人，可想到杀人场景，心惊肉跳。夜深人静，他甚至偷偷地后悔，一时冲动加入掉脑袋的组织。宁安每天买菜，去山东路菜市场，必然经过宝瑞调料园。他们是单线联系，宁安看到调料园摆出“朝天椒到货”的牌子，就知道有新任务，才去和老鲁接头。老鲁很机警，从不让宁安亲自去调料园，而是看到信号后，去关帝庙传递情报，约会碰头。

宁安和老鲁说了几次，说自己不是特工人才，让他介绍自己去前线，好歹真枪真刀地拼杀，也比提心吊胆强。老鲁笑着说，晓得啦，骆师傅是专业厨子、业余间谍。谁让我们的特工都没有好厨艺，进不了领事馆？等不了多久，有重大任务给你。做完后，你全家撤退到重庆。我都安排好了。

听老鲁这么讲，宁安的心里更不安了。重大任务肯定艰难凶险至极，但也没有别的办法。老鲁听说虎太郎和宁安斗法的事。他恨恨地说，日本兵欺负人，日本老厨也看不起中国人。骆师傅，找机会给中国人长长脸，灭一下老厨的威风。

你的厨师做得越好，越少人怀疑你。老鲁又露出狡猾的神色。

宁安苦笑不语。他和虎太郎极少讲话，但工作配合还算默契。一天，领事馆宴请要转道归国述职的本多丰繁大佐。本多大佐隶属第十二军第十旅团，是一名善战勇悍的联队长。他长期驻守山东济南，但近来山东的敌对势力发展很快。他忙于征伐，饮食不规律，落下了严重胃病。山东乃鲁菜之乡，口味偏咸，喜放酱油和重料，本多不习惯。日本料理偏生冷，他的胃也难以承受。此次他吃了宁安的淮扬菜，非常舒服。他要求宁安出来见面，要在述职回到华北后，将宁安带到济南，专门负责给他打理饮食。

宁安拒绝了。他不能离开南京城，理由是照顾妻女。本多不耐烦地让他带上妻女一起去济南。

对不起，我不能和您去。宁安还是拒绝。

本多大佐喝了不少酒，脸上浮起凶戾神色。他眯起眼说，厨子，你知道，我们在战场上怎么称呼中国人？

呛骷颅！大佐有些微醉，我们喊着这个名字，砍下他们的头。

本多大佐又说，我们和中国军人艰苦作战。他们非常狡猾。夜间行军，他们有时就藏在急行军的队伍里，也会说几句日本话。这时就要看后背有没有草鞋喽。中国人混在我们联队，我捉住他，让他盘腿坐着，双臂交叉放在胸前。所以头被砍掉，人往前倒，身上没有一丝血。我的副官得了性病，据说脑浆可治疗。他就把那脑袋劈开，用饭盒煮着吃啦。

宁安笔直地站着，汗渍已湿透衣服。他咬着嘴唇，不吭声。副领事和其他工作人员，都悠然地喝着茶，没有劝阻的意思。

大佐上前，拍着宁安的肩膀说，让你走非常简单，把你的妻女送到南京慰安所，就在孝陵卫附近。洒一高！没有命的，开放！开放！

大佐哈哈地笑着，仿佛回忆起了什么美好往事，嘴里还喃喃自语着“洒一高”。宁安不懂日语，但这一句他在几年间听很多日本人讲过，就是来性交的意思。两年前，日本兵喊着这样的口号，强奸并杀死了母亲和嫂子。宁安平静下来。他早该死了，死在两年前。当时他躲在角落，眼睁睁地看着日本兵杀死母亲和兄长一家人。他是懦夫，藏在常春藤后，连哭泣都不敢出声。那天晚上，天下着小雨，不像雨，也不像眼泪，那是耻辱的血。他像行尸般活到现在，能报仇，是造化；不能报仇，就是命。他认了……

大佐不能这样做。

宁安听到生硬的汉语在耳边响起，回头看，竟是虎太郎。

虎太郎面无表情地站在宁安身边说，骆师傅是领事馆厨师的主要干部，领事馆外事接待非常繁忙，大佐要走他，我们很多任务无法完成。

大佐愣住，悻悻的，又扭头看副领事。副领事漫不经心地说，本多君，你去本土述职，回来还要一段时间嘛。我再劝劝骆师傅，毕竟故土难离。实在不行，我再派给你其他优秀淮扬菜师傅。

本多大佐不再难为宁安，但仍狠狠地瞪着他，直到被其他军官拉走。宁安缓缓地退出宴会厅。春日阳光炽热，宁安仰着头，碧蓝的天空像泛滥而出的海带滚汤，腥甜，浓郁，刺鼻，宁安一阵眩晕，蹲在地上干呕。

虎太郎走过来，叹了口气。宁安问，为何要救我？

你是优秀庖人，虎太郎说，应死于厨台之前，而不是被武人屠戮。

这也是理由？宁安没好气地想，虎太郎还真痴迷于庖肆之艺。不管怎样，虎太郎毕竟救了他。宁安浑浑噩噩地回到家，大病了一场，大半个月才慢慢恢复。

七

老鲁等宁安病好了些，才约他见面，安慰了一番。宁安回领事馆工作，被告知有一场非常重要的宴会。虎太郎厨师长向副领事提出，要和宁安比试中日不同厨艺。副领事留学欧美，在帝国大学当过文科教授，也在南京多年，是日本外交界有名的“老饕”，听闻如此建议，欣然同意，让宁安和虎太郎各自做出拿手菜肴，让大家评鉴。

副领事传下话，春意越来越浓，就以“春”为题吧。

宁安不想比赛。他担心影响任务。自从参加军统，他从没睡过一次安稳觉。他想复仇，也想早些结束折磨，在大后方隐姓埋名地活下去。

但副领事的命令，也不好违背。

副领事的夫人菊子，是温婉秀美的日本女人。她对待领事馆的中国人很关心。副领事的小公子洋平，不喜日式料理，爱吃中餐。洋平只有七岁，天真可爱，体弱多病。副领事特别嘱咐宁安，让他给洋平做些可口的。洋平出生在中国，日语似乎还不如汉语好。每次见到宁安，总跑过去抱住他的腿问，宁安师傅，有好吃的吗？宁安本不是口吐莲花之辈，可不知为何，每次看到洋平，内心总涌动着无限关爱。

傍晚，宁安收拾完厨具，正准备回家，菊子夫人匆忙地走来，焦急地对宁安说，骆师傅，洋平吃不下饭，你能否帮他单独弄点？宁安点头，却并没有动。晚餐是虎太郎做的日系料理，他还专门给洋平做了饭。宁安若主动答应，似是对虎太郎的否定。更何况，副领事刚给他们下达比赛的命令。但菊子夫人焦急的样子，又让他于心不忍。正在踌躇，虎太郎走来，对宁安示意，骆师傅，能否帮我看看洋平？为何我的料理，他吃不下呢？

宁安看到虎太郎谦虚的样子，也不好反驳，就一起去看洋平。洋平躺在长沙发上，看上去恹恹的。宁安回头问虎太郎，厨师长，请问您为洋平准备的和食是什么？

虎太郎说，洋平食欲不振，身体代谢慢。我炖了梅子味噌汤，用于开胃，并为他特制了乌龙汤面，用鲜鳜鱼熬的高汤，非常滋补。洋平依然吃不进去。

宁安想了想说，您的对策总的来说没错。洋平食欲不好，您以梅子酸刺激胃肠蠕动，鱼汤鲜美，也很营养。这方案针对大人可以，但孩子胃力弱，不适于刺激，更适于调养。和食偏寒，洋平从小吃中餐，乌龙面对他来说，还是硬了一些。

虎太郎不住点头，认真地对宁安鞠躬说，受教了。

宁安看着虎太郎，心慢慢放轻松了。洋平也翻身下沙发，欢笑着说，宁安师傅，给我带好吃的了吗？马上就做好，宁安笑着回答。虎太郎和宁安商量洋平的食谱。虎太郎身为厨师长，原本不需要对小孩的饮食如此用心。宁安在那张严肃甚至有几分刻板的脸上，找不到任何特殊理由。他小心地提出用文思豆腐汤，搭配虾球鸡蛋饭，虎太郎又添加几条建议。

洋平嚷着要看宁安做饭，菊子夫人只好带他来到后厨。宁安师傅，什么是文思豆腐？洋平问。

宁安认真地解释说，中国人将豆腐叫小宰羊，是说它非常鲜美，苏东坡有云“煮豆为乳脂为酥”，文思豆腐是乾隆年间扬州僧人文思和尚所制。用刀将豆腐削成细如丝线的丝，软嫩清醇。香菇、冬笋、火腿、鸡脯肉，有助消化和滋补，细细地切丝，用雏鸡炖清鸡汤，糖和淀粉勾芡。此道菜难在刀功和火候，刀功还需虎太郎厨师长，我是不如的。

虎太郎也不推辞，他拿出特制日本厨师刀。不一会儿，各种辅料就切好，豆腐丝散在清鸡汤中，如银河散发的银亮光丝，又点缀各类辅料，真是五彩缤纷，闻起来香甜浓郁。

汤好了，这边宁安焖的米饭也差不多了。他选用上等鸡头米，饭焖得偏软，适合孩子。鸡蛋饭是传统日本和食，不过加了虾仁。他们将饭端上来，不是用碗，而是用带槽的红木板。这样做出的饭，更软和，宁安用类似做蛋糕的小模具，将鸡蛋和北海道甜虾茸，倒进去蒸熟并固定。等米饭好了，把那些甜虾球和鸡蛋粒倒上去。

就是鸡蛋饭吗？洋平忍不住说。菊子夫人赶紧拉住他，对宁安和虎太郎歉意地说，实在对不起，小孩子不知深浅，两位做出的鸡蛋饭，一定是最好的。

宁安和虎太郎相互看了看，小孩子心急。宁安很快拿出一碗小球状东西，撒在饭上。神奇的一幕发生了：小球渐渐融化，包裹住虾球和鸡蛋粒，冒出阵阵芳香。虎太郎又在饭上撒了青葱、梨片，煞是好看。洋平欢呼，先是小口吃，后来迫不及待地用勺子盛，很快吃了一大碗。

到底是什么？菊子夫人说。虎太郎做了解释。原来是熬煮鸡脯肉凝结的鸡肉冻，加了法国红酒提鲜。这是宁安从欧洲菜式得来的灵感。

这些料理，是中国菜，还是日本菜？洋平天真地问道。

宁安和虎太郎都窘住了。文思豆腐是淮扬菜，却是日式刀功；鸡蛋饭是日本料理，却有西洋烹饪法和中国模具。这真是很难说清楚。

八

洋平吃罢晚饭，已是晚上 9 点多。虎太郎请宁安在领事馆外的草坪散步。暮春天气，晚上风还凉，街面不见几个人。远处看去，领事馆灯火辉煌，日本太阳旗在深蓝色天幕随风摆动，光滑结实的大理石地面和精美的石柱相映衬，显得雍容华贵，并提醒着所有中国人，这里是征服者的住所。

宁安呆呆地站着，对虎太郎说，先生，我不想和您比厨艺。

虎太郎和宁安争执起来。他可能是认为宁安害怕了，言语有些讽刺的意味。宁安血涌面皮，可恶的日本老厨！刚生出的好感，也烟消云散了。宁安攥了攥拳，强忍着回应说：我不过是普通厨师，乱世挣扎求生罢了。至于中华还是日本，谁第一很重要吗？

虎太郎愣住。他没想到宁安如此态度。

宁安又说，两年前，南京城破，我的母亲和兄长一家，惨死家中。侄儿小志，如果活到现在，也该和洋平差不多大了。

虎太郎脸色变了变，想说什么，却欲言又止。许久，他才说，战争不好。我也不喜欢战争。铁兵和铁志，都丧生于华北。但没有征服，就没有反抗，也没有进化。日本是为中国和全东亚的进步牺牲自己。

什么？宁安指着飘扬的日本旗说，没请你们来！你们杀了我的亲人，还说帮助进步？

虎太郎看着平时温顺的骆师傅，此刻如同被激怒的刺猬，眼睛通红，仿佛随时要扑过来。

你可以举报我，宁安说，让宪兵抓我吧。

虎太郎面色凝重地说，希望您放下仇恨，全力以赴地准备比赛。如果您放弃或输掉了，就请拜我为师；如果我输了，将离开中国，永不回来。

宁安冷冷地点头，独自向家的方向走去。他的头脑中，一会儿是可爱的洋平和谦和的菊子夫人，一会儿是惨死的侄子小志和嫂子，一会儿又是虎太郎疯狂的眼神。洋平快乐地生活在南京，成为人上人，小志却被抽出肠子，惨死家中。这世界为何如此不公平？也许，对于虎太郎来说，他真的并不在意什么大东亚战争。他要的是厨艺上的无限精进与完美对抗。国家的事，他并不在意，他只是要一场精彩绝伦的厨艺比拼。

宁安仿佛看到拖着肠子的侄儿与身穿破烂旗袍的嫂子，无声地跟在他身后。他猛地回头，远处钟楼的钟声突兀地响起，好似地狱的号角。街道两旁的法国梧桐，又密又厚的叶片间，漏下无数路灯碎光，将两只青黑色影子，分割成一块块的，时聚时散，浮在空无一人的街道，仿佛两团虫子组合的人形。风吹时虽然模糊，但风一过，又是纤毫毕现的真实。

宁安没有恐惧，只有内疚。侄儿和嫂子，一定埋怨自己。这么久，难道你忘记了血海深仇？你还想回去过苟且偷安的小日子？你是不是想逃避？

第二天下午，宁安见到老鲁，将比赛的事说了，坚定地说，要好好准备，打败日本人。

老鲁笑眯眯地听他讲完，不答话，只是拿出一碟腌渍黄瓜片，“咯吱咯吱”地咀嚼，吃下几块，才斜着眼看宁安说，怎么，不想撤退后方了？

宁安脸一红，坚定地摇摇头。

老鲁拍拍手，淡淡地说，骆宁安上尉，你是军统南京情报站的军人，不是挥舞菜刀的厨师，一切都要服从安排。

难道上级不同意我和日本厨师比赛？宁安急切地说。

一定要比，老鲁目光冷峻，十几天后，领事馆举行外务省次长清水留三郎招待会，活动由副领事主持。总领事堀公一，陆军中将山田乙三，还有很多南京城内日本政军界高级人员参加。军统南京区尚振声处长已下达命令，我们的任务是，毒死所有日本人。

九

接到这个终极任务，宁安非常不舒服。但真正执行，则有相当难度。日本宪兵对后厨看管严格，每天入货，都有专门人手看管。这种大型宴会，也会有专门检验的人负责，还会有能闻出毒药味的日本警犬。除去这些，选择毒药，也非常费思量。如需致命，须是氰化钾这样的剧毒，但毒杀数十人的化学物品，成功带入南京，再带入领事馆，难度也不小。而且，毒药的发作时间、投放方式和剂量，都需精心设计。

经过一番周折，老鲁搞来了一种俗称“醉仙桃”的神经性毒药。该毒药由中药萃取而出，发作时间比较长。俩人还拿老鼠和猴子做实验，了解毒药的发作间歇与具体时效，以便投毒后争取时间全身而退。有关行动计划，俩人也反复推演，力求万无一失。

春天的风慢慢暖了。领事馆内喜气洋洋，南京城几十个日本显贵被请了来。外交仪式结束后，副领事笑着宣布比赛的事。来宾非常好奇。宁安在众人身后，偷眼看到上次的本多大佐也在被邀请行列，显然是国内述职刚回来。本多铁青着脸，并不讲话。宴会商定，由副领事带领几位贵宾，组成试吃陪审团，对两位大厨的菜肴评点。菊子夫人和洋平，也挤在人群中，看两位大厨比赛。骆师傅，你一定会赢！小洋平用中文喊着，惹得很多人去看。

虎太郎身着墨绿色日式厨师服见客。他今天为客人准备的是日本传统“怀石料理”系作品。相传，日本禅宗和尚，因提倡少食，常难挨寒冬，故常用衣服包裹了烧得温热的石头，放置怀中，以暖胸腹，故此得名。菜系共十四道菜，先端上的是“先付”和“八寸”，都是时令开胃小菜。一个不大的粗瓷白底盘上，有用青萝卜雕刻的鲜艳梅花枝，配以洋葱、白萝卜切的极小碎丁为雪花状，覆盖其上。一个青柚对半切开，内囊去除，中填塞丁状嫩笋和条状洋芋根，柚子蒂上还覆盖几片青翠欲滴的叶子。

先付可有名目？副领事问。

虎太郎恭敬地说：配有日本小俳句——踏雪寻梅，君觅春留何处？

众人只觉青翠可口，齿颊留香。小菜虽不复杂，妙在契合春之绿，及迎春待客之意，且有抛砖引玉之功能。宁安一边忙着布置菜品，一边留意虎太郎的菜品。见了这道“先付”，宁安倒也不觉惊讶。日本料理，细小处做到极致。

越过众人，宁安发现虎太郎正在凝视他，目光咄咄。他只平视过去，没有畏惧。

下一道“八寸”是下酒小菜，以青陶瓮形器皿盛着，古朴浑然气息悠然而来。古早酱油煮熟的小块黑杜父鱼，小黄瓜丁拌的北海道甜虾，红白相间的姜芽，昆布包裹的日本真鲷鱼块，水晶糖蒜头，翠绿苦瓜球，外加几个红艳夺目的朝鲜辣椒。

好呀，一个日本军官兴奋地拊掌说，酸甜苦辣咸麻，未闻主菜，舌尖已有百种滋味！

此为“春来冬去，笑对人生百味”，虎太郎说。

众人鼓掌愈加热烈。宁安不得不承认，日本老厨的料理，令人钦佩。菜肴一道道地上来，越来越快，每道菜都有好听名目，色形味俱全，却不夸张奢华，只契合“春”字做文章。不一会儿，怀石料理的高潮，主菜“强肴”上桌。只见一个大大的纯白海贝瓷鱼形浅盘，盘中有假山造型，还有各种蔬菜雕成的树木，葱丝粘成的灌木丛，冰激凌做成的瀑布和小河，下铺薄薄冰片，烟雾缭绕，恍如仙境的微雕盆景。副领事戴上眼镜，仔细看去，发现盘中有块黑黝黝的食物，像块石头，毫不起眼，不知为何物。

副领事大人，请进箸。虎太郎躬身行礼。

众人屏住气息。宁安暗想，日式怀石的“强肴”无非煎肉或鱼，本非常简单，为留住食物原始味道，难道这个菜还有其他古怪？

副领事有些不好意思，连忙邀请其他贵客一起。本多大佐倒不客气，用银筷夹起食物，大口咀嚼。正当大家惊讶，本多却突然停止吞咽，表情仿佛凝固住了。

噎住了吗？宁安身边的中国仆人悄声说，还是很难吃？

大家议论纷纷。虎太郎不动如山。副领事见状，也去夹那食物。

十

老鲁和宁安多次见面，商量行动细节。老鲁也疏散亲属，暗中将酱菜园抵押给典当行。这次行动，宁安没有十分把握。领事馆守备森严，虎太郎对饮食又十分精细，要投毒，就要考虑恰当时机和方法。宴会开始前，宁安这些厨师每次进出领事馆，都会被搜身检查，想要带包毒药进去，难度很大。老鲁决定亲自出马，以送调料为由，给装毒药的密封料包做上记号，混在调料中送进去。

人算不如天算。事到临头，还是出事了。

下午3点半，宁安来到领事馆门口，等老鲁送货。过了约定时间，并不见人。宁安心急如焚，怕出事，急急地跑去宝瑞调料园，“朝天椒到货”的牌子不在，宁安发现店门口几个卖香烟的小贩。说是小贩，但不叫卖，只沉着脸，抄着手，盯着店门口。店门冷冷清清地开着条缝，有点黑，隐约看着有人。

宁安的脑袋“轰”地发响。老鲁暴露了。老鲁被盯上，宁安也就危险了。

暮春，天气有些热，宁安的汗挤出来，脑子急速旋转，到底怎么办？转头就走，带着全家人过流亡日子，命保住了，任务肯定完不成。不走又怎样？他和老鲁是单线联系，上级是否清楚他都不知道。他冒失地进去，不过多送条命罢了。

“叮叮”，门帘子拴的铁三角瓦不断作响，脆生生的，往常宁安最喜欢这声音，如今听着，如同催命符咒。宝瑞调料园是山东街不大的门头，黑匾额，蓝漆门，门口蹲着两只石麒麟，收拾得不甚干净，酱菜的咸香气、辣椒的辣味，还有花椒麻麻的气息，都慢悠悠地渗透出来，倒是烟火气十足。门被推开，一个胖大的男人，举着牌子，一路跑，一边唱着什么。几个小贩装扮的暗探，都扑过去。宁安也骇了一跳，斜斜地看着胖男人从身边闯过去，肩上还有块银元大小的豆腐乳污渍。阳光刺眼，宁安皱着眉，男人是老鲁，他手上举着的，正是“朝天椒到货”的牌子。

老鲁不理睬宁安，只带着几个暗探兜圈。他面带微笑，将牌子举得高高的，不断摇晃。他踩踏街道蔬菜摊，踢飞了卖馄饨的条案，唬得几只花白相间的母狗“嗷嗷”乱窜。

宁安紧攥着手，牌子上“朝天椒”几个字，辣得眼生疼。仔细听去，老鲁用南京土语唱的是“盐水鸭子香，文思豆腐嫩，辣椒爆炒大肠辣，油煎鸡屁股美吆，鸭血粉丝汤最爽滑……”

老鲁兜了两个圈子，猛地停住，一头撞到调料园的石麒麟。青石雕的麒麟，右边全染红了，没有碧血，只溅出了红白相间的脑浆，惹得暗探们大骂晦气。

宁安呆呆地站在远处街角，心里没有痛楚慌乱，反而是前所未有的清明。半条街的人都拥去看死尸。宁安缓缓地调转头，朝关帝庙走去。宁安不知老鲁什么时候被暗探盯上的，但想来自己暂时安全。老鲁举那块牌子，无疑暗示，他把毒药藏在平时俩人交接情报的关帝像后面。老鲁拿自己的命，成全宁安完成这任务。他又想了想老鲁唱的歌谣，心下也有点明白。那不是什么暗语，是老鲁对宁安的最终遗言。宁安将来在他的坟头烧几道好菜，让他在阴间也能大饱口福。

老鲁唱歌，真难听，纯粹是破锣。宁安却泪流满面。

后来，他才知道，老鲁，鲁大料，真名叫鲁光复。

十一

副领事细细地咀嚼，一会儿沉醉，一会儿兴奋。本多大佐也不讲话，只是加快进食，俩人眨眼间就吃了好几块。副领事停筷子，问本多大佐，感觉如何？

太好吃了！本多毫不犹豫地赞叹，真是难以形容的食物！

难以形容？宁安奇怪，为何有这样的评价？副领事也说，的确难以形容。吃起来有肉味、鱼味，土豆、鲜藕的味道，竟然还有巧克力的口感味道，这究竟是什么东西？

虎太郎严肃的脸，露出微微笑容，说，这道强肴，也是应了日本的和歌“上瀑布飞溅，蕨菜正发芽，春天已来临”。我用透明猪肉衣，内裹鱼肉泥、土豆泥、鲜莲藕泥，切成方块状，先上笼屉蒸，再入油炸，出火后，裹上芥末和咖喱、洋葱碎等，投入融化的巧克力奶。巧克力冷却快，迅速将炙热的肉味锁住，等客人们咬开，肉和鱼、蔬菜的热气腾腾的气息，马上涌入口腔，搭配物性热的巧克力，如突然喷发的富士火山，锐不可当！

这么神奇！客人们也赞叹。宁安身边的中国仆人和厨师，都伸长了脖子，充满好奇。一个年轻的中国厨师对宁安说，骆师傅，虎太郎太厉害了，我们能胜过他吗？

宁安也说，这道菜的奥妙，还在于吃完火山，再去吃旁边搭配的冰激凌做成的白雪、小河与瀑布。这个虎太郎，总要把味道刺激，做到极致！

众人如梦方醒，又是一阵感慨。本以为，虎太郎给众人的惊喜，就到这里了，谁料最后一道菜——“汤盖物”，也让虎太郎做出了非凡花样。

一个灰陶烧制的碗，碗边刻着红白相间的梅花。虎太郎揭开盖，副领事看去，是玉米甜汤，汤汁清亮泛着玉米成熟的清香，是解腻开胃的良好食品。奇特之处在于，盖物的钵外，另有以极精细的刀功雕刻而成的弥勒造像，闻闻，是用胡萝卜雕刻的，细致处眉毛和脸上的纹路，都活灵活现。再仔细看，胡萝卜又是雕刻好后蒸熟的。

副领事轻轻地挑起卧佛，一下子散开了，头、脚、肚子、胳膊、腿，都滚落在黄澄澄玉米汤中。副领事咬了口，感觉这胡萝卜佛里面另有乾坤！

吃起来不像胡萝卜呀。副领事嘟囔着。

虎太郎说，我用刀剔除胡萝卜雕的内瓤，填上茭白、草莓和大樱桃、苹果做成的馅，自然风味不同。这道菜有个名目，叫“佛浴春江”。

众人静下来，突兀地又爆发出热烈掌声。副领事赞许地说，这不仅是厨艺，而且是生活的艺术和想象力了。虎太郎先生已超越了厨技对饮食的理解。

几个大人物也纷纷赞许。本多大佐说，我在日本国内，也见不到这样神奇的料理了。这场比赛，不需要中国厨师出场了，因为胜负已定！

副领事并不认同，我们期待骆师傅有不同的精彩表现。

虎太郎也示意让比赛继续。宁安不答话，只拍拍手，厨师们陆续上菜，小菜部分，是传统腌菜根，毫无出彩之处。接下来的菜，却出奇了。一个红木盒架被端上来，下面有只炉子。副领事看到，盒子之间有冰雕刻的横棍，棍上有极薄的鱼片，又在木盒底部，放了一只古拙黑陶大碗，内有清亮汤汁，不知为何物。主菜四周，还搭配几碟青黄翠绿各色调料。

这菜怎么吃？副领事只觉无处下嘴。本多大佐对此不屑一顾，认为故弄玄虚。虎太郎眼睛一亮，想说什么，却欲言又止。

它并未最后完成，宁安向前一步说，用火柴点燃最下层炉子，是只酒精炉。不一会儿，青花瓷大碗的清汤煮开了，“咕嘟咕嘟”地冒着热气，散发着奇异香味。更奇特的是，冰雕的横棍被热气所蒸煮，慢慢融化了，鱼片“扑通、扑通”掉入汤中。

现在刚刚好，诸位品尝吧。宁安说。

副领事迫不及待地挑起块煮好的鱼片，在调料里蘸，又放在嘴里细细咀嚼。他闭起眼不说话，脸上的表情不断变换。本多好奇，也品尝鱼片，还用大汤勺喝汤，脸上露出舒适表情。其他贵宾也上前品尝。

副领事睁开眼，拍着餐桌说，鱼肉细腻可口，刀功不错，有鲜嫩羊肉感。汤也极为鲜美，一个字，鲜！新鲜到了极致！

本多并不说话，但脸上也显出慎重表情。其他人议论纷纷，大多不明就里。虎太郎赞许说，盛器选择得好。中华烹饪，盛器多奢华，骆师傅选的，却是小堀远州烧制的日本陶器，是所谓“濑户物”，更能凸显鱼和自然的关系及鱼的本味。生鱼刺身本是东瀛名菜，难的是刀功和食材。刀功已有几分功力了，鱼我看不是东瀛金枪鱼、鳟鱼、鳜鱼，而是中国东北大马哈鱼，鱼肉质地细腻而有韧性。以冰为支棍，冰镇鱼片，其味鲜美，冰融化而鱼片入滚汤，鱼的鲜和汤的鲜完全结合。调料也讲究。

众人恍然大悟。宁安又解释说，此冰雕棍混合了海胆泥。汤也是特制的，用的是南京青龙山的山泉，调料有牛膝草、蒜蓉和鸡蛋泥、古早酱油做的酱汁。正如副领事所言，这道料理，是表现春天大自然的新鲜气息。

它有什么名目？本多急忙问。

泉涌鱼儿跳，春暖故人来。宁安沉声说道。

十二

下午 4 时 15 分。宁安在关帝像后，终于找到那包印有“精细盐”字样的毒药。宁安想起老鲁的种种好处，潸然泪下。宁安这才觉得，饮食没有贵贱，山珍海味和简单小吃，甚至不那么上台面的廉价食材，没什么本质区别。料理都是给人幸福。

他的心更坚定了。以毒药害人，为厨界大忌，饮食杀敌，则义不容辞。他匆忙地赶回领事馆，已是4时40分。领事馆值班宪兵，正对今晚宴会食材和各种配料，进行认真细致检验。宁安看到，调料袋子，被整个翻出来，一只警犬嗅着气味。宁安的心狂跳，幸亏老鲁没将毒物混在里面，否则很可能被翻检出来。此刻那毒药仿佛长在身上，紧紧地扣着他的肉。

虎太郎走来，对宁安说，骆师傅，准备好了吗？

宁安点头。虎太郎又说，怎么如此紧张，是不是菜品准备不全？还是担心输掉比赛？

宁安冷冷地说，输赢都是我自己的事。厨师长，我们前台再见吧。

此时，一个宪兵走来，要搜查宁安身体，遭到了宁安的拒绝。我天天出入领事馆，你们也都检查，为何还要再搜查？这是对我的侮辱！宁安抗议说。

宁安非常紧张。他和门口卫兵熟悉，刚才进来，只是例行公事，并没有认真搜查。但如果此刻检查，肯定要露馅。

不用了！虎太郎阻止宪兵，你们是侮辱优秀厨师，不要再这样了。

见到虎太郎如此说，宪兵不再纠缠。不知为何，看着虎太郎信任的目光，宁安有些内疚。他的确不配厨师称呼。他马上就要变成无耻杀人犯，一个用厨房杀人的坏家伙了。

不要想太多，虎太郎拍拍他的肩膀，安心比赛吧。

宁安无言，他真想扭头就走，离开这里，再也不管军统这些事，但老鲁那张胖胖的笑脸，又从脑海里飘了出来，盯着宁安。宁安叹了口气，就算是地狱之行吧，总要有人下地狱。如果他不幸死了，就让他在地狱里做个好厨师吧……

下道菜是什么？副领事发问。宁安收回思绪，又招呼手下厨师上菜。下面的主题都有关鱼，有“肚里乾坤大，春风岁月长”“桃花春水问鲤鱼”“万点春色愁如海，火树银花盼归人”等。

叉烧长鱼方，也得到了大家的好评。比赛烤肉之后，宁安痛定思痛，对烧烤类的菜肴，多动了些心思。传统淮扬菜叉烧长鱼方，主要原料是中国河鳗。这次宁安选用的，是日本深海的大海鳗。具体做法上，则延续淮扬菜系特点，如选用鸡虾茸为辅料，豆腐皮包裹鳗鱼块。但烧制过程，注意保持鱼块原始风味，不是用稻秸秆烧的平锅煎烤，而是直接将鳗鱼置于热旺的酒精炉急烤。不用油刷，烤至八分熟，火速拿出，用薄如蝉翼的豆皮包裹，鸡虾茸也是大火蒸熟，裹在第二层，再以青翠生菜裹在最外面。用油少，鸡虾茸的鲜味、海鳗的原始新鲜口感，都非常浓郁、丰富，又符合养生规律。这道料理，可以说是集合中日烹饪理念推陈出新之作，得到了一致好评。

真是难办了，副领事咂咂嘴，骆师傅和虎太郎师傅平分秋色。

虎太郎高出一筹，本多大佐说，日本料理精髓表现得非常充分。反观中国厨子，虽有出奇之处，但风格不鲜明。我是武人，只依照简单的想法说出来。

一位外务省官员，显然欣赏宁安，却不好驳本多的面子，只问宁安，这是最后一道菜吗？

还有最后一道饭食。宁安转头向着厨师，只见四个厨师慢慢地抬着块铁板走上来，铁板上盖着一个精钢半球状东西。

这是什么？副领事好奇地上前，要摸那钢半球。

不要！烫呀。宁安阻拦，还是晚了一步，副领事触摸到半球，触电般地缩回去。本多被唬得竟扯出军刀，仔细看去，却是副领事手指被烫起水泡。

呛骷颅，怎么回事？本多怒吼，你要谋害帝国外交官？

十三

宁安没有害怕，反而平静地让其他厨师散开。他对本多大佐说，这道菜的装置是我设计的，请远距离观看，小心烫伤。

这是食物装置，大佐不必害怕。虎太郎也说。他对这道出场惊人的料理，也颇感兴趣。

本多大佐将信将疑，离远了一些，但军刀依然拉出半截。

宁安将钢半球上的一个帽轻轻扭开，呼呼的白色蒸汽喷了出来。宁安这才慢慢掀开盖子，本多大佐赫然看到，大铁板上盛着些金黄泛白的食物，还“嗞嗞”地冒着油和莫名香气。

包子！铁板的生煎包！副领事急切地说。

您尝尝看。宁安微笑着鼓励。副领事看去，包子热气腾腾，金黄的煎裙非常漂亮，包子皮暄软，很薄，但并不破。副领事轻轻咬一下，一股油汪汪的汤汁，溅了出来，直滴在他的前襟上。副领事越吃越快，全然不顾包子有些烫嘴。他一口气吃了四个，这才停下来，抹了抹嘴唇，闭上眼，似乎还沉浸在难以言说的境界和情绪之中。

到底怎么样？本多大佐忍不住问副领事。

副领事睁开眼，眉开眼笑，叹了口气说，真是美好的滋味。

虎太郎也迫不及待地登上台，他看到包子个头不小，圆鼓鼓的，底下是金黄色煎炸裙边，饱满，皮薄，被里面的汤汁鼓起，像一个个白胖胖的嫩娃娃，挤坐在一个个金黄色的莲花台上。这水煎包，据说用水和油来蒸包子，水干了，油着，成了煎，既有水蒸的汤汁和包子皮的筋道，又有煎的脆爽可口。

虎太郎咬了口包子，很快发现不对。这不是寻常包子，它有两种馅，一种是上等鲅鱼茸，另一种是鲜牛肉。还有几片韭菜。牛肉切丁，塞在馅里，煮熟后，融化成汤汁，被保存在包子里。这本没什么稀奇，但奇在韭菜香，压制住肉的油腻，肉香和鱼香冲淡了韭菜辛辣。两种食材做的馅团，被包裹在汤汁之中，彼此冲突又融合，好似熟透的草参，糯烂得入口即化，又有几分筋道。

虎太郎问副领事，您觉得这道饭如何？

副领事放下筷子，感叹地说，心和胃都是热的。那种感觉，好比深春之时，一人一舟独行于日头之下的湖水。日头温热，却不灼人，春之湖水，氤氲水汽，碧波荡漾，独坐船头，独饮醉人酽茶，独听水打乌船，好不快哉！只是不知，这奇怪装置有何用？

宁安解释说，煎包的传统做法是用平锅，水和油混煎，外加锅盖。这个装置是利用加热铁板，快速抽走半球内密封空气，造成真空密封加热，能减少煎包肉馅熟烂时间，保持食材新鲜口感，让汤汁更香甜。

众人都为匪夷所思的装置和宁安精妙的设计而叹服。大厅响起了热烈掌声。

这盘包子，也有名目，叫“锦绣山河处处春”。

和了吧。骆师傅和虎太郎师傅旗鼓相当，不分胜负。副领事宣布。

十四

晚上7点30分，精彩厨艺比拼之后，日本总领事馆外事招待宴会正式开始了。

宁安偷偷地换下厨师服，从领事馆后门溜出去。宴会菜单早已备好，宁安也安排十几个厨师分组料理。他最后回首春夜天幕中黑暗高大的领事馆，骑上早准备好的脚踏车，向燕子矶笆斗山江边码头狂奔。总领事馆在鼓楼区，至码头有相当距离，半个多小时，宁安才到达码头。早埋伏在这里的军统特务，赶紧招呼宁安上船。小船静悄悄地停泊在不显眼的地方。昏暗的灯光下，宁安甚至似乎看到妻子和女儿焦急期盼的身影。

骆师傅不辞而别，有违中国君子之风。一个急切声音突然从宁安身后冒出。

宁安惊悚至极，忙回头看，虎太郎瘦小的身躯显现出来。接应的军统特务也大惊失色，忙掏出枪，警觉地查看四周。但此处为码头非常偏僻的地方，除了这个小老头，和他骑的一辆脚踏车之外，并没有其他人再出现。

厨师长，你怎么在这里？宁安说，插在衣兜里的手也紧紧地握住勃朗宁手枪，枪还是老鲁送给他的。

虎太郎没有回答。他的衣襟全湿透了，胸口起伏不定，大口喘息着。显然，追踪狂奔的宁安，对五十多岁的虎太郎来说，并不轻松。

虎太郎又喘口气，才沉痛地说，骆师傅，干这个不适合你。你只是优秀厨师。宴会开始，本想找你聊天，却发现你仓皇而出，就跟踪至此，也算是相送吧。

宁安不答，手攥着枪更紧了。他太大意了，居然没发现身后有人。

虎太郎又说，这一路我都犹豫，是不是要举报你的不法行为，但我还想亲口问问你，为何违背厨师原则，干这种丧尽天良的事？

丧尽天良？宁安不怒反笑，日本兵闯进南京，奸杀嫂嫂，又奸杀我六十多岁的老母，这算不算丧尽天良？

虎太郎语塞，讷讷地说，战争总难免伤亡和个别不法士兵。

宁安冷笑说，真是笑话，老虎吃了麋鹿，还要与它讲和平。老虎的和平，不过是要被吃的动物不乱喊乱叫，搅扰它的心情罢了。

虎太郎叹了口气，又说，战争是不好的。但你不该利用厨艺滥杀无辜。

无辜？宁安说，我杀的都是日本高官和高级汉奸特务，何来无辜？

你在食物里投毒？虎太郎又问。

我把毒药混在四坛绍兴老酒里。宴会开始，毒药才会慢慢渗透，这毒发作慢，现在估计领事馆已乱作一团。我不杀害无辜。宁安说。

老鲁和宁安商量细节，宁安坚持不在饭菜上动手脚，而是在酒水里做文章。他的理由是，如果饭菜有异味，日本人可能很快停止食用，起不到效果。他不想让下毒破坏厨艺比赛。另外，他实不忍心毒死洋平和菊子夫人。妇女儿童一般不会在宴席上饮酒，他们可逃过一劫。

一个厨师，以毒杀人，总是罪孽。虎太郎说。

这我知道！宁安打断他，我永远退出厨师界。但我不后悔。给本多大佐那桌高级军官的菜品，我以豆腐配白萝卜，笋搭鸡肝汤，汤里有我特制的药。这些杀人狂魔，即使活下来，也终生不再有味觉。军人杀命，书生诛心，料理猎舌！

你好可怕。虎太郎脸色惨白，苦笑着说，我不过是行将就木的老厨，妻儿都死于战争，这世上牵挂的，就是一身厨艺心得。我想找个传人，结合日本料理和中华烹饪美食的奥义。现在看来，不过是幼稚可笑的念头罢了。

宁安向虎太郎深深地鞠躬，低声说，您是令我尊重的厨艺大师。下辈子吧。但愿下辈子中日之间不再有战争。

宁安回头，迅速登上小船。接应的特务，也赶紧发动小船。此时虎太郎拿出个小包裹，向船上抛去，大声喊，送你做纪念吧，但愿你能找个好的厨艺传人！

借着星光，宁安发现是那把虎太郎引以为傲的银厨刀，热泪盈眶。船快速移动，黄浦江两岸风景在黑暗中迅速奔向远方。乳黄色的月亮，仿佛大海船，伴随着不知将奔向何处的命运。灿灿星光，若漫天蔷薇，宁安隐约看到，两岸黑黢黢的岸边，似长满无数粉红色的巨大舌头，在微风中摇曳。有中国人的舌头，也有日本人的舌头。兄长一家，还有死去的老母，都站在舌头之间，微笑着冲他挥手作别。他们神态安详，不再是狰狞血腥的样子。虎太郎瘦小挺拔的身影，依然屹立在空无一人的码头，如孤独的猛虎，一点点地退隐于时间的惊涛骇浪……

十五

1939 年深春，南京日本总领事馆举行外务省次长清水留三郎招待会，发生震惊中外的厨师投毒案。总领事堀公一，陆军中将山田乙三，还有众多南京城内日本政军界高级人员数十人中毒。宫下玉吉和船山已之作等数人，中毒不治，于次日身亡。

经日本特务机关严格搜查，发现领事馆厨师骆某留书一封，内书投毒乃个人行为，为报国仇家恨云云。经检捕发现，该中国厨师已从燕子矶笆斗山码头，秘密逃离南京，不知所终。

消息传到日本内阁，产生极大反响。日本总领事、副领事被撤职遣返归国。总领事馆厨师长，著名日本料理大师虎太郎辽引咎剖腹自杀。

再据日本特务机关追查，中国厨师实为军统特务人员。此行动代号：猎舌。

五　三

一

进入冬至，吃了饺子，雾霾就不知不觉地笼罩了济南城。傍晚，我顺着护城河，过了解放阁和黑虎泉，老西门，多走一会儿，不知不觉来到槐荫区经四路的蔡公时纪念馆。近几年，由于靠近京畿，济南冬天的雾霾越来越严重。那雾不像飘来的，却像从砖缝、墙脚与树根之中长出来的，一点点，一点点，似软软的白爪子，长成了无处不在的白幔子，将一切闪烁的霓虹灯、高大沉默的楼宇，或时隐时现的月亮，甚至挣扎着的汽车鸣笛声、嘈杂的人语声，都一点点地融化在了灰白气息之中。

我在外地谋生多年。每次返乡，我都愿一个人顺着济南老城走走，不为别的，只是重温儿时记忆。我那时还小，有大把时间挥霍，并不知道，记忆在人的心里也会长出雾来。我依稀记得，经四纬三路有块蒋介石题字的石碑，护城河的纪念碑是新中国成立后立的，铁像是前几年的事。那是南洋华侨林义顺捐款建的，前几年才运回来。从前中山公园还有纪念亭，“文革”后期拆除了。不到十岁，我和小伙伴在这小亭捉迷藏，累了一屁股坐在石碑上，拔一把石碑旁的荒草。亭子是阴郁的，石碑更阴凉凉的，即使酷暑，在这里也总感到些寒气。我当时并没想那么多，只是高声喧闹，肆无忌惮地奔跑，跌倒，再奔跑。我绕着亭子迅猛地转着，甩掉所有跟踪的伙伴。那一刻，灿烂阳光下，我只是一个快乐的孩子，有足够力气摆脱历史那些稀奇古怪的东西。进入青年，我就在这附近的济南九中读书。从课本上，我知道这里记录了很多年前的一场日军侵华惨案。但这和我有什么关系？我更在乎考上理想的大学，找一个漂亮的女友。我梦想着得到一条蓝色的喇叭裤，几盒邓丽君的磁带……

太遥远了。人的年岁大一点，记忆就模糊一点，雾气就更浓重几分，而很多看似遥远的东西，却会一下子来到眼前。雾这东西也有意思，先是浪漫，然后是感伤，最后就化作了叹息，彻底将我们吞噬。深秋时节，我就职的报社解散了。老板说，自媒体时代已来临，纸媒必定会被电子阅读取代，他决心投资网剧和新媒体阅读。我收拾了办公室多年的垃圾，感觉自己也像这些垃圾，平时堆积在这里，看似有点作用，但早已陈腐不堪。五十岁了，我还能像写吸血狼人和穿越小说的年轻写手那样，找到一份适合的工作吗？不工作等退休显然不行。儿子正在天津读商学院研究生，费用不菲，房贷还未还清，老父又生了重病。前妻的生活也不宽裕，孩子的事不能指望她。我孤身返回济南，看看大学同学圈是否能有就业机会。聚会了几次，喝了几次大酒，但仍是抓不住头绪。

父亲的病越来越重，常咳嗽得整夜无法入睡。我打开灯，给他倒水。摇曳的灯光下，父亲灰黄的脸，显出死亡狰狞的气息。我不能说什么，只能小声安慰他。但这次他却并没有抱怨，而是带着几分神秘又兴奋的神气对我说，我还收藏了点东西，你看看。

我好奇地看着父亲，难道我们还有什么传家宝？父亲抖抖擞擞地变出一个蓝色布包，从中捏出一张发黄的照片，看底色非常老旧了。照片上是四个年轻人，都穿着小商人的灰色大褂，还戴着礼帽。照片一角，是一个骑着木马的胖孩子。

这是什么照片？我问。

你爷爷去世早，那时你还没出生。这是你爷爷和几个朋友在老济南天真照相馆留下的照片。父亲说。

我仔细辨认，发现照片一角有模糊字迹：“1928 年 4 月，天真照相馆”。

胖男孩是谁？我又问。

那是我。那天我刚满周岁。父亲抚摸着照片，眼神有点羞涩，似乎正沉溺在往事之中。

我看着照片，仔细辨认爷爷的模样。爷爷叫房吉禄，当时在济南老商埠边缘开了个米饭铺。照片上爷爷年龄不大，体态适中，穿着半新半旧的藏青色大褂。他有细长灵活的眼、亲切的笑容，从父亲身上依稀能看出爷爷的影子。爷爷正襟危坐在镜头前，镇定地盯着前方。如果没人介绍，还真看不出他是米饭铺小老板，倒有点像温文尔雅的教书先生。

爷爷的老家，在山东齐河县老县城西关。民国初年，家乡发水灾，这个小名叫“石头”的穷苦孩子，只身逃到济南，去寻远房舅母，赫赫有名的“瑞蚨祥”大掌柜的太太……

我将照片轻轻地放下。人老了，喜欢在陈年旧事中乱想。这和我有什么关系？我现在最需要解决的是生计问题，找饭碗，多挣点钱，为儿子和濒死的老父，也为自己，再多努力些。

你都没见过你爷爷……父亲喃喃着，表情有点失望。

我歉意地望着父亲。我为何还要计较这些？我的烦躁情绪平静了点。

我拿起照片，将它塞进口袋，硬硬的，像铁。

你虽叫房伟，但按家谱排序，该叫房仕鑫。仕为官，鑫为金，有钱有势，多好的名！都是你妈让你改成现在的，太俗，我是兆字辈，你爷爷是吉字辈，叫房吉禄……

父亲嘟哝着，眼神变得模糊。他又躺下，关上灯。暗下去的房间，我看到父亲瘦得惊人的身体，静静地卧在床上，没有光亮，屋外是弥漫的雾气，我闻到了令人窒息的臊臭味。潮冷的感觉，又在皮肤上爬行着。我悄悄打开电暖器。那盏小小的灯亮着。父亲依然没有动。他卧在床上，像正在腐烂的腥黄的落叶。

我披上大衣，推门出去。浓重的雾袭过来，瞬间将我包围。还不是太晚，但街上的行人已稀少，大大小小的灯，在雾中亮着，映现着一个个人影，如同完全陌生的世界。我似乎蒙蒙眬眬地看到，不远处有一个老旧的小饭铺，门口的大锅正煮着东西，闻着似乎是甏肉。雾气和大锅的蒸汽混合在一起，愈发不清了。我抬头，饭铺门口亮着昏黄的灯，灯光泡在雾里，好似浑浊的河水中发光的团鱼。门口站着一个矮瘦的男人。他笑嘻嘻的，抄着手，望着我。我走近些，才看到那双细长灵活的眼，似乎要告诉我什么……

二

记忆对于普通人有什么用？我不知道。当我抱着一大堆纸离开办公室，这个问题似乎划过脑海，但不能细想。我只是抱走了部分没写字的纸，却把这十几年来那些背负记忆文字的草稿、纸条，甚至是无聊的涂鸦，都留了下来。它们终将被清理、打扫、焚烧，化成灰烬或者飘浮的尘埃、浑浊的雾气，直到最后消失。我来到上海时才二十多岁，雄心勃勃地打拼了十多年，如今两鬓已斑白，却一事无成，还要重返故乡谋职。

那天，想到这里，我透过玻璃，看着灯火辉煌的大上海，潸然泪下。

记忆不仅安慰死亡和衰老，更是为失败的人准备的。轰轰烈烈的大记忆过去了，零零碎碎的小记忆也终将过去。它们融合成一团团雾气，等待着永恒睡眠。时光飞逝，我们都将渐渐老去，渐渐恐惧与放弃。不同的是，大记忆会在雾气中越变越辉煌，个人记忆却越来越稀薄黯淡。成功者会将自己融合入大记忆，失败的人，如我，就只能任其弥散了。每一个失败的灵魂，都会化身记忆的蝴蝶。它们从前世飞来，抚平呻吟与泪水，让失败者绽放在雾气弥漫的尘世。

我的目光越过雾气，仿佛回到1928年5月初的那个清晨。房吉禄刚给儿子过了满月。与往常一样，他还是起了个大早。他虽识字不多，但格外勤奋。六年前，当他讨饭来到舅母门前，舅母没有嫌弃他，而是给了他些钱做小本生意。他感激涕零，但没忘记擦干净手接钱。他是一个有志气的男人，不能让人看不起。他至今不能忘记，舅母穿着翠绿色镶红边的旗袍，更衬托了保养很好的身材。舅母身上有股淡淡的香味，这让他更加自卑迟疑。

还好，世道虽乱，但也给人机会。他凭着股狠劲，吃苦下力，从不肯睡一个安稳觉，几年光景，已在这济南城有了个小米饭铺，也在城郊买了房子，还生了儿子。吉禄现在感觉，他几乎是一个城里人了。但他丝毫不放松，每天都起得非常早，早早地烧上水，打扫铺子，将昨天准备的米焖上，还有切得整齐的甏肉、菜蔬，都炖在大锅里。忙完这一切，他才喘上口气，坐在铺子门口的长凳上，等第一个上门的客人。

但那个早上，吉禄没等来客人，却等来了凌厉的枪声。枪声开始像劈柴在灶下炸裂的声音，有些闷闷的，又有些突兀。慢慢地，枪声越来越大，越来越急，好似炒爆的豆子、密集的雨点。雾气还浓，街面早就看不到什么人了。吉禄知道这几天日本人闯进来，可他并不关心这些事。因为报上说日本和国民党已和谈了。国民党在经四纬六路建立特派员交涉公署。但他没想到，这个早上，突然又开始放枪。他赶紧熄了火，上了门板，心里却有些可惜今天的生意。

吉禄看到一群黄皮子从越来越浓的雾中钻出来，用刺刀指着自己。他吓了一跳，赶紧蹲在地上，用手抱着头。前几天，他和几个朋友吃饭。有人见过日本人，信誓旦旦地说，见了外国兵，这个法子最可靠。你蹲下，手抱头，就说明没武器，也没有威胁，外国兵不懂中国话，但这个姿势是懂的，一般就饶你不死。吉禄蹲在米饭铺门口，心里暗暗后悔，不该挣钱的心太苛，冒这么大风险，如果自己有个好歹，老婆和孩子怎么活？日本兵看到他，端着枪大声吆喝，他只是不动。一个矮壮士兵，用枪托把他打翻在地，只几下子，血就涂满了脸。吉禄也不敢擦，让血糊了脸，只高高地举着手。他的眼肿了，模糊中，他看到大兵捣烂了大灶，用刺刀把刚煮好的甏肉和米饭挑到亮铮铮的饭盒，用手抓着吃。饭太烫，大兵欢快地吹着饭盒，高兴地大笑……

我曾试图寻找爷爷的米饭铺。解放战争初期，陈毅、粟裕的华东野战军，对王耀武守备的济南城开始反攻。吴化文宣布起义，解放军从解放阁拥入，很快占领了济南。尽管没打几天血仗，但王耀武抗战名将的名头也不白给，前几天的战斗，让不善攻坚大城市的解放军吃了不少亏。解放军的大炮响了几天，老商埠一带是银行等要害机构密集区域，自然也是轰炸重点。爷爷的小米饭铺也化为灰烬。爷爷心情郁闷，不久生病去世了。那块地方后来建起新华书店，再后来，新华书店生意不好，房子就出租给一个录像厅。新世纪后，录像厅又变成网吧。父亲没生病的时候，也常去这个地方，就蹲坐在网吧门口。阳光明媚，父亲幸福地眯起眼，看着蓝色天空，耳边伴随着网吧“杀杀杀”的打网络游戏的声音。父亲不知道，那是一款叫《热血征途》的游戏，我虽不会操作，但儿子曾为打这个游戏，偷偷给游戏账号打了三万元钱。就为这，我差点在大学校园和这个永远长不大的熊孩子打起来。我辛辛苦苦小半年工资，竟被他化为一身“华丽”的游戏装备。

父亲不懂这些。他只是满足于我问过保姆后，急匆匆地在这里找到他。天色渐晚，父亲蹲坐在网吧门口的小马扎上。橘黄的阳光从他的白发上翻着跟头溜走，只将越来越浓重的阴影，留在父亲满脸的沟壑之上。看到我来了，他满足地说，老大，这是你爷爷的米饭铺。我小时候，就喜欢蹲在这里，趁你爷爷不注意，偷两口甏肉吃。那时的甏肉，真好吃哇！

看到父亲满足的样子，我不忍心责备，只好把他搀起，慢慢走回家。这里早不是爷爷的米饭铺了。时间面前，一切伟大的，平庸的，巨大的，渺小的，都将消散，最终变成一团永远无法穿透的雾气。父亲无法找到米饭铺，我也无法找到。

三

大学期间，我曾做过文学梦，写过诗歌和小说，但都没发表，后来也不再写。不知为何，这次返乡，穿行在迷雾之中，我突然有了写作的念头。我甚至疯狂地想，不出去找工作，就在家里安心写作，记录这个生我养我的城市，写出这个老城悲欢离合的历史。当然，这只是一个中年男人不切实际的幻想罢了。这几天，我闲来无事，翻阅了《蔡公时烈士传略》《历史的诉说》《毋忘国耻——济南“五三”惨案档案文献选辑》《舍生取义——蔡公时传》《外交史上第一人》《浩气长存》等书籍，都是关于 1928 年 5 月初济南惨案的故事。北伐军开进济南，统治山东的张宗昌溃逃，日本以保护侨民为理由，出兵济南，5 月 3 日，日军捕杀中国军民，制造“济南惨案”，还杀害了蔡公时将军。接着，白川陆相向日本内阁提出《对华方策》，第六师团、第三师团 1.5 万日军控制山东，不断与当地民众和军队发生冲突。

对于出兵中国，日本内部也颇多争议。有参议员称“此举耗费数千万日元国帑，激起全中国之反感，陷旅华日人于危境，牺牲对华关系及南洋贸易，内损国家，失信于中外”，以此弹劾田中内阁集体辞职。济南惨案，是近代中日关系转折点。蒋介石仓皇逃出济南，在日记中写下沉痛的语句，发誓要雪此耻辱。中日关系急转直下，直至 1931 年九一八事变。

然而，这一切大事，1928 年的房吉禄不知道。吉禄醒过来，已是下午。他先是尝到脸上的血，才缓缓地睁开眼。他的眼已肿成条血缝，看什么都模糊。他慢慢爬起，觉得浑身无一处不痛。他使劲摸摸胳膊，抓抓腿，跺跺脚。还好，都在。人没啥大事。他转回头，接着就看到一片狼藉的小米饭铺。大灶被捣烂了，米饭和菜被抢一空，屋内桌椅板凳也被砸碎不少。最可气的是，他捡起大黑铁锅，闻了闻，竟有股臊臭味，原来日本兵竟把尿撒在了这里。

吉禄叹着气，过兵就这样。在老家，他碰上军阀打仗、土匪抢劫，也不比现在好多少。只不过，这次他听信了朋友的话，大雾天，不利于战斗，日本兵不会发动攻击。而且，朋友信誓旦旦地说，国民革命军和日本和谈了。可谁知怎么又打起来了？下午，枪炮声好像小了很多，也不见日本兵，倒是些受伤的北伐军零星跑过，也是满脸恓惶。街头的雾气还那么浓，但吉禄还是看到街上躺着几具尸体，都是中国人，看样子也是平民。吉禄更紧张了，他掩上门板，就想向家里跑。天知道，这些该死的外国兵，是不是去那里祸害人。

吉禄刚要走，发现雾气中又闯进几个人。他不自觉地又蹲下身子，却看到原来不是日本人，而是鬼鬼祟祟的中国人，都拿着扁担、铁棍等物件，急匆匆的样子。吉禄看到领头的一个，竟是同住轱辘胡同的二德子，忙问他们干啥。二德子兴奋地说，禄哥，日本兵扫过去了，现在抓了不少中国兵，都关在丰盛戏园。咱们几个兄弟，都恨日本人，知道商埠东边有日本人的铺面，正想去抢他娘的，你要不要同去？吉禄吃惊，却不敢去干伤天害理的事儿。

马无夜草不肥。二德子有些蔑视吉禄，大家一起呢，怕日本人。再说，那些日本人又不是兵，没枪，有啥可怕？吉禄恭维了二德子几句，还是要走。二德子也不拦，周围跟着的人不耐烦了。二德子又神秘地说，日本娘儿们又白又嫩，吉禄你是搞不到啦。

说着，二德子一伙儿又想匆匆跑入雾之中。二德子是街面出了名的无赖，胆大，但有些义气。吉禄和他关系不错，就想混过去，赶紧回家。谁料，二德子身后，刺出个黑大个儿，手里提着根粗硬的铁棍，铁棍底端，已被砸得扁了，还滴滴答答地流着血。黑大个儿恶狠狠地盯着吉禄，又转头对二德子说，不能让他走。这小子万一告密，咱们要倒霉。

吉禄看着要糟，连忙对二德子作揖说好话。二德子有些为难，说，都是街坊，吉禄哥对我不错。黑大个儿不容置疑地说，一起去，给咱们扛东西，要不就是死！

吉禄无奈，只好跟二德子一伙儿人去抢日本米铺、烟馆和商行。二德子不知从哪里捡来几支枪。街面太乱了，日本人杀人抢劫，也在好几处放火。吉禄他们躲避日军和北伐军大部队，专等日本人扫过后，再去抢劫。日本商铺，都集中在老商埠二马路几条街上，有的也有枪，二德子这群人，都是胆大亡命之徒，顺利抢了几家店，他们也有了损伤，被日本商铺的护卫打伤了几个人。黑大个儿还强暴了几个日本女人。简直是乱成一团。

吉禄给这些人扛着抢来的东西，累得七晕八倒。脸上的伤火辣辣地疼。他心里急，好歹盼到这帮人抢得差不多了，又让吉禄把抢来的珠宝、衣料放到一个仓库，这才放他回去。黑大个儿还硬塞给他十块银元，说收钱就是纳投名状，否则还要弄死他。吉禄勉强收了银元，一个人失魂落魄地向家里奔去，这时已到了凌晨时分。

街上依然雾蒙蒙的。吉禄感觉体能已到极限，脚下磕磕绊绊，不时被死人、丢弃的东西、散落的建筑残骸弄得东倒西歪。他仿佛走入一个迷宫，怎么也找不到回家的路。正在惊慌之时，他赫然发现自己走入一条宽巷子，他急忙奔出，却不小心踢翻了巷子旁装垃圾的木桶。一个满身是血的人，滚了出来。他穿着军装，发出持续的呻吟声。

吉禄吓得喊起来，那人虚弱地说，先生，不要叫，我是外交公署护兵，日本人杀了蔡长官，杀了所有人，我逃出来……

四

以上爷爷的故事，都由父亲讲述。这些故事，父亲从我小时就讲给我听。那时不懂，也不愿听陈芝麻烂谷子的事。谁知道，人过中年，我却对父亲讲的故事越来越感兴趣。每次父亲讲述，细节上都有很多出入。比如，有一次，他讲爷爷自愿和二德子去抢日本店铺，但后来，又矢口否认。他还说，爷爷曾帮助指认埋葬蔡将军的地点。但有时又宣称，爷爷根本就没看到埋葬蔡将军的地方，也没见到护兵张汉儒，他和二德子分手，径直回家睡觉了……我听得次数多了，不免产生疑惑，但看着父亲浑浊的眼球，嘴角流下的口水，不免好笑。我和一个等待死神的老人，还计较这些干什么？也许，我们的历史，就像越来越浓厚的雾霾，永远没有真正的真相。

但是，作为房氏子孙，老济南城的后代，我更愿相信，爷爷房吉禄，一个普通小商人，在 1928 年 5 月 3 日那一天，触摸到了大历史。那个张汉儒，历史也的确记载了这个小人物。我在报社时，因编发一组民国稿子，曾去上海图书馆查阅民国史料汇编，在五三惨案这一小节，发现张汉儒口述供状。他称日军五十余人，在山田少佐带领下，先是杀死公署外伤兵医院的伤兵，后闯入外交公署，搜查文件，撕毁领袖像与国民党党旗。蔡将军用日语交涉，竟被捆绑殴打。将军不屈服，被残忍杀害。公署内二十余名随员，也被“或敲击、或砍削”，全部遇难，只有护兵张汉儒，趁乱溜出，逾墙而走，藏于小巷垃圾桶。天明后，他遇到一个好心市民，要了衣服和钱，才赶到济南城北被逼出城的北伐军营部，向军队提交了供词。

我准备再次出发了。父亲在一个深夜默默地离开了我。他最终不再讲述五三的故事了。他走得安详而寂寞。我在济南已再无牵挂。住了几个月，朋友帮我寻了几个临时工作，但我终究不太满意。我有个云南的朋友，正在办一所希望小学。小学在云南北部丘北县荒凉山区，那里需要语文教师。我当了半辈子媒体人，怎么也不会想到，五十多岁，又要离开家乡，去云南偏僻山区当教书匠。教书清苦，工资倒是吃财政饭，但并不高。但看到图册中那片美丽的蓝天、孩子天真朴实的笑脸，我似乎找到走出人生困境的力量。房贷的事、孩子的事，再慢慢想办法吧，钱的事，慢慢总会有办法，孩子也会慢慢长大，我想让自己最后半程的人生，活得更快乐、更充实。

早晨，我站在蔡公时将军雕像前，准备最后的告别。我将再次告别故乡，告别埋葬爷爷和父亲的济南城，继续我的旅程。也许，人一生最大的遗憾，并不是四处漂泊，居无定所，也不是寂寂无名，一生潦倒，而是不能找到一个值得为之献身的东西。蔡将军一生坚持革命，命运多舛，去世时正值盛年。他以肉身惨烈的毁灭，警醒国家的灵魂。1930 年 6 月，蔡公时夫人郭景鸾找到将军遗骨，突破日军阻挠，存放于南京外交部地下室。1937 年冬，南京城破，将军尸骨下落不明。有人说，已被日军挫骨扬灰。

明黄的阳光洒下，刺在黑铁塑像上，仿佛飞溅的金液。铁像旁的大理石纪念碑，也显现出庄严气息。雾气似退了不少，冷清广场又响起熟悉的警报。不知哪里的录音机喇叭，放起那首我儿时听过的《五三惨案歌》："五三民国十七年，日兵到济南，蓄意寻异端，灭公理，恃强权，一再逞凶顽，强占我土地，枪杀我外交官，炮火肆射击，军民饮弹丸，天昏地惨奇耻大辱挥泪发冲冠……"歌声不大，但铿锵有力，我像是回到八岁。我又是那个顽皮懵懂的儿童了。那是我第一次来到中山公园，第一次看到护城河五三纪念碑。现在，我老了，纪念碑依然栩栩如生，好似我四十多年前第一次看到它的样子。一切都将过去，一切都将消散。和慷慨就义的蔡将军相比，我注定只是一个普通凡人，但凡人有了坚守的意义，也就有了心灵的安顿。凡人也就同样可以走入历史。

朦胧之际，我看到一只蝴蝶，从铁像眼角钻出，轻盈地飞向远方。有着阳光的远方。蝴蝶的翅膀，蓝中透红，异常宽阔舒展。顺着蝴蝶的轨迹，我似乎又看到青年房吉禄，正趴在墙头，泪流满面地看着院子。石柱上，有一个被绑着的、浑身滴血的中国军人。他瘦削挺拔，个子不高，一看就是南方人。他的双耳和鼻子被割下，露出白森森的骨头。他的眼被剜掉，经络和淤血堵塞了眼眶。他的舌头也没了，掉在地上，变得僵硬，只有满是鲜血的嘴还嚅动着，似是痛骂着什么。

我的眼神，似乎就要撞到房吉禄的眼睛了，但他没有丝毫察觉。这个米饭铺小老板，此刻正流着泪，他仿佛看到中国军人的头顶飞过一只奇异的蝴蝶……

异　生

一

你看到自己奔波在南召的影子，又窄又长，类似某种深海植物。八十多年前的太阳，如同融化的血眼，洒落漫天金针，在你身上破烂的日本军装上。你不停抖动，痛。顺着化脓的耳朵，腥臭的脓血滴落，掩盖了饥饿的嘴巴。伏牛山地势起伏，开满鲜花，仿佛千万只彩军号，可你听不到声音。救苦“菩萨”在前方走。那是个中国农民。出了市集，你一直跟着“菩萨”。你从封丘流浪百里，来到南召，只有这个中国人给你吃的，赶走丢石块的小孩。你泪流满面，丢掉拐杖，向着八十年后的未来奔去。你嘴边挂着玉米饼残渣，进入了太山庙乡梁沟村。

一个人失去神智，如何活下去？学生问我。

苦难让人沉默，沉默掩埋苦难。战争是肉身的破碎，也是神智的狂欢。爆炸，尖叫，子弹，喊杀，战争夺人心智，也制造魔鬼。我说。

没有神智，人不会痛苦？学生又问。

神智很奇怪，你需要时，它离你而去，你不需要时，它却从心里长出来。我回答。

你不知道，我在大学教书，热衷收集抗战史料，目前正带着学生做一个“抗战结束后在华日人调查”的项目。岁月的侵蚀让史料化为皱纹，纠缠在额头，似乎某种宿命诅咒。泛黄的报纸、档案与照片，让我们穿越时空，巫师般抵达任何隐秘的现场。学生举起1993年那张日本报纸，兴奋地说照片很清晰。报纸上有脸部特写。空洞，迷茫，透着软弱与天真。头发几乎全白，耳朵不小，瘦小的身躯紧张地蜷缩着。如果穿越到八十年前那个夏天，会看到你衣衫褴褛地向我走来。我侧过身，你很快消失不见，我闻到死亡的气息。但我很快会忘记，就像死神遗忘了你。你的记忆只有画面，没有声音、气味和质感。那些年代的气息，有种曼陀罗引发的麻痹感。所以，我只是徒劳地举着照片，在阳光下发愣。

1945 年，故事并非从此开始，却从此进入偶然的奇迹。我对你说，你需要进入那个夏天。盛夏时节，太山庙乡，梁沟村口，三棵白杨在热风中纹丝不动。蝉的嘶鸣警告，你听不到。你跪下，向“中国菩萨”磕头。农民疑惑，也有些窘，考虑再三，还是向你伸出手。中国农民要救下这命，让你活着。你看到了吗？中原酷热的风、当头的烈日，慢慢虚化了。你高举双手，瞬间，融化在逐渐模糊的光晕中。

学生笑了，说这是充满奇迹的相遇，将来可以写成小说，拍成电影。

我说小说、电影都有，只不过，它们也被遗忘了。我们可以追溯、还原和想象，尽管，那也是无限可能的“假想逼近”。

二

多年前的夏天，祖父葬礼的那个早上，天降暴雨。那时他的耳朵非常灵敏。他听到雨水在山间奔腾呼喊。弟弟和妹妹们，搀扶着哭泣的母亲。他仰起头，闭着眼，杉树气息荡漾，鸟儿在雨的间歇惊恐尖叫，奥羽山脉轻轻颤抖。雨水甜湿，腥味重，还带着点残留的躁郁之气。这是他第一次感受到死亡的威胁。

增田町是个小城，城中的中七日町，保留着明治到昭和初期的街道风格。他的家庭不富裕，也说不上太穷，祖父母是普通乡民，父母开了个杂货铺，贩卖各种产品，先后养活了十几个孩子。他是第六子，性格内敛，做事认真。十七岁那年，他考上东京农学院，然而，不久，他收到征召令，中断学业，成了一名陆军士兵。他跟随第二师团在琉球驻扎了一段时间，后来又回到增田町，等待复员。

穿上军装那一刻，他被崭新制服带来的严肃权威感包裹。落地镜面前，他似乎有了令人畏惧的力量。中断学业，多少有些遗憾。他本想成为植物学家，如今只能抱着涂抹牛油的步枪，感受木枪柄的木质纹路，想象着森林里大自然的故事。新兵训练后，便是枯燥的值勤。他羡慕驻扎中国的士兵。“昭和男儿”心中大概都藏着异国梦。铁马金戈，敌人在军刀下颤抖，刺刀的鲜血如同花瓣绽放在蓝天……

轮岗那几天，他有了假期，就回家吃饭。大家对穿军装的人，有些陌生的客气，父亲对他鞠躬，说着“请认真服务帝国”这类蹩脚话，母亲默默为他准备喜欢的稻庭乌冬面。弟弟妹妹看着他，也目光闪躲。几年前，日本退出国联，中国与日本冲突不断，战争气氛很浓，大家都在谈论日本继续对华战争的可能。他对此倒是淡然，男人要度过精彩的一生，只不过，他当时不知道，壮丽的战争，终将变成不堪污秽的结局。除此之外，就是保持心灵自由。他还是习惯去森林，独自待上一天，捉蝴蝶，采集树叶，这些都可制成标本。一个士兵，依旧保持与军事无关的热情，多么滑稽可笑。他在阳光下，手绘各种植物，厚厚的练习簿都画满了植物，远比军事地图测绘画得更好看。

有时他也去驻军小酒馆。他不召妓，喝酒也节制，他喜欢温暖热烈的氛围，安静地吃寿司，或者甜食。冬夜雪花飘动，水蒸气在半透明的磨砂玻璃上，形成一颗颗甲虫般水珠，再拖成长长的水线，淌下，如同一行行闪烁璀璨光芒的情人的眼泪。他没有情人，只有个暗恋的邻家姑娘。她有白皙的脸，爱笑也爱哭，活泼性格，完全和他不同。他当兵第三年，女孩嫁人了。他黯然神伤，在酒馆独酌时，才能稍稍放纵。那年东海林太郎在菲利普唱片株式会社发行歌曲《国境之町》，迅速火遍大街小巷。林太郎是秋田人，歌曲表现的也是秋田的美景。他喝到高兴，打着拍子，和陌生人一起唱这首歌。这对他而言，已是放纵的事了。

1935 年夏，他在军队只是军曹。他有文化，但冷淡的性子不适合军伍。即将退役，似乎又是解脱。他可以继续植物的梦想，将军梦则不可避免地褪色了。孤独感，是植物学家的必修课。他不合群，朋友很少，厌倦蠢笨的同袍。他们眼中的“男儿气”，就是酗酒，打架，找女人，骂欧洲人和中国人。他不讨厌中国人，只是觉得落后愚昧国家的国民，不能理解先进民族的苦心，这是人类的隔阂，真是无奈。秋田县夏天短暂，竿灯祭很有名，人们用竹竿挑起马灯，在肩膀、额头、手掌，甚至肚子做各种支撑动作，天空飘浮着无数马灯，如同星星在月夜跳舞。冬天他也有很多计划，白神山寻找山毛榉，千秋公园做樱花调查。能代市的鬼节据说也有趣，红脸与青脸的鬼，会出来吓唬小孩……

祖父的葬礼，也是在夏天。不知为何，他烦躁不安，雨声加剧这种感觉。家族信奉佛教，葬礼仪式麻烦，崇源寺火化炉前，伴着僧人梵唱，看到缥缈白烟，想象着祖父的面容，那曾经熟悉的慈祥的脸，已在雨滴折射下渐渐模糊。他第一次察觉死亡如此之近。死亡对于一个人来说，到底意味着什么？或者说，仅仅印证了生的可贵？

万物在雨中消融，军装被打湿，内衬湿乎乎的，死死咬在脖子上。他闭着眼，感受着森林世界的战争。雨点是子弹坠地，雷声是炸弹爆裂。狂躁的猕猴低吟，忧郁的山毛榉摇晃，挺拔的杉树发抖。声音嘶哑的蝉，还在竭力歌唱。野苜蓿、苣荬菜、苦菜、野芥子，这些低矮卑微的植物张开臂膀，迎接着致命诱惑。酸的声音、软的声音，如同没有味道的声音，大片大片地倾泻而下，近乎求死的自虐之极乐。他感受到灵魂深处的战栗，也预感到未来的悲剧命运。果不其然，不过一年，他再次被征召，来到了北中国。

三

你听到夏天的鼓声吗？红色海洋淹没了太山庙乡，南召，整个北中国。

身穿军装、胳膊戴红箍的年轻人，挥舞着红旗，皮带在燥热的空气中炸裂，白搪瓷杯叩击着腰间的黄铜号，跟随步伐跳跃。稚嫩的手高举着，如同白亮的枪刺。他们说，1960 年代是一个赤旗遍布全球的时代，他们要战斗出一片新天地。锣鼓声、军号声再度响起。寂静的乡村，变成了声音的海洋。家禽惊慌，飞鸟四散，不多时，这支奇怪的队伍包围了孙老汉的家，他们勒令孙家交出“日本特务”。

你低垂着眼，想逃。尽管听不清，可你看得见，你害怕军装，任何军装都能让你发抖。你张大嘴，可发不出声，你拼命拉扯孙老汉的袖子，跪下来磕头。孙老汉也发抖，但还是把你挡在身后，安抚说：老日，你就是亲人，谁也不能抓走你。

仇恨和怜悯有时很难让人理解。梁沟村，南召县一个小村，抗战时期不少人死于日军之手。1945年夏，奄奄一息的你跪在中国农民孙老汉眼前，乞求救助。孙老汉涨红脸皮，躲进屋里。你不死心，又跪到屋前。最终，孙老汉安排了一间屋，让你住下，给你找了郎中。郎中凝视着溃烂的耳朵，忧虑地说：这是枪伤，拖得太久。命能否保住，要看造化。你那时到底会不会说话？大家都想探出你这个日本伤兵的底细。你沉默如谜，偶尔发出几个单词，有时汉语，有时日语，模糊不清，只晓得你是日本伤兵，被队伍抛下，流落到此。至于叫什么，家住哪里，具体哪个队伍，就不知所云了。

你奇迹般地活了。感谢照顾你的恩人，以及上天不经意的慈悲。你喜欢白天，特别是艳阳高照，即使晒暴皮，也流着汗，仍喜洋洋的。中国农民一家，给了你安慰和关怀。你很难理解，怎样的情感，让这些被伤害的人善待他们的敌人。开始，中国农民一家人也防范你，吃饭都是端到屋前。渐渐，身体好了很多，你挣扎着下地。虽然，你笨手笨脚，农活儿干得粗乱，好在你零星记着农业知识，慢慢也上了道。秋天，金黄的麦田里，你和恩人比赛割麦。你这身体肯定比不过，但仍奋力向前。割到地头，你俩笑着倒在田间，一只青虫连在眉毛上，你太认真，竟未发现。恩人递给你一壶水，你大口饮下。烈日下的土地散发着炒米的焦香，躺在上面，五脏六腑都是热的，踏实的。湛蓝的天空依然寂静无声，你仿佛看到无数金色音符在白云边缘跳舞，是秋田竿灯祭，还是河南民间舞蹈？你搞不清楚，创造的充实感充斥着身体。土地的艰辛创造，让人类心平气和，充满悲悯。中国人很奇怪，他们忍耐力非凡，再大的苦难也能默默承受。有时他们也抱怨，但大部分时候，他们都认真做好分内的事。他们对待敌人，有时怯懦，被逼到极限又异常勇敢。他们也会怜悯敌人。也许，他们只是把你当成一个人。是人，就可以交流；平等交流，就会有感情。中国恩人黝黑的笑脸，格外真诚。后来，有些清醒的你才明白，中国人和日本人，也能融洽沟通，没什么高低贵贱。

黑夜是敌人。无数黑夜，你趴在中国那间简陋的农舍里，睁大双眼。空气弥散着湿热发霉的味道。耳朵还在钻心地痛，咬牙挺着，仿佛钢针赖在那里不肯走。墙角的水缸，粗壮如炮身。床板是硬的，杨木板有几个疤眼，仿佛残存的铁皮，烫得人发慌。白天，一切是动的；夜晚，一切归于死寂，不能入睡就成了刑罚。过去的记忆、残酷的细节，都钻出来咬你的肉，啃食你的筋骨。子弹追着你咬，炮弹在头顶绽放，到处是血，红的血、绿的血、五颜六色的血，在身上跳舞。你看到无数死去的中国人、日本人的脸，在土墙上胶片般疯狂快进，你躲闪，却无处可逃。窗外是异国的月亮，黄色，圆得残忍又充满诱惑，好似发烫的炮弹，让人发疯。你号叫，哭泣，用柴刀砍碎布鞋，才能抵抗那些魔鬼。你的头钻心地疼，你似乎长出了角、獠牙、尾巴，身上浮起绿幽幽的鳞片……

白天，你又从鬼变成了人。这几十年来，你最难忘的就是天边最新一抹红日，伴随着中国乡村公鸡的啼叫，挣扎着爬出黑暗的地狱，浑身浴血，如同刚出生的婴儿。每次你都觉得蜕了皮，重新活过一次，退去了爪牙、犄角和尾巴，又长出人类的头颅、身躯和四肢。你又可以安静劳作了。每天都要经历这种寒热交替的折磨，渐渐地，很多记忆模糊，颠倒，扭曲，混乱，后来就剩下了一团带着“光”的糨糊。

那群穿着军装的孩子让你抖如筛糠，这群“小军人”是来抓你的。他们抓你干什么？你是“老日”“老憨”，村民还叫你“李同”“小门野郎”，他们说，这都是你的名字，但你不是日本特务，你那时已不晓得“特务”是干啥的了。

你“哇啦哇啦”地辩解，说不出完整的话。军装孩子们大笑，皮带抽来，孙老汉迎上，身上留下一道血痕。你心疼地哭，抓住他的手，他就是亲人。为了不相干的外国人，恩人承受着巨大压力。你当时不清楚这些，你只晓得握着恩人的手，一切伤害都不再让你害怕。你的脑袋里，有无数雪花飞过，快乐的雪花。雪后的太阳，温暖明亮，一个少年，在雪地的森林里，撑着高跷爽朗地笑着……

四

在河南南召太山庙乡梁沟村，日复一日朝夕相处，他就成了孙姓农民的“家人”。

孙家人收留他，给上级打了报告。留在中国的日本人，基本都回国了。部分日军帮国民党打仗，也都失败归国。他疯疯傻傻，没人知道叫啥。政府说，旧社会把人变成鬼，新社会把鬼变成人。孙家人收留残疾日人的义举，是对日本帝国主义的控诉，是革命人道主义精神的体现。

他要有名字，还要有地，这才是社会主义的温暖。政府强调。

给他起名，费了不少心。平时村民喊他“老日”“老憨”，上户口要有个大名。他那时还有些残存的清醒，在地上比画着一个汉语“李”字。孙老汉提议，就叫“李同”。孙老汉读过几年私塾，“天下大同”他晓得。要是世界上的人都不再打仗，谁也别欺负谁，有事大家商量，那有多好！因为是外国人，报户口除了中国名，还要有日本名。他常喊“イエメン”这个词，村民不知何意，以为是他的姓，根据音译，也叫他“小门野郎”。

他是“人”了，是日本人，也是中国人，神志慢慢恢复了些。那几年，他住在孙家，没人朝他吐口水，大家见到他也不再躲。村里老妇帮他用粗布做了几件衣服。梁沟村不大，半个小时就到了头，村口是条小河，河边有石桥，河岸种满笔直的白杨和粗大的垂柳，再远处就是绿油油的麦田，以及耸起的荒坟。干完活儿，他在石桥边发呆。北中国的夏天，又干又热，完全不同于湿润的故乡。滚烫的石桥，吸吮着汗液与生命力。白杨强悍地伫立，垂柳在热风中呻吟。仰头望天，浓烈如酒的阳光劈头盖脸洒下，在凌乱粗硬的短发之间暴烈地燃烧。眼角火辣辣的，他用力瞪向天空，依然是大片令人窒息的蓝。

这就是一辈子的归处？他想做点什么，却发现，除了认命什么也做不了。

平静的生活，总是短暂的。过了几年，南召开始“跃进”活动。

他也被赶去开会，喊口号，敲锣打鼓。铁锅被收了上去，村里吃大锅饭，他跟着吃，饭量很大，伙夫直摇头。村里的土地庙旁建起土高炉，熊熊烈火让乡村夜晚亮如白昼。人们疯狂呼喊，彻夜不休，锤头的击打、火焰的欢歌，响彻天地。火光中，他看到抬着铁锭的壮汉，仿佛古代的光明之神，雄壮地走过身边，村头还聚集着唱梆子戏的演员，卖力地为人们鼓舞士气。可惜他听不清，只看到一出出奇异热闹的戏，在身边上演。所有人演的都是无声戏，那些表情和肢体语言，夸张而变形。

土高炉宣布失败，孙家的饭锅却被熔化入口号声，再也找不到了。接着，就是断粮。没有粮食的日子难熬，地里的活计干不动了，浑身浮肿。他又病倒了，半边身体瘫了。孙老汉没说什么，找中医治疗他，还节省出粮食维持他的生命。他那时还糊涂着，可挣扎着想活。他身上的“鬼”越来越频繁地出现，无数夜晚，他和魔鬼拉锯，一次次地，他被拉向深渊，一次次地，他又爬出来，喘口气，折断头上的角和嘴里的尖牙，继续在这世界求生。奇迹再次发生，过了几个月，缺衣少穿的情况下，他竟又挺了过来，可以下地活动了。孙老汉叹息着说，人想活，这股精气神太重要了。

他感到孙家压抑的氛围。孙家长子，总是用愤怒而委屈的目光盯着他看。好几次，还要打他，驱赶他，这都是从前没有的事。他虽然疯傻却也明白，这是孙家遭到了祸事，而祸事的起因，还是他。多年后，等他清醒了些才晓得，因为他，小孙考上了师范学院却没有通过审查关。“小门野郎”不再是人道主义关怀的对象了，他成了“日本特务嫌疑”和“阶级敌人”。小孙甚至还为此把他推搡在地上，打了他一巴掌。

孙家为他承受了太多。他们也吃不饱，面有菜色，并且成了“异己分子”，孙老汉和儿子被发配去修水库，很长时间才回到家里。那天孙老汉的妻子给他做了一碗杂粮粥，他很激动，满头大汗，好久没吃过这么香的东西了。老妪疼爱地摘掉他头上的草叶，叮嘱他慢点，一大碗都是给他的。他咧嘴笑，看到阳光下，她头发上不断跳跃着金色的尘埃，空气里弥漫着麦香的气息，软软的，又是湿润的，他脱口而出“妈妈”这两个字是清晰的。老太太的眼泪，在阳光下止不住地流淌。

去南召县城的路很漫长，要走几个小时。他很少走出梁沟村，有些新奇，又害怕。孙老汉跟在他身后，低着头，不时催促他。人们的脸都肿着，左边看，像在笑；右边瞧，又好似哭。每个人都有气无力。路边的树被扒了皮，光溜溜的，像羞愧的裸体女人。草叶打着卷，阳光把它们都吻焦了。他走了一会儿，虚得腿打圈，鼻里直冒泡，仿佛一点点地淌入大海深处，绿色的海水被大口灌进心肺。他慌了，想逃走，直到看见县城那座土门楼，仿佛黑巨鳖，缓缓地冒出头。这里他分明熟悉，脑海闪现出一个端着刺刀，茫然望着前方的男人。那是自己吗？不敢确定，回头再找孙老汉，哪里还有人影……

孙老汉下决心放弃“老日”。他连续几晚睡不着，仿佛犯了什么罪，脑海都是“小门野郎”傻憨憨的笑容。人不是物件，怎能随意丢弃？回村路上，孙老汉不断说服自己，他是日本人，杀过中国人，孙家也已对他仁至义尽。晚上睡觉，他还在想，“老日”找不到自己，会不会哇哇大哭？他又聋又傻，被人欺负了怎么办？饿肚子怎么办？睡在哪里？孙老汉忍不住抱着头哭，妻也内疚地说，该给他多带点干粮。可家里哪还有余粮？否则，说什么也不会让“老日”离开，他已成孙家的一员了。

也许菩萨注定要在这个日本人身上显灵吧。五天后的一个中午，大地被烤得冒烟，缺少粮食的农民无法劳动，躺在破败的土屋里，依靠井水缓解炎热和饥饿。屋檐背阴处，几张竹椅上，躺着无力的孙家人。孙老汉的二女儿，胃里荡漾着阴凉的井水，却不能解脱皮肤下绷紧的青筋。她仰望着陡然安静的蓝天，如同与一只盲人的巨眼对峙，炽热狂躁到极点。一个陌生男人走来，他是村民兵队长，也是为数不多能吃个半饱的人。他觊觎孙家女儿，饥饿让大部分人丧失性欲，却让少数人有了超乎寻常的亢奋。队长狞笑，撕扯女孩的上衣，不断挑逗。女孩惊恐躲闪，试图尖叫，却只能发出虚弱的喘息。孙家人气极，却碍于对方身份，不能强力驱赶。此时另一个黑影闯入，如疯似魔，衣衫褴褛，嘴里散发着无边臭气，并发出不似人类的动物般的低吼。那长长的塞满污垢的指甲，不断切割着阳光与气流。他挡在孙家女孩前面，咬住队长的手腕，队长慌张逃离，一只布鞋被丢在台阶上，张着一张惊骇的嘴。

孙老汉才发现，“老日”回来了。孙家人不明白，一个疯傻日本人，如何走过两座小山，几十里山路，再次寻到了梁沟村。看他的样子，想必吃了很多苦。“老日”握着孙老汉的手，发出委屈的呜呜声。孙家人也泪流满面，他们都相信了，“小门野郎”是上天交到孙家来的。那天起，孩子们都恭敬地称呼他“老日叔”……

五

“日本伤兵何时回到了日本？”学生问我。

我叹息了一声，让他好好查查。的确太过漫长，整整四十七年。你在中国生活了四十七年，回到了故乡。这的确是奇迹。你躲过了战争、饥荒和运动的冲击，顽强活了下来。你活成了历史的见证。

蝉鸣的季节，你第一次看到了自己的墓碑。

你再次入伍，一直驻扎在河南封丘。八年很快过去，终战后，你和增田町失去了联系。父母已亡故，弟弟妹妹们苦等你的消息。1965 年，你被判定战死，死亡时间定为昭和二十年（1945）8 月 15 日。那的确是你死去的时刻。只不过，你又在中国农民家里活了过来。墓碑打理得挺干净，里面据说安放着你的几件衣服，四周摆满野花。照片是你上中学时拍的。身穿黑色制服，很羞涩的少年。他们又给你取了个名字“勇道居士”。

墓碑由黑色大理石造就，镶嵌着象征佛教智慧的莲花。你抚摸着照片，感受着四周花香，似乎穿越到过去，与几十年前的你相遇。如果没有几十年的噩梦多好啊！几十年像一瞬，垂垂老矣的你，又回到家乡，梦开始的地方。那张照片，你该记得，是邻家女孩给你拍的。学校组织大家拍照，你从教师手中借到相机，和邻居女孩一起拍照。你告诉她，自己要当个植物学家。森林入口，你靠在那棵杉树旁，女孩轻轻按下快门。

回归日本，又像个奇迹。孙家人联系日本政府，你登上了日本报纸头条。老上司康道认出你，喊出了你的军职衔，那时你隶属于驻扎河南封丘的日军宣抚班，是一个沉默寡言的军曹。他轻声呼唤你的名字，你不为所动。康道要了你的血液和指甲，后又联系了你的弟弟，最终确定了身份。你轰动了日本，人们在谈论着你传奇的经历。“四十七年生死梦，三千里海恩仇缘。”人们这样总结你。你当时并不明白是什么意思。

回到日本，你无法适应。你害怕人群，不会说日语，习惯像河南农民一样蹲着吃饭。你要下地干农活，吵着要吃馒头和烩面，那种充实的碳水饱腹感是米饭不能替代的。你愠怒地将雪白的大米推到一边。这可是增田町闻名的“小町”米，也是五十年前你爱吃的米，如今你含着它，却味同嚼蜡。你闹着要回“梁沟村”，你操着的河南口音、断断续续的奇怪中文，让家人不知所措。孙老汉已过世，他的儿子和孙子，也把你当作亲人，每隔一段时间会来日本看你。你拉着中国孩子的手，眼泪汪汪，呢喃着说要回家。可哪里还有你的家？弟弟为了你的病找了很多医生。你清醒了很多，可还是丧失了大部分记忆。你剩下的人生，就是在增田町养老院发呆。外面和你无关，你沉浸在破碎的记忆世界。你慢慢恢复了日语，有时蹦出“白神山”，那是你年轻时的梦想，去那里进行植物调查。你还会背诵很多植物和农作物的名字，有日语，也有中文。你时常在白天昏睡，闭着眼，眼球急速转动，额头冒着汗，没人晓得你梦到了什么。

黑夜依旧漫长，无论中国，还是日本。那只“鬼”没有放过你。榻榻米的硬度，让你坐立不安。推拉门透来的月光，让你无端号叫，摔打东西。无数碎片，阳光的碎片，在那间狭小的寝室幻化成千万片玻璃，每一个侧面都倒映着狰狞的影子。你似乎听到无数人的低语：“昭和十三年，你随十六师团征服封丘，就职于华北方面军第五十六宣抚班，忘记了吗？”“小池秋羊的《北支宣抚行》，木场敬夫的《陆战队宣抚记》，都是你爱读的，忘记了吗？”“河南长满棉花的大平原，壮阔无比，是日本没有的，怎么有那么大的棉田！真想立刻占有，让它们化身无数勇士，实现日本的崛起。这是你在新民会宣讲时的讲话，忘记了吗？”……你捂着脑袋，不断痛苦地翻滚，魔鬼的角和爪牙又开始顶破头皮，摧毁你的神智。你的眼充血，视线模糊，仿佛又回到了那个阳光暴烈绝望的中午，你身穿军装，端着步枪，向着中国村庄突进，一个头裹毛巾的中国军人，拿着简陋的武器向你刺来，你闪身躲过，那人不知被谁打穿了头颅。他瞪着仇恨的眼，缓缓倒下。你的嘴角，残留着滚烫的血，呆若木鸡，接着你也被一发子弹击中右耳，血流如注，昏了过去。你连续几天高烧，迷糊之中听到森田少尉说，部队要转进，只能放下你，体面地玉碎……

增田町的养老院也种满杉树和山毛榉。木屋檐潮湿，风铃摇动，将微甜的湿冷气息散播到更远的地方。市里举办冬季鬼节。有些老人耐不住寂寞，提前准备鬼脸道具，晚上吓唬陌生人。晚餐服务员为老人们准备了烤米饭团子火锅。烤米团、比内地鸡、水芹和蘑菇，在石锅里“咕嘟咕嘟”地冒着香气。你独自坐在绿色长椅上，陪着落日，等一天的结束。落日之火，在灰色天幕缓缓坠落，释放着最后的温暖。杉树挺拔的身姿，沾了层淡淡的金粉，每个菱形叶片的边缘，都晃动着宇宙极美的光芒。再过一会儿，阳光全部退却，雪不期而至。增田町的雪很安静，飞舞如羽毛，纷纷如落叶，轻巧，没有密集压迫感。你的耳边又回荡起《国境之町》:“雪橇铃声，空荡回响，大雪覆盖旷野，小镇灯光亮起，背井离乡，已过千里，漂泊流浪，不知去何方……”白天阳光融化雪，夜晚雪却持续生长。可惜，雪替代不了阳光，更何况，无论雪或阳光，都已不再是中国的天空。

上世纪末，日本伤兵石田东四郎的事热闹过一阵，有位河南作家写了小说，拍成电影，可惜影响不大。日本秋田县接收南召研修生赴日学习，出资建立“中日友好太增植物园”。又过了几年，你越来越衰老，一个阳光炽热的下午，昏睡中，你仿佛看到一个衣衫褴褛的男人，奔走在北中国伏牛山脉的野花之间，他回头望向你，你也看着他，你们目光交织，彼此不分，但你说不出他的名字，那男人对此毫不在乎，手指向南方山麓的一个小村，那里有大片植物园，你毫不犹豫地奔向那个有着苹果与柿子香气的地方。

瞬间，那长长的背影，在正午的光蕴中荡漾，分散，不知所终。

后记：用文学触摸历史的褶皱

几年来，学术研究之余，我一直对抗战史料保持着业余兴趣。在历史的深处，我发现了很多非常有趣、令人惊讶，也令人慨叹的细节。同时，我对当下抗战历史小说也有诸多不满。很多作品或流于戏说，止步于传奇性与戏剧性，或过于沉重乏味，成为史料的堆积，如何能写出别具一格的历史小说呢？我带着这些疑问，开始了历史小说创作。

说起来，我对历史小说的创作，也是和这些年对文学的历史意识的思考分不开的。柯文的《在中国发现历史》强调通过对中国地方性和阶层性的细分，在"移情"的基础上，形成观察思考中国历史的新的方法论。这种"以中国为中心"的内观态度，是对二战后，研究中国近现代史的"冲击反应模式""帝国主义模式""传统—近代模式"的反思。这无疑丰富了西方观察历史的视角、观点和材料。除此之外，随着海登·怀特为代表的后现代历史学兴起，特别是法国年鉴派的布罗代尔、勒华·拉杜里等骁将的出现，历史学界对于历史细节性、偶然性和复杂性的关注，对多种研究方法和视野的综合（特别是文学性的引入），也到了一个相当的高度。黄仁宇的《万历十五年》，孔飞力的《叫魂》，史景迁的《王氏之死》，裴宜理的《华北的叛乱者与革命者》等西方学者研究中国历史的海外汉学著作，都很好地体现了这些特点。然而，中国历史学界在这方面却是被动的，柯文的"以中国为中心"仍然有着西方主体论的坚实哲学基础，而中国学者研究自己的历史，其根基又何在呢？在国内史学界，存在马克思史观、西方启蒙史观、后现代史观等几种观念的冲突，也出现了很多不错的作品，但总体而言，思路并不清晰，观念也并不明朗，特别是“见微知著”的能力和“文学性”的敏感捕捉能力，仍比较欠缺。

同样，从史学界说到文学界，其问题更是尴尬。俗话说，“文史哲不分家”，有活力的学术思想，更是直接影响文学创作。很多西方作家的历史小说，其实也受到了上述史学思潮的影响，如尤瑟纳尔的《哈德良回忆录》。但我们很多所谓具有后现代意味的、颠覆性的“新历史小说”，如果考察其精神内核，除了虚无之外，更靠近古代的传奇和演义。新时期以来，我们有过很多优秀的历史小说，特别是长篇小说，如《少年天子》《白鹿原》《曾国藩》《胡雪岩》等。但当下中国的历史小说创作是匮乏的，尤其是抗战历史小说。在我看来，好的历史小说，应该具有以下几个标准。

首先，好的历史小说应体现出一种历史理性精神。很多好的现代史学家，都体现出了良好的现代历史精神，即尊重史实，尊重人性，在尊重生命个体的基础上凸显历史伟力，同时，在历史波澜壮阔或平静如水的岁月之中，寻找伟大的历史叙事精神。这种叙事精神，表现着历史庄严的辩证法，表现着历史的神秘复杂与历史的严峻与温情。吉本的《罗马帝国衰亡史》中，迦太基与罗马的殊死搏斗，罗马统帅小西庇阿的痛哭，迦太基主帅哈士多路巴妻子的决绝死亡，令人血脉偾张。而恺撒的《高卢战记》中记述的白雪皑皑的高卢大地上，两个种族的生存斗争，修昔底德的《历史》中对波澜壮阔的希波战争的描述，都令我们感慨战争给人类带来的辉煌、创伤、贪婪和反思。不客气地说，在中国当下很多历史小说中，我们很少看到这些东西，我们的历史小说缺乏“力量感”。我们有的，或是随意的变形夸张，虚构模拟，戏仿戏说，嬉笑怒骂，虚无改写；或是严肃呆板，是某种观念的生硬反映（革命化或种族化的）。

其次，好的历史小说，应该有一种独特的地域主体特质。布洛赫说，历史的事实，乃是心理学上的事实，黑格尔将普鲁士国家当作历史发展的顶峰，麦考莱把宪法体制下的英国当作历史的最优秀典范，都是历史学家的心理主体在起作用。比如，法国的尤瑟纳尔，在历史小说中，总能将对人类命运的抽象哲思、大历史中的悲剧个人，与宏大的西方历史结合起来，表现出一种神秘博大，具有欧洲血脉的“星空”气质。而同样是历史小说家，日本井上靖的《敦煌》《苍狼》《孔子》等历史小说，则擅长在历史的雄奇残忍与荒诞可悲之中表现人类的抗争意识。这无疑带有日本岛国文化中的死亡意识和幽微独特的生命体验。但同样是日本的历史小说家，司马辽太郎则擅长对宏阔的历史场景的描述，在这种宏大的描述中，展现不同历史人物“命定”的选择，这类小说无疑具有所谓“大河小说”的气质。

再次，好的历史小说，能善于处理历史的偶然性、细节性和总体性的关系，善于赋予历史文学的光芒与魅力。中国历史小说还有一个问题，就是“正史”味太重，太过拘泥史实，缺乏想象力和独创性，比如《大秦帝国》《曾国藩》等小说，虽然历史精神很充足，但历史的想象性、趣味性和文学性，表现得还是有欠缺的。这尤其表现为历史小说的中短篇领域的不发达，文学过于迁就历史，也就没了自己的力量。井上靖、司马辽太郎、陈舜臣、浅田次郎等一大批日本历史小说家，可以成为中国作家学习的示范。他们既有非常严肃的历史精神，又在历史小说中充分表现了文学与历史之间的张力结构关系。可以说，在文学虚构与史实之间，这些日本作家，找到了各自独特的言说方式，井上靖对敦煌大历史下小人物的虚构想象，司马辽太郎对楚汉相争的小说推演，陈舜臣对甲午之战的反思，浅田次郎对于晚清历史人物的微妙把握，都令我们叹为观止。然而，我们很多历史小说，或过于拘泥史实，或过于天马行空，很少能找到一条平衡之路。

本书这个系列开始于2016年年初，恰好我在台北的东吴大学访学。我住在幽静的阳明山下，钱穆故居旁，无人打扰。生活就是在图书馆、教室和宿舍之间进行着。写论文之余，当我在那些历史的尘埃之间飞扬思绪，就有了强烈的创作冲动，也就一口气写出了一组长长短短的战争历史小说。《中国野人》取材于北海道的中国劳工的原型，《幽灵军》取材于南京大屠杀后失踪的川军部队的故事。《副领事》《起义》《花火》《猎舌师》《鬼子妮》等小说都有历史事件或人物的原型。有的则只有一点历史的影子，如《红龙》之中，我试图以60年代中期的香港为背景，再现宏大历史与个人的隐秘纠葛。出于对张爱玲的致敬，小说中的主人公成了易先生和蒋丽珍小姐。有的小说则完全是虚构的，甚至和现实发生某种程度的“互文性”，如《白光》。

我的笔下，有大人物，也有八路军战士、国军士兵，还有日本军官、随军僧侣，也有伪军军官、维持会的灰色人物，更有很多大历史下的普通中日民众。这里有英雄、汉奸，也有战俘、逃亡者。我试图展示一些战争横截面，有的是决定历史的时刻，有的则是普通人的生命瞬间，进而表现战争给民族国家、生命个体带来的创痛，揭示战争背后复杂的人性冲突，探究历史幽微深处的种种可能性。历史的幽魂无处不在，它们不知何时就会从历史的深处冒出，成为人世的潮水中，飘荡无定的赛壬的歌声。我不知道做得是否成功，但诚实地说，在对历史氛围的复原之中，我曾幻想带领笔下的几个小人物，真正回到历史时空，体验那些别样的氛围。它给我带来了很多隐秘的激情与快乐。我并没有什么小说名家的野心，而是学术研究之际，接触了大量史料，尤其是抗战史料，越发慨叹中国近代史的文学书写资源是如此丰厚。我们没有理由将中国历史文学的书写任务，都交给日本和欧美作家，抑或穿越历史的网络作家，我们自己则在“书写现实”的旗号下，津津乐道，反复咀嚼那些丫丫乌乌的“隔壁老王”的破事儿。

美国学者福山曾说:“历史已经终结”。此说法也为后现代主义塑造“终极景观”提供了灵感。虽然，福山后来又修正了看法，上世纪七八十年代以来甚嚣尘上的后现代主义，在新世纪也正发生着批评家们认为的“新转向”，即后现代性退隐，现代性重现。全球化的冲击下，人类没有走向大同。民族国家意识和民族、文化的激进态度，却不断走向新冲突。英国退出欧盟，特朗普执政，泛亚和泛欧的强人政治重现，都在昭示意识形态未退出公共空间。地球上的人类，远远还不是躺在沙滩晒太阳的“最后的人”。也许，福山给人的最大启示，并不是预言了历史终结，而是展现了人类对未来的一种隐忧，即那些人类为之流血牺牲的概念，那些寄托人类爱恨情仇的宗教、意识形态和民族优越感，是否会随着物质极大丰富走向消亡？没有了战争、冲突、政权更替，历史是不是会变成无聊的数字图表、枯燥的流水账？于是，我们对历史的文学书写，就显得格外重要起来。因为正是历史的好奇心和想象力，正是那些历史的褶皱和可能性，会给人类的存在，提供更多的选择维度、生存勇气与时间的智慧。

此战争系列小说集的出版，要感谢众多师友、编辑和朋友的大力支持。感谢我的恩师、中国作协书记处书记吴义勤教授。他的肯定和支持，是我不断前行的动力。感谢《小说选刊》王干副主编、李昌鹏编辑,《小说月报》徐晨亮主编、徐福伟编辑,《长江文艺好小说》喻向午主编,《青年文学》张菁主编,《中华文学选刊》安静编辑,《山花》李寂荡主编、李晁编辑,《当代》孔令燕社长、石一枫编辑,《花城》朱燕玲主编、陈崇正编辑,《十月》季娅娅编辑,《红豆》张凯编辑,《大家》周明全主编,《天涯》王雁翎主编、林森编辑,《作品》王十月副主编,《青春》育邦执行总编辑等。正是这些编辑老师的提携奖掖，才让我这个做文学批评和理论研究的人，勇敢地闯入创作领域，写出这些肤浅的文字。我还要感谢那些好朋友。山东作协的王方晨副主席，在小说技法上给我很多指点，他从来不吝指教，丝毫不藏私。江苏作协的叶弥副主席，是我在苏州文联“结对子”的指导老师，她为这些作品提出了珍贵的修改意见。江苏作协的汪政副主席，中国社科院的刘大先研究员，山东大学的马兵教授，还有刘永春教授、文红霞教授、赵牧教授，作家弋舟兄、东君兄、王威廉兄、文珍小妹妹这些好朋友，都先后为这些小说写过或长或短的评论，让我非常感动。我的师兄，青岛大学的王金胜教授，见证了我这组小说的第一篇到最后一篇。他的很多意见对我非常有启发。这份珍贵友谊，我铭记于心。也要感谢《雨花》写作营，特别是李凤宇主编，写作营激发了我的写作热情，也为我提供了学习交流的机会。

最后，还要特别感谢苏州大学的老师们。苏州大学资深教授范伯群先生，是中国现当代文学研究界的重量级学者。他严谨的治学态度和刻苦钻研的精神，值得我终生去学习。苏州大学文学院院长、长江学者王尧教授，一直支持鼓励我，帮助我进步。他的学问和人格魅力，都是我学习的榜样。文学院的季进教授、刘祥安教授等很多老师，都热心帮扶指点我，让我这个来自山东的外乡人，在苏州大学这所有着悠久传统的著名学府，感到了很多温暖，也深深地感到了自己的不足。

路漫漫其修远。我会继续努力，认真写作，认真搞学术研究。

我会满怀感恩之心，不断前行。

2017年盛夏于苏州大学杨枝塘